KB260678

열 세번째 제자

EARL(백작회) 新무협 판타지 소설

FANTASTIC ORIENTAL HEROES

열세 번째 제자 1

Earl Grey(백작 회) 新무협 판타지 소설

초판 1쇄 찍은 날 § 2007년 11월 9일
초판 1쇄 펴낸 날 § 2007년 11월 19일

지은이 § Earl Grey(백작 회)
펴낸이 § 서경석

편집장 § 문혜영
편집책임 § 서지현
편집 § 유혜림

펴낸곳 § 도서출판 청어람
등록번호 § 제1081-1-89호
등록일자 § 1999. 5. 31
어람번호 § 제2-1340호

주소 § 경기도 부천시 원미구 심곡1동 350-1 남성B/D 3F (우) 420-011
전화 § 032-656-4452 팩스 § 032-656-4453
http://www.chungeoram.com
E-mail § eoram99@chollian.net

ⓒ Earl Grey(백작 회), 2007

ISBN 978-89-251-1010-3 04810
ISBN 978-89-251-1009-7 (세트)

열 세 번째 제자

FANTASTIC ORIENTAL HEROES

Earl Grey(백작 회)
新무협 판타지 소설

①

도서출판 청어람

작가 서문   6

첫째 마당 구슬

1. 그 아이   13

2. 두 가지 가르침   18

3. 사부 이야기   27

4. 세 개의 떡   51

5. 구슬 가지러 가는 길   68

6. 돌을 타고 물을 건너다   85

7. 시정에서   116

8. 짐효, 독의 도   132

9. 이화주보행의 보석 금고   149

10. 석의 비기(秘技)   174

11. 사부는 제자를 시험하고

　　 제자는 배운 무공을 시험하다   205

12. 복초부의 꿈   229

13. 성 삼공녀   257

14. 미친 사람들의 믿지 못할 이야기의 시작   278

15. 옥소금적(玉簫金笛:옥 통소와 황금 피리)   299

어디에서도 우리가 필요로 하는 것을 구하지 못할 때가 있습니다. 현재가 과거로 변하면서 미래가 지금이 될 때까지 기다려야만 가슴속에 생겨난 소망에 물을 축일 수 있는 때도 있습니다. 겨울을 건너뛰어서 봄을 만날 수 없듯이, 반드시 기다려야 하고 꼭 보내야 할 순간들이 지나가면서 우리는 조금씩 자라 어른이 됩니다. 묘목이 자라나 꽃을 피우고 열매를 맺기를 기다릴 때처럼, 묘목이 그렇게 하기 위해서 뿌리를 뻗고 양분을 습취하는 것처럼 우리는 약간 우리 자신을 알게 됩니다. 하지만 어느 순간에서든, 돌아서서 생각해 보면 우리에 필요했던 것은 종종 용기 그 자체였다는 사실을 발견하게 됩니다.

쉽고, 재미있고, 유익한 글을 쓰자고 하면서도, 화두는 어느 순간에나 용기로 삼게 된 계기는 여기에 있었습니다.

저는 월북 작가들의 글을 포함한 해방 전후 한국문학을 중심으로 글쓰기를 익혔습니다. 이 시기에 우리말이 역동하는 시대의 힘을 반영하여 가장 생동감있게 느껴졌기 때문입니다. 우리글에 대한 많은 시도도 있었고 틀에 갇히지 않아서 어느 글에서나 자유에 대한 갈망 또는 향수가 스며 있었습니다.

그중에서도 저는 월북 작가들의 글을 좋아했습니다. 제가 빨갱이라서가 아닙니다. 그분들의 글은 그 시대의 것을 제외하고는 다시 접할 수 없었기 때문입니다. 대한민국 남한에 남아 계시던 분들은 이후로도 자기 글을 발전시키고 틀을 만들어갔지만 월북하신 분들은 그렇게 했을지라도 우리가 접할 순 없었습니다.

우리 개인이 스스로 자기의 스타일을 만들고 자기를 표현할 수 있는 좋은 글을 만들어가려면, 그분들이 만들어놓은 자유의 토대에서 하는 것이 가장 좋았기 때문이 아니었을까 하고 돌이켜 봅니다.

제가 모범으로 삼으신 분은 구인회의 멤버였고 이끌기도 하셨던 이태준 선생님입니다. 지금도 그분의 글을 많이 추종하고 있습니다. 그분의 약간 느릿하면서도 꽉 찬 글이 제 성향에 맞았습니다. 평범한 단어로 감성을 툭툭 치시는 기법들도 받아들이려 노력했습니다.

다른 분들이 어떻게 불러주시든 간에, 저는 무용지라고 주장하는 이 글 '열세 번째 제자'에서도 그분의 일화에서 따온 부분이 있습니다.

'무용지'라는 표현 역시 이태준 선생님의 글에서 배웠습니다.

그분은 우리글로써 가장 잘 표현할 수 있는 것 중에 하나로 '무용지' 를 꼽으셨습니다.

우리말과 글은 선비 문화의 흔적으로 내면 성찰의 성향을 가지는 단어나 표현이 참 많습니다. 실생활에서 무심코 쓰는 것들을 글로 옮겨놓고 보면 과연 그렇구나 하게 됩니다. 그리고 이런 말, 표현들은 우리나라 사람 누구에게나 생활화 되어 있기 때문에 자연스럽게 사용하고 있으며, 이에는 글을 쓰는 분들도 예외가 아닙니다. 하지만 쓰다 보면 사용된 재료의 한계에 부딪치지 않을 수 없게 됩니다.

이상하게도 잘 쓰는 글, 잘 썼다는 글은 모두 내면을 향하는 경향을 보이지 않기가 거의 어렵게 되어버립니다. 단어가 가리키는 방향들이 모이면서 그렇게 가 버리는 것입니다. 이 때문에, 문학적 소용의 유무와 관계없이 누구나 활기있게 읽을 만한 글을 잘 쓰기는 아주 어렵다는 사실을 절감하신 분들이 나왔고, 그중에 한 분이 이태준 선생님이셨습니다.

이태준 선생님은 호방하게 써서 읽을 만하게 글을 만드는 건 우리말과 글에서는 '무용지' 밖에 없지 않을까 하는 생각까지 하셨습니다.

제가 무용지를 써야겠다고 결심한 건 그때부터였습니다.

중국 무협 소설이 번역되어 들어오기 전에 있었던 무용지(조웅전 등과 같은 전래 군담 소설 및 삼국지 포함)는 손자에게 할아버지가 읽어줄 수 있었고 자식이 노부모에게 읽어줄 수 있는 것이었습니다. 무협 소설의 범람 속에 사라져 버린 무용지의 맥을 이어서 누구나 즐겁게 읽고, 삶에서 절대적인 필요 중에 하나인 용기를 함양해 나갈 수 있는 도구가 되었으면 하는 바람이었습니다.

제가 쓰는 글에서는 무술을 주인공이 무엇을 성취하는 수단으로 사용하지 않을 것입니다. 용기가 방향을 결정할 것이고 지혜가 문제를 해결하는 수단이 되게 하려고 노력하렵니다.

이글 '열세 번째 제자' 를 시작으로 무용지를 열어가려 합니다.

Earl Grey(백작 회) 올림.

첫째 마당
구슬

가난한 농부의 자식으로 태어났지만, 그때 그의 부모는 큰 별이 하늘에서 내려오는 꿈을 꾸었다.

그래서인지 그는 태어나서도 어딘지 모르게 남과 달랐다. 말인즉, 오른팔이 왼팔보다 조금 길었다. 겨우 아기 손으로 한 뼘 정도로. 어쨌든 그것도 큰 인물의 증거였다.

그의 부모는 순박하고 진실한 사람들로서 자기는 굶어도 장차 큰 인물이 될 그에게는 정성을 다했다.

그가 큰 인물이라는 증거는 머지않아 또 나타났는데, 바로 돌 무렵이었다.

놀랍게도 그는 일어서자마자 걷는 것보다 뛰는 것을 선택

한 것이다.

두 발을 벌리고 벽을 짚고 겨우 일어선 것까지는 여느 아기들과 다를 바가 없었다. 벽을 짚고 서기는 자주 섰지만 한 발짝도 내딛지 못하는 것은 약간 안타까운 일이었다. 원래 신중한 아기들은 종종 첫걸음을 떼는 데 시간이 걸리는 법이었다.

그러나 벽을 짚고 섰다 앉았다만 반복하던 그가 어느 날 껑충껑충 뛰어가서 맞은편 벽을 짚고 멈춘 것은 정말 놀라운 일이었다.

한 발 한 발 또 한 발이 아니라, 그는 두 발 두 발 또 두 발로 토끼처럼 깡충거렸던 것이다. 그리고 그는 점차로 정말 토끼처럼 빨라졌다.

다섯 살이 되었을 때는 방 안에서는 어느 장소로든지 단 한 번에 움직였다.

휙! 껑충하면 방의 이쪽 끝에서 저쪽 끝까지 가버렸고, 또 후익! 껑충하면 꿀단지를 얹어둔 높은 선반까지 뛰어오를 수 있었다.

동네에서는 별난 아이라고 말이 많았다.

다섯 살짜리가 어지간한 높이의 과일은 나무에도 오르지 않고서 따 먹고 다녔고 약간 모자라는 부분은 긴 오른팔이 한몫 해주곤 했다 갑자기 뒤나 앞에 휘익! 하며 나타나 사람을 놀래키기 일쑤였다.

그 별난 녀석이 나타날 때는 아무 소리도 없었다. 때문에 놀라서 물동이를 깬 마을 여자만도 넷이나 되었다. 그래도 그는 아주 순하고 착했다.

누가 시키든 심부름도 곧잘 했고, 착하게, 또는 바보스럽게 웃으니 누구도 미워하지 않았다.

하여튼 그는 동네 사람들에게는 별난 녀석이고 그의 부모들에게는 별이 낳은 녀석이었다.

그러다 마침내 올 것이 왔다.

그가 일곱 살이 되던 해였다.

이때는 그가 웬만한 거리는 무릎을 굽히지 않고도 휙휙 이동할 수 있을 때였고, 천천히 움직일 때는 저절로 땅 위를 미끄러지는 듯이 보일 때였는데, 마을을 지나던 어떤 노인이 그의 집을 찾아온 것이다.

노인은 여행 중인 듯 약간 초췌하고 옷차림도 수수한 것 같았지만, 그가 들어온 후부터 마을의 짐승들도 침묵하고 정중하게 고개를 숙였으며, 울던 아기도 울음을 뚝 그치며 방실거림으로 답했다.

그의 부모는 노인이 범상치 않음을 한눈에 알아봤다. 정성껏 음식을 대접했는데, 과연 저녁이 되자 노인은 그의 부모에게 자식을 자기에게 맡겨보는 것이 어떻겠느냐는 말을 꺼냈다.

"저희가 무엇을 알겠습니까마는, 저희는 이 아이를 손님으로 알고 키웠습니다."

그의 부모가 노인에게 한 말이었다.

부모는 그 노인에게 그가 태어날 때부터 어떤 일이 있었는지를 소상하게 말해주고, 몇 대째 대물림한 구리 반지 하나와 함께 그를 맡겼다.

큰 인물이 되려면 반드시 이인을 만나야 하는 법인 것이다.

그는 밤새 어머니 품에 안겼다가 아버지 품에 안겼다가 하면서 잠을 잤다. 어머니, 아버지는 한잠도 자지 않았다.

새벽이 되어 노인이 떠나려 하자 그의 어머니는 이런 날을 대비하여 정성스럽게 지어놓은 새옷을 입혔다. 네 살 때부터 해마다 한 벌씩 길쌈하여 지은 옷이었다.

옷의 왼쪽 소매가 유난히 긴 것이 마음에 걸렸는지 어머니는 이렇게 말했다.

"네 왼팔이 짧은 게 아니란다. 오른팔이 조금 긴 거란다."

사실은 사실이었다. 그의 왼팔도 또래 아이의 팔 크기만큼은 되었다. 단지 그의 오른팔이 무릎에까지 가서 턱 닿으니 조금 어색해 보일 뿐이다.

동틀 무렵, 동구 밖에서 그는 어머니의 손을 잡았던 손으로 노인의 손을 잡았다. 가면서 돌아볼 때마다 어머니와 아버지가 손을 흔드는 것이 보였다. 그때마다 그도 손을 흔들어주었다.

그는 그렇게 사부를 만나 산중으로 들어갔다.

더 이상은 어머니, 아버지 눈치를 보며 밥을 먹어도 될까

말까를 고민하지 않아도 되게 되었다.

　부모가 콩 두 말과 바꾸어 지어왔던 그의 이름은 석(錫)이었고, 성은 이(李) 씨였다.

황산의 칠십이 봉이 만든 무수한 골짜기 중 하나인 매화곡은 입구가 원래부터 아주 은밀한 데다가 특별한 조치가 취해진 후에는 아무도 모르는 곳이 되어 있었다.

그 속에는 한 채의 아름답고 훌륭한 장원이 있었는데, 편액에는 붉은 글씨로 매괴원(梅槐院)이라 적혀 있었고, 가장 안쪽의 웅장한 건물에는 황금으로 여의전(如意殿)이라 새겨져 있었다. 자세히 보면 작은 글자 두 개가 그 앞에 있었지만 눈에 잘 뜨이지는 않았다.

일하는 사람들은 삼십 명가량 있었는데, 모두 손으로 말하는 벙어리였다. 반은 남자고 반은 여자인 그들은 매괴원 내의 곳곳에 흩어져서 살았다.

　이석은 그의 사부와 함께 매괴원으로 왔다. 늦가을에 집을 떠나 반년가량 사부와 함께 세상 구경을 한 후였다.
　매괴원은 이른 봄이었다.
　바깥세상은 봄 기근으로 굶어 죽는 사람들도 있었지만 매화곡과 매괴원 안은 백매화, 홍매화 꽃으로 눈이 어지럽고 매화 향기가 정신을 아찔하게 했다.
　눈이 녹는 따스함에 몸까지 녹아내려 향기가 될 것 같은 아늑함이 매괴원에 있었다.
　세상을 다니면서 이석은 하루에 여덟 글자씩 배워 천자문을 익혔다. 쓰는 것도 외우는 것도 뜻을 푸는 것에도 막힐 것이 없었다.
　글을 배우는 재미가 솔솔찮았다.
　이석은 글을 배우면서 하늘과 세상이 돌아가는 이치를 두루 알았다. 천자문이 원래 그런 책이었다. 글자를 써보면서는 여백과 먹물이 이루어내는 공간의 조화와 그들이 품을 수 있는 온갖 뜻에 눈을 떴다.
　이석은 그런 것에 빨랐다.
　아주 잘 배우고 순식간에 익혔으며 항상 즐길 줄 알았다.
　사부와 함께 명승지를 찾아 유람하면서 세상의 좋은 모습, 나쁜 모습 두루 구경하며 도리가 현실에 어떻게 작용하고 있는지도 알았다.

그가 잘 배울 때마다 사부는 흐뭇한 웃음을 지었다.

매괴원으로 온 후에 이석은 좋은 옷에 화려한 가구들이 있는 멋진 방에서 살게 되었고, 갖가지 맛난 음식을 먹게 되었다. 호강이었다.

사부는 하인들에게 아예 손짓으로 말을 했지만 이석은 손으로 말하는 법을 아직 깨우치지 못했다. 다행히 하인들은 벙어리지만 귀머거리는 아니었다.

이석은 그들에게 필요한 것을 말로 했고, 그들은 행동으로 대답했다. 장원 안에서 이석에게 말을 하는 사람은 오직 그의 사부뿐이었다.

이석이 뭔가를 배울 때는 항상 여의전에서 했다.

사부는 여의전에서 마주 앉아서 가르쳤고, 이석은 그 가르침을 여의전 지하에 있는 석실들 안에서 연습했다.

바깥출입은 전혀 없이, 바깥세상의 사람도 한 번도 구경하지 못한 채 칠 년을 배워서 이석은 열다섯 살이 되었다.

그동안 키도 훌쩍 컸고 몸도 탄탄해졌다. 곧 장가가도 될 만한 소년이 되었다. 하인들과 손으로 이야기하는 데도 익숙해졌고, 결코 배울 수 없을 것 같았던 것, 즉 걷는 법도 배웠다. 빨리 뛰는 것은 안 되지만 남들처럼 걷는 것은 표 나지 않게 할 수 있었다.

이석이 칠 년 동안 사부에게 배운 것은 그 외에도 세세하게 따지면 수천 가지가 넘었다. 그러나 그 수천 가지는 두 가지로 정의할 수 있었다.

바로 사람이 살아가는 도리와 사람을 죽이는 도리였다.

이것과 연관하여 이석은 칠 년 중 거의 삼 년 동안을 힘들게 보냈다.

배우기 어려워서가 아니라 이해하기 위해서 노력하면서였다. 그러나 삼 년 동안 사부와 사부의 가르침을 이해하면서 이석은 전혀 혼란 없이 바로 설 수 있게 되었다.

세상에는 죽어야 할 사람도 있다는 사실을 수긍하게 되었고, 사람을 죽이는 직업도 있다는 사실을 당연한 사실로 받아들였다.

사부가 말했었다.

"생각은 깊이 하지만 결정은 단호하고 단순하게 할 줄 알아야 한다. 봐라. 세상에는 짐승을 잡는 백정도 있고 사람을 잡는 백정도 있다. 사람 죽이는 것, 이런저런 많은 이유를 붙여서 죽이는 사람을 무림인이라 부르는데, 대체로 아닌 척하지만 강도와 비슷하다. 딱 한 가지 이유만 붙여서 죽이는 사람을 자객이라고 부른다. 자객 중에서도 그 이유가 돈인 사람을 살수라고 부른다."

이석은 이때 생각 끝에 물었다.

"사부님, 살수도 그럼 강도와 비슷하지 않습니까? 강도도 돈을 뺏으려고 사람을 죽이는데."

사부가 얼굴을 찡그리며 대답했다.

"살수는 대가를 받는다. 이 점이 다르다. 살수가 사람을 죽이고 물건을 가져간다고 해도 마찬가지다. 어떤 이유에서든지 대가를 받으면서 한다는 건 큰 의미가 있다."

"어떤 의미입니까?"

이석은 조금 당돌하다 싶을 정도로 물었다.

사부에게서 배웠던 사람 사는 도리와 당장 배우고 있는 사람 죽이는 도리의 접점을 찾아내지 않으면 미쳐 버릴 것 같았기 때문이다.

사부가 말했다.

"대가를 받고 사람을 죽인다는 것은, 죽일 대상을 죽이고 싶어하는 사람이 있다는 말이다. 또한 죽이고 싶어하는 그 사람에게 그럴 이유가 있다는 뜻이기도 하다. 이는 어떤 것일지 모르지만 죽일 대상이 죽이고 싶어하는 사람에게 죽이고 싶은 이유를 주었다는 의미다."

석은 더욱 곰곰이 생각했다.

어렴풋이 무엇인가 알 것 같기도 했다.

그때 사부가 나직하게 말했다.

"살행을 한다는 것은, 맺힌 것을 풀어서 세상의 큰 흐름을 순조롭게 하는 거야."

"아! 그렇구나."

석은 수긍했다.

사람을 죽이는 도리가 필요하다는 사실을 확실히 느꼈다.

이후 사부는 석에게 무엇이 되고 싶으냐고 물었다.

협객이 되고 싶으면 협객이 되어도 좋다고 했다. 그렇게 되기를 어느 정도 바라는 것 같기도 했다. 석이 배우고 있는 도리 중에는 협객의 도리로 쓸 수 있는 것도 많았다.

석은 사부에게 협객과 살수의 차이점이 뭐냐고 물었다.

"살수와 협객의 사는 법이 다를 것도 없다. 그들의 수법이 특별히 달라야 하는 것도 아니다. 잘하는 방법으로 죽이면 되는 것이다. 다만 협객은 보복을 두려워하지 않기에 살인 현장에 제 이름을 남기고, 살수는 흔적도 남기지 않으려 하는 것이 차이점이라면 차이점이다."

"살수는 보복이 두려워서 자기를 숨깁니까?"

석이 물었다.

사부가 머리를 흔들고 또 대답했다.

"모두 그런 것은 아니다. 약한 살수는 당연히 그러하고, 강한 자는 살업의 흐름을 알기에 그 흐름에서 비켜나 있고자 숨기는 것이다. 살수가 흔적과 이름을 남기면 살수가 흉수가 되는 거다. 의뢰한 사람이 아닌 살수가 말이야. 또한… 살수가 이름을 얻게 되면 그를 죽이고 싶어하는 자들이 생겨나게 되는 것이지. 단지 죽이고 싶어하는 자의 수단으로 살아주는 것이 살수로 사는 방법이야. 칼로 사람을 죽였다고 칼을 미워하지는 않아. 그 칼을 쓴 사람을 미워하지.”

사부가 입을 다물려다가 한마디 더했다.

“살수가 미움을 받아서는 안 돼. 미움도 세상을 돌리는 힘이니 서로 간에 주고받아야지 살수에게로 향하면 세상이 융성함을 잃는 법이야.”

석이 살수가 되겠다고 결심한 것이 그 당시는 아니었다.

배움을 지속하면서도 일 년여를 보낸 후에 석의 생각은 굳어졌다.

여러 모로 보면 무림인이라는 작자들은 별 쓸 데 있는 것 같지가 않았다.

협객은 탐관오리와 토호, 도적들을 벌하고 정의를 세워 백성을 보호하는가 하면 사악한 무리에 맞서 싸우기도 한다. 그러나 사부의 책에서 본 바로는 지금 세상 협객이라는 자들, 무림인이라는 자들은 서로 편을 나누어 갈라 먹고 싸움질하기에 여념 없는 듯하였다.

사부에게는 무림에 관한 온갖 세세한 내용을 기록한 책들이 있었는데, 그 책들이 말해주고 있었다. 거창한 문파니 맹이니 만들어서 자기들끼리 싸우고 추켜올리는 짓거리나 하는 자들이 무림인이지 세상에는 아무 이로움도 없는 것들이었다.

협객이란 이름을 얻은 자들도 무공을 익히지 않은 사람들을 돕고 협의를 행해서 얻었다기보다는 대부분이 편을 나누어 가진 사악한 무리를 좀 죽였을 뿐이다.

사람 죽이는 도리까지 두루 공부를 한 후에 얻은 결론은 무림인들은 없으면 없을수록 더 나은 존재라는 것이었다. 없으면 없을수록 좋고, 사람들 속에 주로 있는 것도 아니면서 어슬렁거리며 돌아다니다가 종종 해만 끼치는 것들, 바로 산중의 맹수들이나 다를 바가 없었다.

그래서 석은 조용히 결심했다.

맹수 사냥을 하는 사냥꾼이 되기로. 그 맹수가 비록 두 발로 걷고 사람 소리를 하더라도 맹수임에 다를 바는 없었다.

세상에는 범잡이, 곰잡이 다 있는데 이는 필요하기 때문이었다. 좋은 범잡이가 필요하듯이 좋은 사람잡이도 꼭 필요하다고 석은 생각했다.

사부는 가르칠 때를 제외하고는 말이 별로 없고 조용한 사람이었다.

석이 살수가 되겠다고 말했을 때 사부는 단지 고개만 끄덕였다. 사부는 감추려고 했겠지만 석은 사부의 눈빛에 흐르는 쓸쓸함을 읽었다.

하지만 석은 자기의 결심을 바꿀 생각이 없었다.

결심한 이후에 찾아온 마음의 평화와 혼란의 종식을 죽을 때까지 가져가고 싶었다.

단지 석은 사부가 협객으로 살았을지, 살수로 살았을지가 궁금했다. 사부에게도 무공을 익히기 시작한 후 자기와 같은 고민을 한 시기가 있지 않았을까 싶었다.

그러나 사부는 그런 시기를 가지지 않았다고 알 듯 말 듯한 미소를 지으며 대답했다.

사부가 손을 저어서 나가라는 표시를 했기에 석은 사부의 방을 나왔다.

사부가 쉬어야 할 시간이었다.

처음 매괴원으로 왔을 때는 이틀에 두 시진 정도였다. 그러나 칠 년이 지난 지금 사부는 하루의 세 시진을 침대에 누워서 보냈다. 잠을 자는 시간은 별도로 있었다.

석의 사부는 천재였다.

석은 매괴원으로 오기 전, 사부와 함께 여행할 때 몇 사람
이 사부를 진인(眞人)이라고 부르는 소리를 들었다. 그러나
사부는 도관에 적을 둔 도사가 아니었다. 경을 읽는 경우도
없었고 도가의 신들에게 참배하는 일은 더더욱 없었다.

그래도 석은 진인이라는 말보다 사부에게 더 잘 어울리는
말은 없다고 생각했다. 아마 사부를 아는 다른 사람들도 마찬
가지일 것이다.

그만큼 사부는 사람이 참되었다. 진실 된 천재였다.

석이 알기로 사부는 못하는 것이 없었다. 똑같은 것이라 하

더라도 사부에게 먼저 한마디를 듣고 난 후에 보면 모든 것이
달랐다.

사부는 그 모든 것을 알았다. 석이 한 가지를 궁금해하면
더 깊은 것을 가르쳐 줄 수 있었다. 그러나 석은 사부 같은 천
재가 아니었다. 그래서 언제나 석은 사부의 가르침 중에서 일
부를 취할 수밖에 없었다.

사부의 방에서 탕약 냄새가 나기 시작되었던 몇 해 전의 어
느 날이었다.

석은 퉁소와 금을 이용하여 심혼을 움직이는 수법을 익히
고 있다가 스스로 풀 수 없는 대목에 막혀 끙끙거렸다.

한참 궁리하다가 사부를 찾아갔는데, 사부는 오른손 검지
의 손톱으로 왼손 손톱들을 훑어내려 만든 소리를 들려줌으
로써 답을 줬다.

석은 사부를 위해서 배운 대로 한 곡을 탄 후에 물었다.

"사부님, 사부님은 태어날 때부터 뭐든지 다 알고 있었습
니까?"

사부가 피식 웃으며 대답했다.

"그런 사람이 어디 있느냐."

석은 부러워 죽겠다는 듯이 말했다.

"그럼 언제부터 다 알고 계셨어요?"

사부가 편안한 목소리로 말했다.

"나는 내가 천재인 줄 몰랐다. 다른 사람들도 몰랐다. 그러

다가 어느 날 문득 혹시 내가 천재가 아닐까 하는 생각을 하게 되었다. 그랬더니 꼭 천재인 것 같았다. 한두 번 시험해 보니 다른 사람들도 천재라고 말하기 시작하더라."

어떻게 그럴 수가 있느냐고 항의 아닌 항의를 하고 이야기는 끝났지만, 사부의 천재성은 그를 아는 모든 사람이 인정하지 않을 수 없는 것이었다.

무엇보다도 사부는 사부가 없었다.

사부는 혼자서 배웠고 무공도 혼자 만들었다고 했다.

석은 여러 가지 무기를 다루는 법을 골고루 배웠지만 사부는 한 번도 배운 적이 없다면서도 석에게 그런 것들을 가르쳤다.

또한 사부의 손에 들어가면 그것이 무엇이든 가장 절실한 것, 가장 필요한 것이 되었고, 사부가 그것을 어디에 내려두면 그것은 반드시 거기에 존재해야 할 것이 되었다.

그렇게 하는 법을 가르쳐 달라고 했을 때, 사부는 말로 가르칠 수 있는 것이 아니고 처음부터 이렇게 할 수 있는 것도 아니라고 잘라 말했다.

석은 그래서 그런 것을 배우겠다는 마음은 포기했다.

사부에게는 제자가 석 외에도 많았다.

사부의 말씀에 따르면 석은 사부의 열세 번째 제자였다. 석의 사형들은 대체로 일 년에서 삼 년 정도씩 배운 후에 떠났다고 들었다.

열두 번째 제자였던 사형이 떠난 것도 십 년 전이었다.

후에 하인들이 말해주어 알게 된 일이지만, 열두 번째 사형에 대한 말을 꺼내는 것은 금기였다.

사부는 열두 번째 사형을 끔찍이 아끼고 사랑했다고 한다. 하지만 열두 번째 사형은 사부의 가슴에 못으로 박혀 있는 모양이다.

다른 사형들에 대한 이야기는 가끔 해줄 때가 있었다. 이름은 뭐고 성미가 어땠고 뭘 잘했고 따위였다. 그러나 열두 번째 사형에 대해서는 단 한 번도 석에게 말해준 적이 없었다.

하인들이 손으로 해주는 이야기도 사부가 열두 번째 사형을 가장 아꼈다는 것에서 딱 멈추고 더 나가는 법이 없었다.

해마다 사월 스무이렛날인 사부의 생신에 사형들이 보낸 열한 개의 선물은 도착했지만 열두 번째 사형이 보낸 선물은 없었다.

사부는 가끔 일기를 쓰는 것 같았다.

석은 훗날 자기가 그 일기를 보게 될 것이라고 생각했다. 사부는 일기를 쓴다는 사실을 말해주지 않았지만 감추려고 하지도 않았기 때문이다.

한데 석은 사부가 일기를 쓸 때마다 문득 고향과 부모님 생각이 떠오르곤 했다. 이제는 부모님의 얼굴도 희미했다. 막연한 그리움이 있지만 사무침까지는 아니었다. 그래도 보고 싶었다.

사부는 처음 매화곡에 올 때 석에게 십 년을 말했었다.

일곱 살 꼬마에게 십 년은 아득한 세월이었다. 그래서 오히려 모든 것을 체념할 수 있었다.

"십 년, 십 년이면 그럭저럭 될 게야."

사부는 자기에게 다짐하듯이 여러 번 말했었다. 첫해에는 석도 그 말을 몇 차례 들었지만 그 후로는 듣지 못했다.

한동안 잊고 있었던 열두 번째 사형과 관련하여 작은 일이 생긴 것은 사부의 팔십네 번째 생신 때였다.

하인들 중에 중산이라 불리는 노인이 있었는데, 그 노인은 그림을 그릴 줄 알았다.

석은 중산 노인이 매화곡의 풍경을 그리는 것도 보았고, 매화를 배경으로 한 화조도를 그리는 것도 보았다. 매괴원에 걸려 있는 대다수의 그림에는 중산 노인의 낙인이 찍혀 있었다.

하지만 석은 중산 노인이 초상화를 그리는 줄은 모르고 있었다.

중산 노인은 사부의 생신날에 초상화를 그려서 바쳤다.

그림 속의 사부는 옆모습을 보이며 서서 뒷짐을 진 채 북두칠성을 바라보고 있었다. 사부의 원래 몸집보다 조금 더 풍채가 좋았고 얼굴은 더 젊은 모습이었다. 사부인 줄은 알 수 있었지만 나이는 최소한 사오십 년 전인 듯했다.

사부는 어떤 감회에 젖은 듯이 초상화를 물끄러미 보다가 말했다.

"너무 젊게 그렸네. 보이는 대로 그려주게."

평소 중산 노인에게 손으로 말하는 사부였지만 그날은 음성으로 말했다.

중산 노인은 손으로 죄를 빌었다. 한데 석이 보니 그 손은 이렇게 말하고 있었다.

"진인의 연로하신 모습은 아직도 소인의 손에 익지 아니하옵니다."

사부는 안색이 편치 않았다.

중산 노인은 아주 당황한 듯했다.

급히 손으로 또 말했다.

"소인은 사십 년 동안 진인의 모습을 그려왔습니다. 십 년을 쉬었다고 하나 하루아침에 진인의 변하신 모습을 그리자 해도 제 마음속에 있는 옛 웅대하신 모습이 쉽게 지워지지 않고 남아 있습니다."

중산 노인이 작아 보였다. 마구 변명이나 하면서 잘못을 사부에게 떠넘기는 것처럼 보였다. 석은 중산 노인이 원래 저런 사람이었던가 싶어 회의가 일었다.

사부의 얼굴은 펴지지 않았다. 다른 하인들은 모두 숨조차 쉬지 못했다. 변명을 한 중산 노인은 손을 덜덜 떨면서 어쩔 줄을 몰라 했다.

손은 그러면서도 말을 했다.

"다른 사람에게 맡기소서. 소인은… 소인은 이보다 더 연로하신 모습으로 그릴 수 없습니다. 절대로."

사부가 사람을 죽이는 모습을 석은 한 번도 본 적이 없었다.

화를 내는 경우도 보지 못했다. 그러나 사부가 사람을 죽이지 못할 거라는 생각 역시 한 번도 해본 적이 없었다.

석은 중산 노인이 죽을 줄도 모르면서 사부에게 말하고 있다는 사실을 알았다.

그것은 단순한 발뺌이나 변명 이상이며 어떤 종류의 용기였다.

중산 노인의 손이 다시 한 번 발악하듯이 움직였다.

"다른 사람에게 맡기소서."

사부는 묵묵히 있었다.

여의전에는 죽음 같은 침묵이 흘렀다. 석도 털끝 하나 꼼짝할 수 없었다.

매괴원에 중산 노인 외에 다른 화공은 없었다. 그리고 사부는 초상을 꼭 그리게 하고 싶은 듯했다.

중산 노인은 떨면서 위축되어 등과 어깨가 조그마해졌다.

마침내 사부가 입을 열었다.

"네가 그려보겠느냐?"

그 말은 석을 향한 것이었다.

석은 심장이 덜컥 내려앉는 것 같았다.

사부가 빙그레 웃었다.

석은 사부의 명을 거역할 수가 없었다. 그 어떤 것이든 사부의 명은 철저하게 따라왔다. 그림에 자신이 있는 것은 아니지만 사부에게 배우고 꾸준히 연습했다. 그의 그림 솜씨도 닮게 못 그릴 정도는 훨씬 뛰어넘고 있었다.

"예."

석은 대답했다.

중산 노인은 원망하듯이 석을 보면서 물러났다. 석은 그때 중산 노인의 눈을 통해서 다른 하인들의 눈에도 원망이 깃들어 있다는 사실을 알았다.

하지만 원망의 원인을 알지 못했다. 자기로 인해서 중산 노인이 더 곤란해진 것은 없었다. 오히려 중산 노인은 부담에서 벗어났다. 그런데 어떻게 매괴원의 작은 주인인 자기에게 노골적인 원망을 비출 수 있는지가 놀라웠다.

이전에는 결단코 없는 일이었다.

어쨌든 석은 석연찮은 그들의 시선을 뒤로하고 다른 하인이 가져다준 붓을 들고 꿇어앉아서 사부의 초상을 그렸다.

사부는 노안도 준수했다. 주름살도 품격이 있었다. 자세는 반듯하고 눈빛은 밤하늘 같았으며, 깊은 호수처럼 흔들림이 없었다.

사부의 초상을 그리려고 하니 사부의 얼굴 생김도 그때부터 자세히 알게 되었다. 어지간한 그림처럼 얼굴을 한 번 보고 그릴 수가 없었다.

한 번 보고 선을 조금 그리고, 두 번 보고 점을 찍으며 그렸다.

사부의 얼굴에는 세월이 있었고, 그의 지혜가 있었으며, 그의 위엄이 봄날의 아지랑이처럼 일렁거리며 피어오르고 있었다. 그리고 이미 뿌리가 깊어버린 듯한 사부의 병도.

사부의 병…….

석은 그에 생각이 이르자 손이 떨렸다. 마음속에서 지워 버리려 해도 그 생각은 잘 지워지지 않았다. 그림을 더 그리려 몇 번이고 시도했지만 붓이 흔들려서 내렸다가 다시 들어 올리며 사부의 얼굴을 살피곤 하였다.

사부의 얼굴에, 사부의 눈빛에 그늘이 생겼다. 석이 무슨 생각을 하고 있는지 사부는 알고 있었다. 그러나 책망하지는 않았다.

붓을 멈추고 진땀만 흘리는 그를 보면서 아무런 재촉도 하지 않았다. 하인들도 고개를 숙이고 묵묵히 있었다.

석은 시간이 어떻게 지나가는지 알지 못했다. 마음속의 격정이 한바탕 일어났다가 사라진 후에 손은 떨림을 멈췄다.

다시 시작하여 사부의 초상을 완성했다.

전신이 땀으로 젖었고, 땀은 초상의 여백에도 떨어졌다.

"가져오너라."

석은 직접 들어 바치면서도 이제 더 이상 사부의 얼굴을 들

여다볼 자신이 없었다. 고개를 낮추고 숨을 멈춘 채 그림을
바쳤다.

사부는 물끄러미 초상을 보더니 말했다.

"애썼다."

만족한 음성이었다.

하인이 그림을 가져가고, 다시 데워진 음식이 나오며 잔치
는 이어졌으나 밝지 않았다.

사부와 석만 입을 다물면 조용해지는 매괴원인지라 침묵
속에서 잔치는 한동안 지속되다가 파했다. 지난해까지는 아
침부터 시작하여 저녁때가 되어서야 끝나는 하인들의 축제였
지만 올해는 시늉만 하다가 오후 무렵에 끝나고 말았다.

석은 저녁을 일찍 함께한 후 사부를 모시고 매화곡 안을 산
보했다.

봄은 늦었다.

매화꽃은 이미 졌고 벚꽃이 군데군데서 불꽃처럼 밝았다.

석양이 비껴간 자리에 하늘은 검푸른색으로 저며들고 있
었다.

저녁 바람에도 따뜻한 훈기가 느껴졌다.

사부는 천천히 걸었다.

석은 그렇게 걷는 사부의 발자국을 따라 밟으면서 걷는 법
을 배웠다. 원래 석은 그렇게 사람답게 걷는 법을 몰랐다.

사부와 말없이 걸어서 곡을 한 바퀴 다 돌았을 때 하늘엔

별이 나왔다.

매괴원의 대문을 일 리 정도 두었을 때 사부가 지나가는 말투로 물었다.

"용(庸)이 뭐냐?"

이런 문답은 평소에도 가끔 있었다.

석은 무심코 대답했다.

"본(本)을 잡고 올라타는 것입니다."

사부가 또 물었다.

"화(和)가 뭐냐?"

석은 그때서야 사부가 어떤 의도를 가지고 있다는 사실을 눈치 챘다. 평소에는 질문을 하고 답을 들으면 반드시 그에 대한 설명을 듣고 바로 잡아주는 것이 이후의 순서였다.

조심스럽게 자기 마음을 한 번 살펴본 후에 석은 대답했다.

"가다가 그치는 것입니다."

사부가 또 물었다.

"가(加)는 뭘 하는 거냐?"

석은 정신을 바짝 차리고 대답했다.

"세상 모든 움직이는 것의 도리입니다."

사부가 고개를 끄덕이는 것이 느껴졌다. 손바닥에 진땀이 쥐였다.

사부의 물음이 이어졌다.

"역(易:거스름)하려면 어떻게 해야 하느냐?"

석은 즉시 대답했다. 근래에 계속 탐구하던 주제가 바로 역이었던 까닭이다.

"등(等 : 같음, 변화없음)입니다."

사부의 얼굴에 희색이 만면했다.

사부가 다시 물었다.

"그것은 어떤 것이냐?

석은 사부의 음성에서 긴장을 느꼈다. 조심스럽게 대답했다.

"이(易 : 쉬움)입니다."

사부가 손으로 자기의 허벅지를 탁! 쳤다. 맞혔다는 의미이다. 사부가 가장 기쁠 때 기쁨을 표현하는 방법이기도 했다.

석도 따라서 기뻤다.

사부는 석의 손을 잡으며 감격한 듯이 말했다.

"나는 빨랐지만 너는 늦지 않았구나!"

석은 사부의 말이 어떤 뜻인지 알 수 없었다. 그냥 고개를 숙여 감사를 표했다.

사부가 말했다.

"너는 알고 있느냐, 네가 가장 총명하지 못하다는 사실을?"

사형들과 비교해서 하는 소리였다.

석은 사형들과 관련된 간단한 일화들을 하인들로부터 들으면서 그들이 자기보다 훨씬 총명했으며, 자기보다는 사부에 가까운 사람들이었다는 사실을 알고 있었다.

석에게 사부는 배울 기간으로 십 년을 말했는데, 그의 사형들은 일 년에서 삼 년을 배우고 떠났으니 최소한 세 배, 최대한 열 배 정도는 자기보다 똑똑할 것이 당연했다.

사부를 보아도 알 수 있듯이 석은 자신이 총명하다고 생각해 본 적이 없었다. 총명, 천재. 그런 말은 사부나 사형들과 같은 사람에게나 붙는 말인 것이다.

"예."

하고 아무 저항감 없이 대답했다.

사부가 말했다.

"너는, 너는 노력해야 한다."

석은 고개를 끄덕였다.

사형들에 비하면 한참 모자라는 자기가 사부를 기쁘게 하려면 그들보다 훨씬 더 많은 노력을 하는 외에 다른 방법이 있을 수 없었다.

어릴 때 겁이 많아서 한 발을 못 떼는 바람에 두 발로 깡총거리며 뛰어야 했던 그가 그동안 수련을 하면서 팔이 부러지는 것도 겁내지 않고 다리가 깨어지는 것도 겁내지 않았던 이유가 거기에 있었다.

손을 잡고 따라나섰을 때부터 사부는 석에게 가장 중요한 존재, 절대로 손을 놓치면 안 되는 그 이상의 존재였다. 모든 것.

　나중에야 석은 사부의 생신날 밤에 있었던 그 질문과 대답이 사부가 제자들에게 마지막으로 묻는 시험 같은 것이란 사실을 알았다.

　그날 밤에 석은 중산 노인의 방으로 사부가 올해를 넘길 수 있는지 없는지를 물으러 갔다.

　매괴원의 하인 중에는 재주가 있는 사람들이 많았다. 어쩌면 모두가 특별한 재주를 가지고 있었는데 석이 다 발견하지 못한 것일 수도 있었다.

　만호라는 이름의 만 노인은 사부의 약을 조제하고 침을 놓는 일을 주로 했는데, 석이 다른 의원을 본 적은 없지만 만 노인의 침술이 신통하다는 것은 알고 있었다. 수련 중에 다치면 약을 주는 것도, 침을 놓아주는 것도 다 만 노인이었기 때문이다.

　그런 하인들 전체의 분위기로 봐서 사부의 병은 점점 깊어지고 있는 것이 틀림없었다. 그들은 석이 사부의 마지막 영정을 그렸다고 생각하고 있었다.

　석이 만 노인에게 직접 가지 않고 중산 노인을 찾아간 이유는 만 노인이 사부의 침실로 자리를 옮겼기 때문이다.

　중산 노인의 방에서 석은 한쪽 켠에 쌓여 있는 사부의 초상들을 보았다. 모두가 젊고 준수한 모습들이었다. 일세를 풍미한 젊은 영웅의 모습이 바로 거기에 있었다.

　사부의 병세에 대해서 깊이 물어보기도 전에 중산 노인이 불쑥 손짓으로 말했다.

"진인께서 연수 일흔네 살이셨을 때의 초상이네."

석은 깜짝 놀랐다.

"뭐라고요?"

"일흔네 살 때의 초상이라고."

중산 노인은 손으로 말하며 비감한 표정을 지었다.

석은 사부의 초상을 다시 보았다. 겨우 십 년 전에 그린 얼굴이라고 했다. 하지만 결코 그렇게 보이지 않았다.

오늘 그가 그려서 바쳤던 초상도 수십 년은 젊어 보였던 것이다. 정말 십 년 전에 사부 모습이 그랬을 거라는 믿음이 쉽게 가지 않았다.

중산 노인은 탄식했다.

"진인께서는 십 년 전에 갑자기 늙으셨네. 지금 보는 초상의 모습과 차이가 전혀 없었네."

손 말을 보면서 석은 물었다.

"신선이 아니고서야 칠순이 넘은 분 모습이 어떻게 젊을 수 있습니까?"

중산 노인이 손으로 말했다.

"그러니까 진인 아니신가."

말을 먼저 꺼냈던 석이 얼떨떨해졌다. 사부는 정말 신선이었을지도 모를 일이다. 이전 초상들을 살펴보니 모두가 비슷비슷한 얼굴이었다.

해마다 하나씩 그렸다는 초상인 데도 차이가 거의 없었다. 분위기만 조금씩 달랐다. 사부가 일흔네 살까지는 젊었다는 말은 사실인 모양이다.

중산노신이 그 사실에 쐐기를 박았다.

"진인께서는 서른이 되던 해에 육신의 허물을 벗으시고 진인이 되셨네. 늙으실 리가 없지."

사부라면, 사부라면 그럴 수도 있었다. 사부는 하지 못하는 것이 없는 사람, 모르는 것이 없는 사람이니 그렇게 하지 못할 까닭이 없었다.

한 번 받아들이게 되자 석은 그 모든 것이 아주 당연하게 느껴졌다.

여의전에 있는 기록들을 보면 무림인 중에서도 반로환동한 사람이 여럿 있었다. 사부가 그들보다 못할 리는 죽어도 없었다.

석은 오히려 그런 사부가 왜 다시 늙게 되었고 병들었는지가 의아했다.

하지만 중산 노인은 그것까지는 감히 말하지 못했다. 석은 사부가 올해를 넘기지 못할 거라는 말만 듣고 자기 방으로 돌아올 수밖에 없었다.

벌써 사부가 돌아가시기라도 한 것처럼 슬펐다. 사부가 돌아가시고 나면 어떻게 해야 하나 하는 생각 등으로 머리가 어지러웠다.

어지러운 머리는 보통 서도를 하거나 책을 읽으면서 정리
하는 것이 석의 습관이었다. 천성이라고는 할 수 없고, 사부
에게 그렇게 하라고 배운 것이다.

석의 방에는 침실에 딸린 서재가 있었다.

서재에서 책상에 화선지를 펴고 먹을 갈아 붓을 적신 후에
머릿속에 떠오르는 대로 한 글자를 잡아서 소전(小篆:옛 글씨
체의 하나)으로 썼다.

흐를 유(流) 자였다.

마음을 맑게 하는 방법은 이렇게 한 글자씩 뽑아내는 것이
었다.

다음에 골라진 글자는 길갈래 기(岐) 자였다.

도(度), 훈(塤), 양(樣), 배(賠), 갈(渴), 초(礁). 이렇게 여섯 자
를 더 이어 쓰고 나니 그 뜻이 통할 듯 말 듯 모호했다.

마음이 어지럽고 모호하니 그걸 뽑아내어 쓴 글자의 뜻이
선명할 리 없다. 그래도 마음은 가벼워졌다.

석은 붓과 벼루와 글을 쓴 화지를 함께 들고 나가서 매괴장
안의 정원으로 흐르는 실개천에 씻었다.

붓도 씻기고 벼루도 씻기고 글자도 씻겨갔다.

실개천가에는 전부터 사부의 가르침대로 글을 써서 씻어
내린 흔적인 작은 바위가 있었다. 벼루를 씻기에는 그곳이 가
장 좋았다.

석도 그곳에 앉아서 글을 씻곤 했다.

돌돌 하는 소리가 실개천에는 없었다. 그러나 실개천을 따라 흐르거나 뒤엉키며 춤을 추는 바람을 석은 느낄 수 있었다. 그것은 부드러운 음악 소리 같았고, 따스한 손길 같은 흐름이었다.

석은 사형들도 그곳에 앉아서 실개천과 바람으로 청량함을 구했으리라 생각했다.

맞은편에는 정원의 다듬어진 나무들이 바위들과 어울려서 아취를 자아내고 있었다. 그곳은 넓고 얕게 흐르는 실개천 가운데 있는 섬과 같은 지대였다.

석은 문득 자기가 그곳에는 한 번도 가보지 않았다는 사실을 알았다.

'왜 내가 저곳에 가보지 않았지?'

생각해 보니 가지 않은 이유가 있는 것 같았다.

기억이 났다.

매괴원에 온 지 며칠 되지 않았을 때, 모든 것이 낯설고 좋고 겁나기도 했던 때다. 실개천 속의 섬 같은 지대를 발견하고 가보려고 했지만 신발을 적시지 않고 그곳까지 건너뛸 자신이 없었다.

그때 석이 신고 있었던 신발은 하인들 중에서 양선이란 노인이 금방 지어준 것이었다. 석의 발에 꼭 맞을 뿐 아니라 뿔이 큰 물소의 가죽으로 만들어서 냄새도 좋고 아주 멋있었다.

석은 그 신발을 적시면 양 노인이 화를 낼지도 모른다는 생

각이 들어서 뛰지 못했다. 신발을 벗어놓고 들어갈 수도 있었
지만 그랬다간 옷을 모두 흠뻑 적실 게 분명했다.

석은 그 당시에 한 걸음씩 걷는 법을 아직 배우지 못한 때
문이었다. 토끼처럼 깡충 뛰었다가는 물이 솟구쳐 옷을 적시
고 만다.

옷을 적시면 빨래를 하고 옷을 챙겨주는 경화라는 아주머
니가 화를 낼지도 몰랐다.

석은 낯선 곳에서 말도 하지 않는 그들을 겁냈었다. 모두가
그의 부모보다 옷도 잘 입었고 잘 먹었으며 의젓해 보였기 때
문이다.

이런저런 이유로 건너가 보지 못했던 그곳은 이후에도 가
면 안 된다는 잠재의식으로 남았는지 전혀 갈 생각조차 품지
않은 곳이 되고 말았다.

석은 벼루와 붓, 종이를 바위에 놓아두고 몸을 날렸다.

높이 뜰 필요도 없고 용을 크게 쓸 필요도 없었다. 걸을 줄
알게 되었다 해도 석은 여전히 두 발로 뛰는 것이 편했다. 내
력을 조절하여 바람을 타고 구름이 이동하는 것처럼 스윽! 움
직여 섬에 다다랐다.

석의 키보다 높은 바위들이 흩어져 있고, 그 사이로는 관목
이 자라고 있었다. 관목과 바위들 틈에도 물이 고여 있는 데
가 많았고 흐르는 물도 있었다.

넓이는 얼마 되지 않았다. 가로가 이십 보 정도고, 세로로

삼십 보쯤 되는 크기였다. 하지만 그곳은 들어선 것만으로도 마치 딴 세상에 온 것처럼 아늑했다.

비위가 병풍이 되고 나무가 그늘이 되고 검푸른 하늘은 발끝까지 내려와 있는 듯했다.

명상을 하기에는 그보다 더 좋은 장소가 없을 것 같았다.

석은 멋진 장소를 발견한 기쁨에 가슴을 두근거리며 돌아보았다. 그러다가 정말 명상하기에 기가 막힐 정도로 좋은 바위를 찾았다.

두 개의 커다란 바위가 알을 품은 것처럼 두른 속에 낮고 평평한 바위가 있었다. 하늘이 보이니 동굴도 아니었다.

바위에 앉아서 몸을 기울여 손을 내밀면 물이 만져질 그런 장소였다.

밤의 기운으로 물안개가 조금 피어올라 그마저도 신비스러웠다.

석은 바위에 앉아 가부좌를 틀었다. 아늑하여 나가고 싶은 마음이 들지 않았다. 석의 나이 열다섯. 아직 혼자만의 비밀 장소를 갖고 싶은 치기가 남아 있는 때였다.

석은 그 장소를 처음 발견한 사람이 자기이고 싶었다. 그러나 이내 깨달았다. 오래된 사람의 흔적이 세월에 씻겼지만 남아 있었다.

오른쪽 벽을 이룬 바위의 이끼가 고르지 못한 높이를 보이면서 두 글자를 만들어놓은 것이 보였다. 바깥에서는 잘 보이

지 않았지만 앉으니 석의 시력으로 그 차이가 분명하게 느껴
졌다.

두 글자, 사부(師父)라는 글자였다.

숨을 죽이고 손으로 더듬어 이끼를 떼어냈다. 해서체의 고
운 글씨로 사부가 음각되어 있었다. 석은 자기의 검지를 글자
위에 놓고 획을 따라가 보았다.

석보다 더 가느다란 손가락을 가진 사람이 새긴 글이거나
더 어렸을 때 새긴 것이었다. 석은 그 글자 밑에 손가락으로
힘을 주어 역시 사부를 썼다.

석은 해서를 잘 썼지만 좋아하기는 소전을 더 좋아했다. 사
부라는 글씨도 역시 소전으로 썼다. 바위가 손가락 끝에서 깎
여 나가며 회색 가루가 되어 물 위에 뿌려졌다.

해서와 전자로 쓰인 글자가 나란하여 나름의 멋을 지닌 듯
하였다. 하지만 석은 모래를 흩어버리듯 자기가 쓴 전자를 손
바닥으로 문질러 지워 버렸다.

누군가에게 죄를 짓는 기분이었다.

처음의 흥분은 가라앉았다.

헛된 기대를 하다니……. 열둘이나 있었던 사형들이 숨겨
져 있지도 않은 이런 장소를 발견하지 못했을 리 없잖은가.

석은 자신을 낮추는 마음으로 돌아가 실망감을 흩어버렸
다. 그러나 그래도 그곳은 명상하기에 가장 좋은 곳이었다.

석은 잠시 명상이나 하다가 방으로 돌아가자고 생각했다.

눈을 감고 마음에 자유를 주고 오로지 관조하면서 스스로를 살폈다. 좋은 장소라는 생각이 명상을 더 깊고 길게 만들었다. 석이 눈을 떴을 때는 새벽이 멀지 않은 때였다. 하늘에는 그믐으로 가는 실눈썹 같은 달이 동전만 한 그림자를 지고서 버거워하고 있었다.

땅에는, 땅이 없었다.

석이 고개를 들어 하늘을 본 후 숙여서 땅을 보려 했을 때 땅에도 하늘이 비쳤다. 물이었다. 한데 그 얕은 물속에서 두 개의 눈이 보였다.

석은 순간적으로 찌르르 전율했다. 이상하게도 두 개의 눈은 석을 보는 것이 아니라 서로를 바라보는 것 같았다.

마음이 지어낸 망량인가 싶어서 다시 보았다. 눈여겨보니 이번에는 두 사람의 모습이 물속에 보였다.

두 사람은 서로 마주 보며 안고 그윽한 눈빛을 교환하고 있었다. 석이 처음에 본 눈은 그 두 사람의 옆모습이 보여주는 눈 각기 하나씩이었던 것이다.

한 사람은 사부였다.

연로한 사부가 아니라 중산 노인이 그린 초상화 속에 있는 젊은 모습의 사부였다. 키가 훤칠했고 마주 보는 여자보다 한 뼘 이상 컸다.

여자는 선녀 같았다. 사부가 진인인 때문인지 그렇게 잘 어울릴 수가 없었다.

무술을 할 때 입는 옷이 아닌, 소매가 늘어지는 활옷에 긴 치마를 입었는데 너무 아름다워서 넋을 잃을 정도였다.

석은 물로 걸음을 딛고 더듬어서 테가 없는 유리 거울을 건져 올렸다.

사부와 여자는 거울 속에 담채화로 그려져 있었다. 먼저 거울 위에 그림을 그리고 그것을 다른 유리로 덮어서 또 덧그림을 그려 효과를 준 후에 두 번째 유리를 씌운 것이었다.

유리가 끝나는 모서리는 납을 녹여 매겼다. 그림이 물속에 있어도 물이 그림 속으로 스며들지는 못했다.

덧씌운 유리가 내는 특이한 효과 때문에 사부와 여자는 정말 눈빛을 교환하는 것처럼 느껴졌다. 여자의 하얀 이가 상아처럼 빛을 발하며 마음을 설레게 했다.

한데 자세히 보니 두 사람의 옷고름에 이름이 적혀 있었다.

사부의 옷에는 사부의 함자 정문경(鄭聞慶)이란 세 자가 적혀 있었고, 여자의 옷고름에는 양춘대(楊春待)라고 적혀 있었다.

양춘대.

봄이 기다리는 버드나무라는 뜻이었다. 그러나 그림으로 보자면 봄을 찾은 버드나무 같았다.

석은 그림을 원래의 자리에 놓았다.

명상을 하던 자리에 앉아서 고개를 떨어뜨리면 잘 보일 위치였다.

속으로 양춘대의 이름을 중얼거려 보았다.

그런 후에, 도둑질하고 보지 말아야 할 것을 본 듯이 석은 숨소리를 죽이고 도둑고양이처럼 조심스럽게 방으로 돌아왔다.

뜬눈으로 새운 그 밤이 지나고, 새벽 수련을 마친 후에 경화 아주머니를 만났을 때 작은 소리로 물어보았다.

"양춘대가 누구예요?"

경화 아주머니가 옷 바구니를 들고 가다가 흘겨보았다.

석은 지은 죄가 있어서 눈을 마주치지 못했다. 경화 아주머니는 그렇잖아도 차가운 데가 있다. 많이 친해졌는가 하면 아주 먼 사이인 것처럼 행동할 때가 있고, 대하기 어려운가 하면 가장 가까운 사람처럼 다가와 있는 경우도 있다.

그녀가 멀리 있을 때인 모양이다. 경화 아주머니는 손으로 한 번 휙 저어서 말하고는 돌아보지도 않고 나가 버렸다.

석은 그녀의 손이 그린 흔적을 홀린 듯이 보았다.

사부의 열두 번째 제자. 그녀가 사부의 열두 번째 제자였다. 사부가 가장 사랑하고 아꼈다는.

세
개
의
떡

사부의 열두 번째 제자, 석의 열두 번째 사저의 이름이 양
춘대라는 것을 알고도 두 달이 지나갔다. 사부의 병은 좀 더
깊어진 듯이 보였다. 석은 지하의 석실에서 수련하는 경우 보
다 사부의 곁에서 이야기를 나누는 시간을 점점 많이 가졌다.

사부가 원하는 듯했다. 전에는 석이 아무런 불평 없이 늘
수련하는 걸 더 좋아하셨다.

그러나 석이 옆에 있어도 막상 이야기할 주제가 거의 없었
다. 석과 사부는 가장 가까운 사이였지만 제자와 스승이라는
가장 큰 거리를 사이에 두고 있었다.

처음에는 그냥 석이 아무 말이나 꺼내서 사부가 적적하지

않도록 하려고 애를 썼다. 하지만 석에게는 사부에게 재미있게 이야기해 줄 만큼 세상의 경험도 없었고, 매괴원에서의 일은 사부가 모르는 것이 없었다.

딱 한 가지, 열두 번째 사저 양춘대에 대해서는 사부에게 물어선 안 될 것 같았고, 자기가 그녀의 그림을 발견했다는 사실을 사부에게 알려서 좋을 것도 없을 것 같아 비밀로 했다.

점차로 석은 배운 것 중에서, 자기가 알게 된 것 중에서 의문이 나는 것을 찾아서 물어보게 되었다. 사부는 입으로, 또는 손으로 대답해 주곤 했다.

어떤 대답은 또 다른 의문을 자아내고 그 의문에 대한 답이 더욱 큰 의문을 만들어내기도 했다. 그러면서 석은 점차로 의문과 앎이 서로 엮어지면서 광주리처럼 형태를 갖추어 나가는 것을 느낄 수 있었다.

하인들 중 누가 '무슨 재미난 이야기를 나누지?' 하고 물으면, 석은 '광주리를 만들어요' 하면서 웃곤 했다.

날들이 지나가면서 날씨가 점점 더 더웠다.

석은 부채를 흔들어 사부에게 시원한 바람을 보내주었다.

그날도 석은 무공이나 서법, 음률 등에 대해서 이야기하고 있었지만 사부는 미소만 가끔 지을 뿐 조용히 있었다.

석은 자기가 사부를 시끄럽게 하는 건 아닌가 싶어서 나갈까도 생각해 봤지만 사부가 원하지 않는 것 같았다.

사부가 입을 연 것은 점심때가 지났을 무렵이었다.

"양주에 다녀오겠느냐?"

"예."

석은 일단 공손하게 대답부터 했다.

칠 년 동안 한 번도 매화곡을 나간 적이 없는 석이었지만 아무렇지도 않은 듯한 표정을 했다.

석에게 양주는 책에서만 보았을 뿐 듣는 것도 처음인 곳이었으나 사부가 아침부터 계속 그 말을 하기 위해서 길게 생각했을 것이기에 석은 일부러 망설이지 않았다.

사부가 말했다.

"장호연(張豪淵)이라는 사람에게 맡겨놓은 것이 있다."

말하는 도중에 사부는 두 번이나 목청을 가누어야 했다. 그러나 여전히 손이 아닌 입으로 말하려 했다.

"받아오느라."

"분부대로 하겠습니다."

석은 인사하고 바로 일어섰다.

사부가 베개 옆에서 손바닥에 올라갈 정도로 작은 함을 꺼내 주며 말했다.

"대신 이것을 내주어라. 증표니라."

함을 열어보니 진주가 가득 들어 있었다. 큰 것은 엄지손톱보다 굵었고 작은 것은 콩알만 했다. 개수는 사, 오십 개쯤이었다.

진주의 빛이 영롱했다. 바다 깊은 곳에서 건져 올린 것이기에 금보다 훨씬 가치가 있어 보였다.

석은 함을 닫으며 물었다.

"제자가 받아와야 할 것은 어떤 것입니까?"

사부가 잠시 입을 다물고 천장을 보다가 천천히 말했다.

"무지개 구슬이다."

사부의 손이 여름철 홑이불 아래서 미미하게 떨렸다.

석은 사부에게 엎드려 절한 후에 물러 나왔다.

방으로 돌아오니 경화 아주머니가 어느 틈에 알고 짐을 꾸려 놓았다. 세 벌의 옷과 돈이 가득한 전낭, 그리고 우산 하나였다.

"다녀오겠습니다."

석이 경화 아주머니에게 말하자 그녀가 눈살을 찌푸리며 손을 움직였다.

"양주가 어딘지 아느냐?"

"북쪽으로 쭉 가다가 강 건너서요."

경화 아주머니의 손이 또 흔들렸다.

"장호연의 집을 알고 있느냐?"

석은 웃었다.

"가서 물어보죠."

경화 아주머니가 얼굴을 찡그리며 '그러면 못써!' 하는 듯이 석의 어깨를 탁 쳤다. 석은 풋! 하고 웃었다. 쌀쌀한 그녀

답지 않은 일이었다.

그녀가 손으로 말했다.

"장호연은 중요한 사람이다."

석은 어련히 그럴까 싶어서 고개를 끄덕였다.

그녀는 석의 태도가 미덥지 않은 듯했다. 좀 더 심각하게 받아들이기를 원하고 있었다. 석은 마지못해 '예' 하고 대답했다.

경화 아주머니가 말했다.

"그와 **친해놓으면** 좋은 일이 있을 거다."

"그 사람 나이가 몇인데요?"

"아마 쉰둘? 쉰셋인지도 모르겠다. 중늙은이지."

친구로 사귀라는 말은 아니다.

석은 잠잠히 듣다가 물었다.

"왜 그 사람이 중요한 건가요?"

경화 아주머니가 고개를 저었다.

대답하지 않겠다는 뜻이었다. 또 그녀에게서 찬바람이 나는 듯했다.

석도 더 묻지 않았다.

"**조심해라.**"

손으로 하는 말도 오랫동안 경험하다 보면 어떤 때는 그 속의 뜻만 아니라 말하는 사람의 감정이 담겨 있음을 알게 된다.

석은 경화 아주머니의 손짓에 담겨 있는 애원 같은 심정을 느꼈다.

"예."

대답했다.

조심을 당부해야 할 만큼 위험이 기다리고 있는 것일까? 석은 왼손 팔찌를 만져 무게를 가늠해 보면서 생각했다.

석은 매괴원 안에서 다닐 때도 거의 저택 한 채에 해당하는 보물을 몸에 지니고 다닌다. 바로 그 왼쪽 팔찌 때문이다.

태어날 때부터 길었던 오른팔 때문에 석은 몸의 오른쪽과 왼쪽의 균형이 맞지 않았다. 겉보기도 문제지만 그 차이가 무게중심에도 차이를 가져온다는 것이 큰 문제였다.

석의 근육도 오른팔의 비정상적인 무게를 감안하고 발달하고 있었기 때문에 오른팔은 오른팔만의 문제가 아닌 그의 몸 전체의 균형 문제였다. 그래서 사부는 석의 왼팔 손목에 백금으로 만든 팔찌를 차게 했다.

석이 어렸을 때는 백금 팔찌도 가늘고 작았다. 열다섯 살인 지금은 백금 팔찌가 많이 두꺼워졌다. 그래도 몇 년간은 더 손을 보면서 키워야 할 것 같았다.

석은 계속 자라고 있었다.

손발이 자꾸 커지는 것은 아니지만 조금씩 균형이 틀어지는 것조차 섬세하게 수련해 온 몸에는 큰 영향을 미칠 수 있었다.

처음의 팔찌는 사부가 직접 만들어준 것이었다.

이후 금과 은, 백금, 구리, 주석 같은 금속들을 다루는 법을 장천(張泉) 노인에게 배워서 석은 직접 자기의 팔찌를 만들었다.

지금의 팔찌가 그가 세 번째로 만든 것이다.

기교를 제법 부려서 손목의 살결이 닿는 부분은 피부에 손상이 없도록 주석을 얇게 입혔고, 표면에는 백금의 색이 선명하도록 선을 새긴 후에 순금을 채우는 방법으로 혼천 문양을 넣었다.

삼십육천강의 별들은 좀 더 붉은빛이 나도록 주사를 먹였다. 균형을 잡아주는 것 외에 다른 역할이 있는 것도 아니었지만 팔찌는 제 나름의 멋을 가지고 호화롭다.

팔찌를 새로 만들 때마다 여러 가지 재미있는 기능을 첨부해볼까도 생각했지만 결국 그냥 두는 것이 제일 좋다는 쪽으로 결론지어지곤 했다.

매괴원 안에서는 상관없었지만 바깥세상으로 나가려는 참이니 보물 덩어리라고 할 수 있는 팔찌를 자랑하면서 다닐 수는 없었다.

석은 팔찌에 토씨를 걸어서 보이지 않도록 가렸다.

출발할 때는 눈에 띄는 사람들에게만 간단히 인사했다.

"다녀옵니다."

하인들은 석이 어디로 가는지 모를 텐데도 묻지 않고 잘 다녀오라는 손짓을 했다.

석이 경화 아주머니라고 부르지만 그녀는 매괴장 내의 안살림을 전부 책임진 총관이었다. 그녀보다 나이가 많은 사람들도 그녀를 존중하여 늘 경화 부인이라고 칭했다.

실제 나이는 일흔에 가까웠지만 여전히 중년 미부의 모습과 목소리를 잃지 않았다.

경화 부인은 방에 들어서서 무릎을 낮추어 주인을 뵙는 예를 취한 후에 침상 곁으로 갔다.

진인은 낯빛이 어두웠다.

"너무 심려치 마소서."

경화 부인이 손짓으로 말했다.

진인은 고개만 끄덕였다. 표정이 나아지지 않았다.

경화 부인이 말을 이었다.

"어질고 현명한 아이입니다."

진인은 기쁜 미소를 지었다.

하인인 경화 부인이라 할지라도 제자를 칭찬하는 말에 절로 기뻐진 것이었다.

경화 부인은 따라 미소를 지었다.

진인이 말했다.

"많이 도와주시게."

경화 부인이 고개를 숙였다.

"천녀는 진인을 모신 것을 평생의 영광으로 여기고 있습니다."

진인이 말했다.

"석아는 출발했는가?"

경화 부인이 말했다.

"방금 전에 천리향(千里香)이 든 전낭을 가지고 떠났습니다. 닷새 전부터 천리향을 조금씩 묻힌 옷을 입게 했으니 눈치 채지는 못했을 것입니다."

진인이 고개를 끄덕였다.

"부인께서 준비하신 일이니 오죽하겠는가."

경화 부인이 겸양했다.

"과한 찬이옵니다."

진인은 잠깐 쉬었다가 말했다.

"복초부와 전엽사, 그리고 미실 부인을 보내시게."

경화 부인이 대답했다.

"분부하신 대로 하겠습니다."

진인이 말했다.

"힘을, 힘을 다하라고 이르시게."

경화 부인은 허리를 숙여 인사하고 밖으로 나갔다.

이미 분위기를 감지하고 매괴원 내의 모든 사람들이 여의전 앞에 모여 있었다. 모두 침중했고 긴장감마저 감돌았다.

만 노인이 물었다.

"누구를 보내라 하셨소?"

매괴원 내의 사람치고 마음먹어서 일백 장내의 대화를 듣지 못할 사람이 없다. 그럼에도 그들이 묻는 까닭은 감히 여의전으로 귀를 돌려놓지 못하는 때문이다.

경화 부인은 복석린과 전삼 노인을 손으로 가리켰다. 놀라는 사람이 많았다. 그들은 매괴원 내에서도 손이 거친 사람들에 속했다. 성미는 더했다.

"힘을 다하라 하셨습니다."

중산 노인이 손을 버럭 내저었다.

"소공(少公)을 죽일 작정이오?"

경화 부인이 손을 움직여 미실 부인을 가리켰다.

"미실 아우도 함께해."

중산 노인이 분노하여 수염을 부르르 떨었다.

"정녕코!"

경화 부인은 중산 노인을 보면서 나직하게 한숨을 쉬었다.

"진인께서 정하신 대로입니다."

중산 노인은 그대로 경화 부인을 노려보는 눈을 풀지 않았다. 기세를 일으켜서 금방이라도 손을 쓸 듯했다.

만 노인이 말했다.

"이런 경우는 아직 없었네. 소공은 어려. 이제 열다섯인데 세 사람을 내보내다니……. 내가 듣기에도 이는 소공을 죽이자는

수단으로밖에는 여겨지지 않네. 더구나… 더구나… 소공은 가
장…….”

만 노인은 말을 망설였다.

전삼 노인이 거칠게 손을 내저었다.

“역대 소공들 중에서 가장 뒤떨어지지.”

만 노인이 꺼내지 못했던 말이다.

전삼 노인이 말했다.

“될 수 있다면 나는 빠지고 싶네. 소공을 죽이고 싶지 않아.”

경화 부인의 얼굴에서 서릿발 같은 한기가 뿜어 나왔다. 전
삼 노인은 흠칫했지만 한 걸음 물러섰을 뿐 꺼낸 말을 되물리
지는 않았다.

경화 부인이 손을 움직였다.

“세 분은 영신병(影神餠)을 드세요. 잡담으로 허비할 시간이
없습니다.”

그녀의 소매 속에서 세 줄기의 파란 빛이 복석린과 전삼,
그리고 미실 부인을 겨냥하고 날아갔다.

미실 부인은 가위를 허리춤에 찌르고 두 손으로 받았지만
전삼과 복석린은 옆으로 비켜섰다. 그들의 뜻은 완고했다.

경화 부인이 눈을 새파랗게 빛내며 손을 움직였다.

“영신병이 땅에 떨어진다면 진인의 명을 거역한 것으로 알겠
습니다.”

복석린과 전삼은 그래도 받지 않았다. 다른 사람들이 내력

으로 영신병을 떠받쳐 땅에 떨어지지 않게 하고 있었다.

경화 부인은 어쩔 수 없다는 듯이 미실 부인을 보았다. 그녀만이라도 먼저 떠나라는 의미였다.

미실 부인은 두 손에 받은 파란 떡을 왼손에 옮겨 입으로 가져가며 손으로 말했다.

"미실이 명을 받습니다."

다른 사람들은 질끈 눈을 감았다.

미실 부인이 떡을 씹지 않고 삼켰다.

그 순간 그녀의 눈이 동그랗게 치켜 올라가면서 전신에서 푸르스름한 빛이 감돌기 시작했다. 미실 부인은 배가 아픈 듯이 복부를 껴안았다. 그녀의 몸에서 검푸른 연기가 퍽! 하며 터져 나왔다. 고개를 다시 들었을 때 그녀의 얼굴은 산 사람도 아니고 죽은 사람도 아니었다.

마치 유령처럼 표정없는 얼굴에 눈은 광염이 일렁거렸다.

경화 부인이 손으로 명했다.

"가라. 가서 힘을 다해 소공을 죽여라."

미실 부인은 오른발로 땅을 쿵하고 굴러서 솟구쳤다. 뒤로 몸을 여러 번 뒤집으며 한줄기 구름처럼 둥실 떠올라 매괴원의 담장을 날아 넘어갔다.

영신병은 파란 고물이 묻은 작은 떡이다. 그렇지만 그것은 먹은 사람의 신지를 뒤집어놓고 지시하는 사람의 명령대로 따르게 하는 힘을 가졌다.

진인은 제자들을 가르친 후에 언제나 두 가지 시험을 치르게 했다. 한 가지는 화두에 답하는 것으로 깨달음의 정도를 살펴보는 것이고, 다른 한 가지는 바로 영신병의 시험이었다. 영신병을 먹은 사람의 손에서 살아남아야 아는 바를 행할 수 있으며 세상에 나설 만한 자격이 있다고 보는 것이었다.

영신병의 시험은 통과하기가 아주 어렵다.

진인의 역대 제자들 중에 단번에 이 시험을 넘은 사람은 단 두 명에 지나지 않았다. 세 번, 네 번째 시험에서 겨우 성공하는 경우가 일반적이었다. 이는 영신병을 먹은 사람이 성정은 마귀와 같이 바뀌지만 총명은 오히려 더해지기 때문이었다.

역대 시험에서는 영신병을 먹는 사람이 한 명이면 암중에 소공을 보호하는 사람은 셋이었다. 더 이상 어쩔 수 없는 상황이 되었을 때 소공의 목숨을 보호하여 돌아오는 역할을 맡은 사람들이었다. 그러나 이번 시험은 아예 보호하는 사람조차 없었다.

보호하는 사람은 원래 소공이 떠날 때 몰래 함께하거나 심지어 먼저 출발하는 것이 관례였다. 중산 노인 등은 여의전 앞에 모두 모인 후에야 보호자로 떠난 사람이 아무도 없다는 사실을 알았던 것이다.

경화 부인은 단하로 내려와 복석린과 전삼 사이의 허공에 뜬 영신병 두 개를 거둬들였다.

모인 사람들의 눈 중 태반은 벌써 미실 부인이 사라진 쪽을 걱정스럽게 보고 있었다.

경화 부인은 다짜고짜 손에 잡은 떡을 거칠게 땅으로 팽개
쳤다.

복석린은 기겁하면서 발을 뻗어 바짓단으로 떡을 받아 제
기처럼 튕겨 올렸다. 전삼은 와락 주저앉으며 땅에 스칠 듯이
손을 내저어 떡을 받은 후에 한 바퀴 맴돌아 일어섰다. 복석
린도 띄워 올린 떡을 경화 부인에게 뺏기지 않기 위해서 금나
수의 재주로 가로채고 말았다.

잠깐 사이에 그들 두 사람은 모두 떡을 손에 쥐고 말았다.
아무 생각 없이 본능적으로 취해진 행동이었다.

그들이 속았음을 알고 분통을 터뜨리려는 찰나에 경화 부
인이 손으로 말했다.

"일곱 살에 배운 바 없이 이형환위를 혼자 터득한 사람이라면
어떤가요?"

모두 멈칫했다.

경화 부인이 다시 말했다.

"그 사람이 진인께서 십 년을 작정하고 가르치려 하셨던 것을
칠 년 만에 다 배워 마쳤습니다. 그런 사람에게 과연 드러난 총
명만이 다일 수가 있겠는지 대답해 보세요."

"그런… 그런……."

직접 질문을 받은 복석린이 우물쭈물했다.

경화 부인이 말했다.

"그 사람이 바로 소공입니다. 저도 위험한 줄은 알고 있습니다. 하지만 우리 주인, 진인께서도 위험하십니다."

부득이한 처사다.

모두 마음 한 켠이 알싸한 것을 접어두고, 아니, 한쪽 눈에 피를 흘리면서도 따르지 않으면 안 될 일이었다.

복석린과 전삼이 탄식을 했다.

채소밭을 가꾸는 두곡 노인이 버럭 손을 내질렀다.

"난 진인께서 소공을 데려왔을 때, 소공의 몸을 빌려 입으려는 줄로 알았소. 왜 진인께선 그렇게 하지 않으시는 거요?"

모든 사람이 두곡 노인을 쏘아보았다.

섭오랑(葉五琅)이 눈을 흘기며 말했다.

"그대는 그토록 눈치가 없으니 채소밭에 똥물이나 퍼주는 신세를 면하지 못하는 거예요."

두곡 노인이 벌컥 했으나 다른 사람이 그의 팔을 잡아서 저지했다. 아무도 그의 말을 듣고 싶어하지 않았다.

복석린은 떡을 들고 하염없이 바라보면서 손으로 말했다.

"이 복초자가 소공의 손에 죽기를 기원하며 영신병을 드오."

전삼 노인은 크게 한숨을 내쉬더니 눈을 질끈 감고 한입에 떡을 삼켜 버렸다.

이내 복석린과 전삼 노인은 몸에서 검푸른 연기를 뿜어내며 유령처럼 변했다. 그들의 모습은 아름다웠던 미실 부인과는 또 달라서 보는 것만으로도 공포에 질릴 정도였다.

경화 부인은 손으로 부적을 그리듯이 그들에게 명을 주었다.

인성이 해방된 복초자와 전엽사는 천하를 다 얻은 듯한 광소를 터뜨리며 매화곡 밖으로 날아갔다.

경화 부인은 여전히 몸이 민첩한 섭오랑에게 명했다.

"따라가서 상황을 보고하게."

섭오랑은 그녀에게서 금낭을 하나 받아 들고 즉시 출발했다.

영신병의 시험이 있을 때는 매괴원의 모든 사람이 떠날 준비를 다 갖춘 후에 여의전 앞에 집결하는 것이다.

이제 더 이상 경화 부인이 할 일이 없었다.

한데 해산을 명하고 돌아서서 여의전으로 들어가려는 경화 부인의 소매를 잡는 손이 있었다.

말없이 있던 양선 노인이었다. 양선 노인은 가죽을 무두질하고 신발을 잘 만드는 재주를 가진 사람이었다.

양선 노인이 물었다.

"십 중 몇으로 소공이 돌아올 수 있겠소?"

경화 부인은 대답하지 못했다.

두곡 노인이 툭하고 내질렀다.

"소망만 컸겠지."

아주 틀린 말도 아니었다. 경화 부인은 미미하게 고개를 끄덕였다.

양선 노인은 그녀의 표정을 빤히 보다가 소매를 놓고 어깨를 떨군 채 돌아갔다. 이미 그도 다 알고 있었다.

대강남북을 휘저었던 대마두 두 사람과 전설적인 악명을 떨쳤던 악어낭랑의 손아귀를 빠져나가는 것은 개미가 불판 위를 무사히 지나가는 것보다 더 어려우리라는 것을.

그러나 아무도 모르고 있었다. 개미 중에는 날개가 달린 것도 있다는 사실을.

구슬 가지러 가는 길

매화곡을 나왔으나 여전히 황산의 깊은 속. 세상과는 거리가 멀다. 녹음 우거진 곳에는 매미 소리가 귀청을 따르르하게 울렸다.

해는 많이 기울었다.

석이 사부와 함께 매화곡으로 들어갔을 때가 여덟 살이었다. 칠 년 만의 외출이었지만 별다른 감흥은 없었다.

대략 꼽아보면 양주까지는 사백 리. 산길을 감안한다면 왕복 천 리로 생각하는 것이 옳다. 가서 일을 금방 본다는 보장도 없다.

석은 최대한 빨리 양주를 다녀와야겠다고 생각했다. 하인들이 있지만 석은 사부 옆에서 병간을 해야 할 사람이 자기라고 생각했다. 이 때문에 매괴원을 나설 때부터 마치 돌아올 시간을 정해놓은 달리기를 시작한 듯이 가슴이 뛰었다.

속도의 기준으로 삼을 뭔가가 필요했다. 없어도 달릴 수는 있지만 있으면 마음을 그 위에 의탁할 수 있어 몸이 가벼워진다.

마침 구름이 산봉을 돌아서 북으로 올라가고 있었다.

저놈의 구름은 여름이면 남북으로 오락가락하면서 비를 뿌리는 놈이다. 올라갈 때 함께 가고 내려올 때 함께 오면 안성맞춤이다.

석은 마음을 구름에 얹어놓고 마음이 끄는 힘을 놓치지 않은 채 구름을 따라서 달렸다.

산이 구름을 썼을 때 석도 구름을 썼고, 구름이 쉴 때 석도 쉬었다.

구름은 하늘을 덮으며 가로질렀고, 석은 땅을 가로지르는 구름이 되었다. 매화곡 안이 아닌 곳에서 그렇게 달려본 것도 처음이었다.

그러나 처음이지만 익숙하게.

마치 사부처럼. 사부처럼 되는 것이 익숙하진 않아도 사부처럼. 석은 그렇게 생각하며 달렸다.

달리는 것은 석이 가장 자신있게 잘하는 것 중의 하나다.

석은 다른 사람처럼 한 발씩 땅을 박차고 달리지는 못한다.

걷는 것은 어색하지 않게 걸을 수 있을 정도가 되었지만 뛰는 것만은 안 된다. 한 발씩 남처럼 달리려면 몸이 꼬여서 엎어지고 만다.

석은 개구리가 뛰듯이 두 발로 통통 뛰며 달린다. 이렇게 달리는 것은 산길이어도 좋고 들길이라도 좋았다. 나뭇가지와 대나무를 밟고도 뛸 수 있었고, 제비처럼 물을 차고 뛸 수도 있었다.

준비없이 멀리 뛸 수도 있고 높이 뛸 수도 있었다. 뛰면서 힘을 더 할 수도 있었다. 심지어 뛴 후에 허공에서 숨을 돌리고 땅에 내려올 때까지 몸을 쉴 수도 있었다.

내려설 곳이 마음에 들지 않으면 적당히 비틀어서 원하는 데로 갈 수도 있었다.

다른 사람들이 볼 때 석의 뛰는 모습은 가지를 바꿔 날아앉는 새의 나는 모습에 가까웠다.

구름을 짝 삼아서 달리는 것이 석에게는 충분히 그럴 만했다.

황산을 거의 벗어났을 즈음에 날이 저물었다.

천 리의 들판을 움켜잡아 골마다 주름잡았던 황산도 좋았지만 거침없이 트여서 가슴을 탁 틔우는 들판은 찌릿찌릿한 감동을 준다.

산에서 조금씩 벗어나고 들이 조금씩 보일 때의 감상은 일출을 보는 것과도 비슷하다. 탁 트인 들판은 지평선을 떨치고 둥실 떠오른 아침 해와 비교하면 이질적이면서도 서로 같다.

바람도 들판의 바람은 산바람과 다르다.

구름은 산에서보다 느렸다. 해는 산에서보다 더 엄숙하고 석양은 왼쪽에서 구름을 빨갛게 물어뜯는다. 구름이 피를 뿜는다. 비를 뗠군다. 빛을 뗠군다.

"비다."

마침내 구름이 비가 되어 내린다.

석은 발을 멈추고 손바닥을 뒤집어 빗방울을 받았다. 석양을 받은 황금색 저녁 비는 금방 옷을 적시고 손바닥에 고였다.

석의 손 안에서도 빗물은 황금색이었다. 더워진 몸을 빗물이 씻어주도록 우산을 쓰지 않고 걷다가, 이윽고 해가 완전히 사라졌을 때부터 다시 속도를 내어 달리기 시작했다.

빗줄기는 점점 굵어져서 어느덧 장대비가 되어 있었다. 얼굴을 따갑게 때려서 눈이 충혈되었다. 그러나 석은 자신을 내리누르는 듯한 빗줄기에 대항해서 더 높게 솟구치고 더 멀리 뛰었다.

암천이 이따금 뇌전으로 갈라졌다. 섬광으로 대지가 푸른 빛을 발하며 몸을 드러냈다가 사라진다.

앞이 거의 보이지 않는다. 어둠 속을 꿰뚫어 보는 시력을 기른 석이지만 장대 같은 빗줄기를 꿰뚫지는 못했다.

석은 몸의 감각을 열었다.

의식이 붙잡고 있던 모든 감각을 해방하여 절로 노닐게 하고 그들을 자유에서 예지를 훔쳤다. 보이지 않아도 나무가 느껴졌고, 들리지 않아도 개천을 달리는 급류를 읽었다. 그리고 자기의 몸에서 점점 짙어지는 향내를 맡았다.

석은 깜짝 놀라서 두 번 더 도약하고 땅에 내려섰다. 물에 젖은 미끄러운 바위들이 야산 비탈의 개천가에 넓게 펼쳐져 있었다. 손을 품에 넣어서 더듬어보니 향기의 근원지는 전낭이었다.

손가락 끝이 말해주고 있었다. 냄새가 아주 지독하다고.

석은 손끝으로 냄새를 맡을 줄도 알았고 맛을 볼 줄도 알았으며 글을 읽을 수도 있었다. 모두 사부에게서 배운 것들이었다.

석은 전낭을 풀었다. 안에는 돈 외에 의심 가는 것이 없었다. 단지 전낭의 두 겹 천 가운데서 향기가 뿜어지고 있었다.

어떤 향기는 물에 씻기면 흐려지고 없어진다. 대부분의 향기가 그렇다. 그러나 특별한 종류의 것은 물을 만나면 가루가 한꺼번에 풀어지면서 더 짙은 향을 내뿜는다. 전낭 속의 향기가 바로 그랬다.

석은 손가락을 가까이에 두었다가 멀리 두었다가 하면서 냄새를 맡아보았다. 양에는 차이가 있어도 식별을 하는 질에는 차이가 없었다.

'천리추종향이다!'

천리향, 또는 천리추종향은 훈련되지 않은 사람은 알아채지도 못한다. 훈련받은 사람도 그 사람의 체향에 맞춰서 제작된 천리향의 냄새를 알아내기는 불가능에 가깝다.

석은 전낭을 흐르는 물에 담근 채 잠시 생각했다.

처음으로 강호에 나오는 몸이니 걱정이 되어서 경화 부인이 천리향을 전낭에 넣어주었을 수도 있었다. 아니면 전낭을 잃어버리더라도 향으로 찾기 위해서 매괴원의 모든 전낭이 천리향을 품고 있을 가능성도 있었다.

그러나 이것은 아니었다.

"조심해라."

경화 부인의 손짓이 머릿속을 스쳤다. 세상 모든 도리는 결국 사는 도리와 죽는 도리로 이어진다. 석에게 모든 구별은 여기서 시작된다.

석은 전낭의 돈을 꺼내 손수건에 감아서 품에 넣었다. 전낭은 돌을 채운 후에 굵은 나뭇가지를 분질러 끼운 후 급류 속으로 던졌다.

근처에서 동굴을 찾았다.

옷을 불태우고 불 위로 몸을 굴러서 몸에 남았을 천리향의 향기를 불태웠다. 소지품도 모두 불 위로 한 번씩 굴렸다. 짙은 암향일수록 불에는 쉽게 타서 없어진다.

다른 옷으로 갈아입은 석은 불태운 흔적을 물 위에 뿌리고 다시 달렸다. 감각을 열어 절로 노닐게 해도 더 이상 천리향의 냄새는 나지 않았다. 그러나 안심할 수는 없었다. 아직 다른 냄새를 입지 못했다.

누가 쫓는가는 문제가 되지 않는다. 다만 석은 자신이 누구에게도 쫓김을 당해선 안 된다는 사실을 알고 있을 뿐이었다. 누구도 자기를 쫓아 잡게 해서는 안 되는 것이다.

더 빨리, 누구보다도 더 빨리. 잡히지 않을 자는 그렇게 움직여야 한다. 그렇게 움직이는 한은 잡히지 않는다. 그렇게 움직이는 한 따라잡지 못할 자도 없다.

좋다. 따라잡는 것은 나중 일이다. 일단은 해야 할 일이 우선이다. 이미 그렇게 결정을 내리고 달리는 속도를 더했다.

그러면서 계속 달려가는 와중에도 머릿속의 움직임을 느리게 했다. 완만한 지각 속에서 머리는 남북을 말해준다.

양주로 방향을 잡고, 직선으로 길을 잡았다.

*   *   *

"호호호, 놓쳤네."

미실 부인은 쏟아지는 빗물에 쓸린 머리카락을 다시 쓸어 올리며 웃었다.

"벌써 세 번째네."

은잠으로 머리를 틀어 단단히 조였다.

하얀 얼굴이 달보다 고왔다. 물기 젖은 새파란 입술은 눈썹처럼 가늘고 선명했다. 가름한 턱 선이 긴 목을 타고 가슴으로 흘렀다.

귀 위로 흐르는 머리카락 몇 가닥은 새끼손가락에 걸어서 넘겼다.

한 번 웃을 때마다 옛날에 잊어버렸던 살기가 샘물이 터지듯이 터져 올라왔다. 살인의 기쁨과 살인 전의 설렘이 뼈마디 사이에서 흥분의 알갱이가 되어 탁탁 터진다.

바로 이것이다.

이것이 바로 살아 있는 기쁨, 더할 수 없는 쾌락이다. 산 것을 농락하고 죽은 것으로 전락시킬 때 주어지는 극락 같은 쾌락, 열락의 무한함이다. 단 한 순간이지만 영원히 지속될 수 있는 종류의 기쁨이다.

"소공? 훗! 호호호호호!"

미실 부인은 오줌이 마려운 듯이 아랫배를 움켜잡고 깔깔 웃었다. 폭우가 쏟아지는 들판에서 혼자 깔깔 웃었다.

"교활한 자식, 가장 아름답게 죽여주마. 내가 다시 돌아왔단 말이야."

말을 할 때마다 기뻐서 웃음소리가 깔깔거리며 터져 나왔다.

야차같이 살았던 죄로 지옥 같은 따분함 속에서 수십 년을 보내야 했다. 이제 다시 돌아왔다. 꿈틀거리는 심장을 맨손으로 만지는 듯한 흥분에 미실 부인은 자지러질 듯했다.

도저히 빨리 뒤쫓을 수가 없었다.

영신병을 먹고 명을 받은 후 점차로 일어나기 시작한 이 각성이 미실 부인을 미치게 만들고 있었다.

미실 부인은 노래하듯이 외쳤다. 이미 손으로 말하는 거추장스러움은 완전히 떨쳐 버렸다.

"이제 나는 자유다. 내 자유는 소공, 너를 죽여야 한다는 단 하나에만 매여 있다. 호호호, 진인! 이것이 소공만이 아니라는 걸 제가 모를 것 같은가요? 하지만 진인께선 실패하셨어요. 저는 이제 자유입니다. 소공을 죽이고 나더라도 결코 매괴원으로 돌아가지 않아요. 매화 냄새는 너무 지긋~ 지긋~ 해요."

미실 부인은 미친 여자가 되어서 깔깔거리며 빗속을 기웃거리고 킁킁거리며 석의 냄새를 쫓아 걷고 달렸다. 마치 나비가 화원에서 날아다니듯 했다.

섭오랑은 미실 부인을 일각 전에 발견했다. 그러나 가까이 접근할 수는 없었다. 미실 부인의 무공은 원래부터 섭오랑보다 조금 높은 데다가 떡을 먹은 지금은 훨씬 더 강해진 참이었다.

미실 부인이 자기를 발견하면 죽이려 할 것이라는 사실을 섭오랑은 알고 있었다. 그에 대한 대책이 없는 것은 아니지만 부딪치지 않는 것이 상책이었다.

섭오랑은 생각했다.

'미실은 완전히 마녀였던 옛날로 돌아가 버렸구나. 전엽사와 복초부가 아니더라도 소공이 살기 힘들겠다. 다행히 눈치를 채고 벌써 흔적을 숨겼으니 조금 안도가 되기는 하다. 한데 나보다 먼저 출발한 복초부와 전엽사는 어디로 사라진 걸까? 그들도 천리향을 쫓아오지 않았을 리가 없는데⋯⋯.'

미실 부인이 냄새를 쫓아서 움직이는 것은 동서남북도 없었다.

섭오랑도 더 이상 천리향으로 석을 추적할 수가 없었다. 코를 땅에 대고 낮게 깔린 천리향의 냄새를 찾았지만 점점 흐려지다가 어느 순간부터는 거의 찾을 수 없게 된 지가 벌써 한 시진이 넘었다.

섭오랑은 복초부와 전엽사가 혹시 석을 벌써 찾아서 공격하고 있는 것은 아닌가 걱정이 되었다.

섭오랑은 미실 부인의 정신없는 짓거리를 더 지켜보다가 결국 몸을 돌렸다. 그녀의 임무는 미실 부인을 살피는 것이 아니라 석의 상황을 살펴서 보고하는 것이었다.

만약의 경우를 대비해서 경화 부인이 준 금낭을 열고 그 안에 있는 작은 목패 중에서 첫 번째 것을 만져 보았다. 양주(楊州)라는 두 글자가 새겨져 있었다. 바로 석의 행선지였다.

섭오랑은 목패를 비벼서 가루로 만들어 빗속에 흩었다. 행선지를 알았으니 발자국을 쫓아갈 필요는 없었다. 섭오랑은 조용히 그곳을 떠났다.

*　　　*　　　*

그 시간에 석은 벌써 장강을 눈앞에 두고 있었다. 비는 그쳤지만 달은 없었다. 푸른 갈대들은 흔들리면서 빗방울을 털어내고 와사사 소리를 내며 울어댔다.

비 냄새와는 다른 물 냄새가 정신을 깨운다.

객점은 석의 왼쪽 편 언덕 위에서 강을 내려다보고 서 있었다. 언덕 아래에는 배를 매는 나루터였다. 비에 씻긴 별들이 검은 하늘에도 검은 강물 속에서도 찬란했다.

강을 건너면 곧 양주였다.

그러나 강은 넓고 양주는 여전히 멀었다. 바람은 잠시 흩어져 숨은 구름을 따라 여전히 남에서 북으로 불고 있었다.

석은 객점을 바라보았다.

몸은 지쳤고 하체는 부어올랐다. 피로는 머리를 땅바닥으로 끌어내리려 하고 있었다. 눈앞에는 바다처럼 넓은 장강이 놓여 있었다.

그러나 아직 쉴 때가 아니었다. 옛날의 고사를 따를 때였다.

석은 발길질로 늙은 갈대를 베어냈다. 바깥에서 안으로 낮추어 쓸어 찬 발 날은 도끼처럼 갈대를 잘랐다. 팔뚝만큼 굵은 갈대가 스산한 소리를 내면서 넘어졌다.

석은 발바닥으로 한 번 더 갈대를 밀어 차서 강물 위로 날려 보내고 자기도 몸을 날려 일위도강(一葦渡江)의 수법을 펼쳤다.

갈대를 밟고서 소매를 뒤로 휘둘러 장력을 일으켜 갈대가 물을 헤치고 나아가게 했다.

석은 고사의 주인공인 달마 대사가 소매 속에 손을 넣은 채 갈대를 타고 강을 건너는 그림을 본 적이 있었다. 하지만 석의 일위도강은 아직 달마 대사처럼 될 수 없었다.

석은 알고 있었다.

달마 대사의 일위도강은 단지 갈대를 타는 재주가 아니라 수상표(水上漂)의 깊은 경지를 체득한 이후에야 가능한 것임을. 수상표는 물 위를 걷고 뛰는 재주로 여간 어려운 것이 아니었다. 석도 물 위를 잠시 동안 뛸 수는 있어도 걷지는 못했다. 또한 수상표로 물 위를 아무리 빠르게 달리더라도 땅 위를 달리는 것만 하지 못하고, 땅 위를 아무리 달려도 수상표를 터득한 후의 일위도강만큼 빠를 수가 없었다.

달마 대사의 일위도강 같은 수법은 정녕 얼음을 지치는 듯이 물 위를 미끄러지는 것이기에 그 속도가 바람보다 빠르다. 완전해지면 화살보다 빠르다.

화살보다 빠른 일위도강이 갈대가 아닌 검을 타면 바로 그것이 전설 속의 검선인 것이다.

장강을 만난 지금 석은 일위도강을 진실로 시험하여 깊이

체득하고자 했다. 매화곡 안에서만 수련해 온 그에게 이 같은 기회는 좀체 오지 않는 호기였다.

갈대를 적신 물이 흐르는 길을 느끼고 물 위를 얕게 달리는 바람을 느끼고, 물을 짓누르는 가벼운 바람과 물에서 치솟는 무거운 바람의 역설적인 작용들을 온몸으로 느꼈다.

이와 같은 재주는 마치 물구나무를 서는 것과 같아서 몸으로 익히는 것이지, 말과 머리로 익히는 것이 아니다.

지쳐서 땅이라도 뚫고 들어갈 것 같은 몸으로 석은 일위도강을 연습하며 장강을 가로질렀다. 강의 북안에 닿았을 때는 새벽이었다.

갈대의 머리를 밟아서 뻘 속에서 세우며 석은 언덕을 밟았다. 땅을 밟으니 오히려 머리가 어지러웠다. 지친 몸은 타인의 것인 양 그의 의지대로 잘 따르려 하지 않았다. 발은 움직이지도 않은 채 몸만 앞으로 나아가려 했다.

발을 비롯해서 부어오른 곳이 많았다.

석은 소변을 봐서 몸의 물기를 줄이고 몸속의 피를 간으로 모아서 내부를 실하게 했다. 지나친 수련 이후에도 원기를 소모하지 않으려면 이렇게 하는 것이 좋다. 아직 소년의 몸이라 탁기가 거의 없으니 피로에서 회복되는 속도도 빠르다.

석은 그 상태로 심장의 박동을 높이며 천천히 달렸다. 이렇게 하는 것은 오히려 몸에 활력을 불러다 준다.

이른 새벽에 출어하기 위해 강가로 오는 어부들이 보일 때면 천천히 걸었다. 그들이 보이지 않을 때는 다시 달리며 힘을 비축했다.

그렇게 하여 묘시 말에는 마침내 양주성의 남문에 도착할 수 있었다. 날은 훤했고 성문은 벌써 열려 있었다.

석은 비 맞은 생쥐 꼴이었다.

성문 안 대로 옆에 있는 가장 가까운 객점의 방을 빌린 석은 찬물로 몸을 씻고 옷을 갈아입고 나왔다. 사부를 아는 사람을 찾아가는 길이니 지저분한 모습 그대로 갈 수는 없는 일인 것이다.

길을 따라 늘어선 점포들을 훑어보며 석은 푸줏간을 찾았다. 푸줏간들은 대로에서 들어간 골목 안에 모두 위치해 있었다.

닭을 잡아 파는 곳과 소, 돼지고기를 파는 곳이 십여 군데나 되었다.

석은 그중 제일 큰 가게로 가서 물었다.

"질 좋은 쇠고기 구십 근을 사려고 합니다. 가격이 얼마입니까?"

고기를 쓸며 석을 맞은 점원이 입을 짝 벌리며 말했다.

"잔치가 있는 모양이군요, 공자님. 제일 좋은 가격으로 드리겠습니다."

석은 전대를 툭 쳤다.

돈이 서로 부딪치는 소리가 났다. 점원은 손을 비볐다. 구십 근이라는 소리에 이웃 가게의 점원들도 고개를 돌렸다.

쇠고기로 구십 근이면 송아지 한 마리 값이 훌쩍 넘었다.

석이 말했다.

"가격은 상관하지 않겠습니다. 하지만 여기가 장호연 대인과 거래하는 곳 맞습니까?"

점원의 안색이 변했다. 재수가 좋다가 말았다. 그가 어색하게 말했다.

"이화주보행(李花株寶行)의 장 대인 말씀이시군요. 하지만 장 대인은 북문 근처에 사시니 북문과 거래를 하지, 저희와 거래하지는 않습니다."

석은 웃으며 말했다.

"당신은 신용이 있는 사람입니다."

점원이 겸연쩍게 웃었다. 그러나 이제는 일없다는 듯이 다른 손님을 찾아서 눈을 돌렸다.

석은 돈을 꺼내놓으며 말했다.

"장호연대 인의 집으로 가져다주세요. 집은 알고 있지요?"

점원이 기뻐하며 말했다.

"알고 있다 뿐이겠습니까. 당장 준비해서 보내 드립지요."

석은 고개를 끄덕였다.

점원은 고기 값을 받고 거스름돈을 내주며 말했다.

"사실 양주 안이라면 동서남북의 시장을 가릴 필요가 없지요. 저희 가게에서는 배달하는 사람이 여럿이라서 어디든지 반 시진 안에 다 배달할 수 있답니다. 한데… 장 대인께는 누가 보냈다고 말씀드릴까요?"

석이 말했다.

"손님이 선물과 함께 왔다고 전해주세요."

"예, 알겠습니다."

하고 점원이 대답했다.

구십 근의 고기는 금방 준비되었다.

허리 높이의 질항아리에 척척 쌓아 뚜껑을 덮고 새끼줄로 동여서 들기 좋게 한 후에 바퀴가 네 개 달린 마차에 실어서 가게를 떠났다.

석은 항아리에 고기가 들어가는 것까지 보고 먼저 떠난 후였다.

한데, 점원은 마차가 출발하고 얼마 후에 안을 들여다보다가 새끼줄로 동여진 질항아리가 그대로 있는 것을 발견했다.

설마 하면서 뚜껑을 열어보니 신선한 고기가 그 안에 가득했다.

점원은 깜짝 놀라 소리쳤다.

"아뿔싸! 손 둘째 놈이 또 실수했구나! 고기는 그냥 두고 빈 독을 가지고 갔어!"

막 배달에서 돌아온 다른 일꾼이 허겁지겁 달려왔다.

점원은 뚜껑을 덮고 발을 구르며 소리쳤다.

"어서! 이화주보행의 장 대인 댁에 배달해 드려!"

일꾼은 항아리까지 해서 일백 근이 넘는 고기 단지를 금방 들지 못했다. 점원이 함께 달려들어서 마차에 실고 불안해하면서 자기도 마차에 올라 급하게 장 대인의 집으로 갔다. 양주에서 장사를 하며 장호연의 비위를 거스른다면 간이 배 밖에 나왔다고밖에 할 수 없다.

점원은 혹시 이것이 죄가 되지는 않을지 가슴을 졸였다.

장호연은 부호였다.

양주의 대부분 부호들이 그렇듯이 장호연도 상업으로 부를 이뤘다. 그가 이화주보행을 통해서 취급하는 것은 모두 값비싼 구슬과 보석, 그리고 금, 은 등이었기에 누구도 정확하게 그가 얼마나 부자인지를 몰랐다.

어쨌든 그는 돈이 많았다.

양주의 벼슬아치들은 물론이고 인근의 무림문파들도 그의 돈을 쓰지 않은 곳이 없었다. 이름 조금 있는 시인묵객이나 가객들도 마찬가지였다.

장호연의 집은 딱히 식객을 두려 하지 않았음에도 늘 핑계를 대고 머무르는 손님들로 북적거렸다. 장호연은 그들을 억지로 내치지 않았다.

저마다 밥값은 하려고 했으며, 또한 그들의 그런 점들이 적잖게 그의 사업에 도움이 되었기 때문이다. 간혹 완전한 밥버러지가 있을 경우에는 청지기가 푼돈을 쥐어주며 점잖은 말로 돌아가게 했다. 그런 자들일수록 자존심은 강한 법이라 푼돈을 받아 쥔 후에는 두 번 다시 장호연의 집을 찾지 않았다.

양호연의 집에는 곡식을 넣어두는 곳간 외에도 곧 쓸 부식을 넣어두는 고방이 여럿 있었다. 그 고방 중에서도 고기를 가져다 놓는 곳은 식객들 중에서 재주있는 사람이 손을 봐서 땅속으로 여덟 자 깊이나 되고 천장은 좁게 만들어져 있었는데, 한여름에 고기를 넣어두더라도 사흘 동안은 상하지 않았다.

선선한 바람이 저절로 빙빙 돌아 고기를 신선하게 해주기 때문이었다. 때문에 다른 집에서는 아침에 잡은 쇠고기를 저녁이면 버리는 일이 비일비재했으나 장호연의 집에서는 구경할 수 없는 일이었다.

심지어 장호연의 집에서는 식객들도 고기를 먹을 수 있었다.

그날 들어온 고기는 장호연의 가족과 중한 손들에게 돌아가고, 하루가 지난 고기는 차등으로, 사흘째 된 고기는 나누는 양에는 차이가 있어도 식객들 모두에게 주어졌다.

그렇게 소비되는 고기의 양은 이틀이면 돼지가 한 마리, 닷새면 소 한 마리가 소비되는 양이었다.

석은 장호연이 누구나 알 수 있을 정도로 이름이 알려졌으며 이처럼 큰 기업을 운영하는 사람인 줄을 몰랐다. 단지 경화 부인이 장호연을 중요한 사람이라고 말했을 때 아는 사람이 적지 않겠다는 생각을 했을 뿐이다.

재주를 부려 고기 단지를 바꾸고 그 속에 들어가서 장호연의 집 식재 고방에 들어온 석은 항아리 위에 앉아서 반응을 기다렸다.

장호연에게서 구슬을 받아오라는 것이 그가 받은 명령이었지만, 잘 친해두라는 경화 아주머니의 말도 그냥 흘려버릴 것은 아니었다. 그러나 친하려면 대체로 그 사람이 어떤 사람인지 정도는 감을 잡고 난 후에 할 일이었다.

오는 도중 항아리 속에서 눈은 잠시 붙였다. 도착한 후에는 운기행공을 하여 기력도 거의 회복했다. 조금 더 기다리면 어떤 형태로든 반응이 올 것이다. 어쩌면 장호연의 반응이 아니라 단지 장호연을 둘러싼 환경의 반응일 수도 있지만.

잠시 후에 사람들의 발자국 소리가 들렸다.

석은 항아리 위에 앉은 채 그냥 있었다.

장가의 하인 두 사람이 고기 단지를 들여왔다가 석을 보고서 소리쳤다.

"여기서 뭐 하는 거요?"

차림새가 비루하지 않아서 거칠게 말하지는 못했지만 눈길이 사나웠다.

석은 웃었다.

"사람을 기다리는 중인데, 이렇게 됐으니 내가 찾아가 봐야 할 것 같군요."

"여기 찾아올 사람이 어디 있단 말이오? 어떻게 들어왔는지 모르겠지만 빨리 나가시오!"

하인이 버럭 소리쳤다.

석은 단지에서 내려와 밖으로 나갔다.

하인이 그가 앉았던 단지를 보고 투덜거렸다.

"하필이면 잘못 가져왔다는 단지에 앉아 있었군. 깨뜨리기라도 하면 어쩌려고."

눈금이 그어졌다.

장호연은 거부가 될 만한 사람이고 실제로 거부가 된 사람이지만 사람에 대한 통제력이 재물에 대한 통제력만큼 되는 사람은 아니다. 만약 그렇지 않다면 석이 잴 수 없을 정도로 큰 인물이다.

석은 고방을 나와서 즐비한 건물들 사이를 걸었지만 아무런 제재도 받지 않았다. 모든 사람이 바쁘게 움직이고 있었다.

제법 걸어서 어떤 건물 앞에 이르렀을 때 석은 비로소 묻는 사람을 만났다. 장호연이 있을 것으로 짐작되는 건물 앞이었다.

"어디서 온 사람이오?"

무수장삼을 입고 허리에 칼을 찬 사람이었는데 눈매가 날카로웠다. 장가의 호위무사였다.

석은 기분 나쁜 듯이 미간을 찡그리고 말했다.

"누구를 만나러 왔는지 물어주시지요."

그 말이 조금 다부지게 들렸던 모양이다.

무사가 석을 살피며 약간 조심스럽게 물었다.

"누구를 만나러 왔소?"

"장호연."

하고 석은 단호하게 말했다.

무사가 눈을 부릅떴다.

석은 틈을 주지 않고 강한 어조로 못을 박듯이 단호하게 말했다.

"장호연 대인을 만나러 왔소. 기별해 주시오."

석의 음성은 건물 안에까지 들릴 정도로 컸다.

무사가 석을 노려보면서 말했다.

"그럼 이제 공자가 누군지 물어도 되겠소?"

장호연이 측근에 두고 있는 무사인지 그도 호락호락하지만은 않았다.

석이 짧게 말했다.

"선물(膳物)과 함께 온 사람."

무사는 그 정도로는 대답이 안 된다는 듯한 표정이었다.

석은 피식 웃으며 말했다.

"기별하세요."

두 번째 눈금을 잴 시간이었다.

석의 왼손이 소매 속에서 나와 천천히 들리며 무사의 얼굴을 가리켰다. 갑자기 무사는 자기의 허파가 아래에서부터 점점 쪼그라드는 듯한 느낌을 받고 주춤거리며 물러섰다.

안색이 울긋불긋하게 변했다. 석은 손을 내렸지만 무사는 검을 잡은 손을 쉽게 놓지 못하고 갈등했다. 그러나 석은 무사 대신 무사가 지키고 있는 문 너머를 보고 있었다.

문 안에서 말소리가 들렸다.

"하하하, 대단한 소년이군. 들어오게."

시녀들이 안에서 문을 열었다.

문 안에는 십여 가지의 찬이 차려진 식탁을 놓고 풍채 좋은 노인이 점잖은 태를 뽑으며 손을 흔들고 있었다.

그가 바로 장호연이었다. 육십이 되지 않았다고 들었는데 실제로 보니 겉모습은 육십도 훨씬 넘은 듯했다.

석은 성큼성큼 걸어서 식탁 앞에 이르렀다.

"장호연 대인이십니까?"

"그렇네."

장호연이 탁자를 탁탁 두드리며 말했다. 앉으라는 뜻이었다. 눈에는 호기심이 어려 있었다.

석은 사양하지 않고 장호연의 맞은편에 앉았다.

시녀가 언제 준비했는지 수저를 내놓았다. 한쪽에서는 벌써 탕이 새로 나오는 중이었다.

장호연이 말했다.

"노부에겐 손님이 많은 편이네. 항상 손 맞을 준비는 되어 있으니 걱정 말게."

석은 젓가락을 잡으며 말했다.

"선물은 잘 받으셨습니까?"

장호연이 능글능글 웃으며 말했다.

"항아리 속이 답답하지는 않던가?"

전혀 모르는 위인은 아니다. 아마도 두 번째 고기 단지가 왔을 때 보고가 있었고, 전언의 내용으로 대략 짐작한 모양이다.

석은 차분하게 대꾸했다.

"잠시 있는 것이 답답하다면 죽은 후에 영원토록 있어야 하는 사람들 보기에 부끄럽지 않겠습니까?"

장호연이 말했다.

"산 사람과 죽은 사람은 다르지."

석이 말했다.

"음식에는 독이 없군요."

"감히!"

장호연의 양옆에 있던 두 무사가 분노하며 외쳤다.

장호연은 껄껄 웃고 말했다.

"내가 누구를 독으로 죽일 사람으로 보였는가?"

석이 웃으며 말했다.

"제가 누군지 알고 나면 죽이고 싶은 마음이 들지도 모르지요."

장호연이 말했다.

"원수라 하더라도 아침상 앞에서 죽이지는 않네."

석은 고개를 설레설레 저었다.

"이것저것 다 가리면서도 부자가 될 수 있었다니 믿기 어렵군요."

"여간 입이 매운 친구가 아니군. 그래, 소년은 누구신가?"

석은 입에 넣은 음식을 꼭꼭 씹어서 삼켰다.

장호연은 그때까지 가만히 기다렸다.

석은 몇 젓가락의 음식과 몇 숟가락의 탕을 더 먹은 후에 수저를 함께 내려놓고 허리를 폈다.

장호연은 자기의 관대함과 인내심을 보여주기 위해선지 여전히 재촉하지 않고 미소를 띤 얼굴이었다.

석은 장호연의 눈을 빤히 바라보면서 천천히 말했다.

"구슬을 가지러 왔습니다."

장호연의 표정이 천천히 굳어졌다. 석은 그의 변화를 하나도 놓치지 않고 지켜보았다.

장호연이 마른 음성으로 물었다.

“어떤 구슬을 말인가?”

석은 품속에서 진주 상자를 꺼내놓았다. 뚜껑을 열자 영롱한 진주가 황홀한 빛을 발했다.

석은 천천히 말했다.

“무지개 구슬. 이것이 증표입니다.”

장호연이 딱딱한 어조로 말했다.

“자격을 갖췄는지 모르겠군.”

석은 장호연의 양옆에 있는 두 호위무사를 한 번 본 후에 웃으며 말했다.

“저 두 사람으로 시험할 거라면 그만두십시오.”

“이놈!”

좌측에 있던 무사가 드디어 참지 못하고 소리치며 석의 머리를 잡아왔다.

그러나 석은 들고 있던 젓가락으로 허공에 동그라미만 한 번 그렸다.

순간 석의 앞뒤에서 요란하게 쿵! 하는 소리가 났다.

장호연은 자기도 모르게 고개를 휘청하다가 가까스로 바로잡았다.

하지만 석에게 덤벼들었던 무사와 장호연의 우측에 있는 무사, 그리고 건물 앞에서 석을 막았던 무사는 아무런 영문도 모른 채 쓰러진 후였다.

석은 벌떡 일어서면서 진주가 담긴 함을 들어 장호연의 앞에 탕 소리가 나도록 내려치면서 음성에 힘을 실어 말했다.

"구슬을 내주시죠."

장호연은 당돌하기 이를 데 없는 석을 보고도 머리를 저으며 딱딱하게 말했다. 놀라기는 했으나 겁을 먹은 표정은 아니었다.

"당찬 소년이군. 그렇지만 자격을 검증해 보지 않을 수는 없네."

"하하하하!"

석이 큰소리로 웃었다.

"진주를 무사히 가져오는 것이 시험인 줄 알았는데 아니었던 모양이지요?"

장호연이 묘한 눈빛을 하고 말했다.

"시험을 받는다는 사실을 알고 왔는가?"

석은 물러나 앉아 싱글싱글 웃으며 말했다.

"오는 도중에 조금 일이 있기에 그렇지 않은가 생각해 본 것입니다."

장호연이 말했다.

"그것도 시험이었는지는 모르겠네. 하지만 노부는 노부대로 자네를 시험해 보지 않을 수 없네."

석은 빙그레 웃었다.

"한 가지 말씀드리지요. 먼저 듣고 나서 다시 생각해 보십시오."

쓰러진 세 무사가 억지로 일어서려다가 다시 기우뚱하고 쓰러졌다.

장호연이 고개를 끄덕였다.

"말해보게."

석이 말했다.

"스승님께서 그러시더군요. '너는 가만있을 때는 풀을 뜯는 소같이 순한데 어째서 한 번 나서기만 하면 십 리가 소란해질 정도로 떠들썩하냐?'. 그래서 제가 대답했습니다. '스승님, 산은 가만있다가도 한번 무너지면 천지를 울리지 않습니까. 이를 보더라도 행사함은 마땅히 가만히 있을 때와 달라야 한다고 생각합니다'. 그랬더니 스승님께서, '과연 네 말이 옳다' 하시더군요. 전 그때부터 벼르고 있었습니다. 한 번 움직이면 천지가 떠들썩하게 해보자. 기회를 만나 손을 쓴다면 사해가 놀라고 두려워할 만큼 써보자. 피를 봐야 한다면 최소한 발목을 채울 만큼 뿌려보자, 이렇게 말입니다."

석은 태연하게 말하고 있었지만 전혀 빈말을 하는 태도가 아니었다. 장호연을 자연스럽게 보면서 은연중에 그를 압박하고 있었다.

석은 장호연이 대꾸를 하기 전에 이어 말했다.

"대인께선 제게 어떤 기회를 주시겠습니까?"

장호연이 말했다.

"나는 구슬을 돌려주고 싶지 않다. 아니, 돌려줄 수 없다.

너는 어린아이가 되어서 당돌한 협박을 서슴없이 하는구나.
하지만 노부는 장호연이다. 이날을 대비해서 아무런 준비를
해놓지 않았을 성싶으냐?"

완고한 영감이다.

석은 어지간하면 장호연에게 직접 수단을 사용하고 싶지
않았다. 중요한 사람이라는 소리를 들었고, 사부와 어떤 식으
로 이어져 있는 사람인지 모르는 까닭이었다.

시험을 치르고 싶은 마음은 전혀 없었지만 그것이 스승의
뜻일 수도 있기에 마냥 피하는 것도 안 될 일이었다.

장호연은 먼저 일어나면서 말했다.

"따라오게."

석은 몸을 일으켰다. 그리고 한 발을 들어서 자기의 발목을
잡으려는 손을 밟았다. 공격했다가 쓰러진 무사의 손이었다.

"악!"

무사가 비명을 질렀다.

다른 무사가 머리를 바닥에 대고 구를 듯한 자세로 물었다.

"너는, 너는 무슨 요상한 수법을 썼느냐?"

석은 대답하지 않았다. 그러나 장호연이 돌아보자 제압했
던 세 사람을 풀어주었다. 풀어주는 방법도 단지 왼손 집게손
가락을 거꾸로 반 바퀴 돌리는 것뿐이었다.

쿵!

세 사람이 다시 바닥에 누웠다. 그러나 몸은 완전히 정상으

로 돌아간 후라 물고기가 꼬리로 물을 치고 숏구치는 것처럼 벌떡 일어났다. 하지만 석에게 다시 덤빌 엄두는 내지 못한 채 얼굴만 시뻘게져 있었다.

전각 앞에는 많은 사람들이 운집해 있었다.

마흔 명 정도의 칼잡이들과 제법 힘을 쓸 만한 인물 십여 명이 금방이라도 뛰어들 듯한 자세를 취하고 있다가 장호연이 나오자 사람으로 울타리를 쳤다. 혼이 난 세 무사도 그들과 한 무리를 이루었다.

장호연의 사람들은 그를 에워싼 채 불신과 호기심이 담긴 눈으로 석을 경계하며 몰려갔다. 석은 천천히 따라갔다.

"어떤 수법에 당했는가?"

장호연은 전음으로 호위무사 오병완에게 물었다. 그는 석에게 덤벼들었던 무사였다.

고개도 들지 못하고 역시 전음으로 대답했다.

"모르겠습니다. 다만… 당하고 나서 보니 바닥과 천장이 나란하게 서 있었습니다."

장호연은 다른 무사들에게도 물어보았다. 대답은 똑같았다.

석의 손짓에 하마터면 그도 쓰러질 뻔했었다. 하지만 몸으로 어떤 힘이 전해진 것은 전혀 없었다. 장호연은 석이 어떤 수법을 사용했는지 짐작조차 되지 않았다.

장호연은 속으로 생각했다.

'어린 놈이 여간내기가 아니구나. 무공으로 시험하는 것은 지놈 말처럼 피를 뿌리게 될지도 모르겠다. 하지만 내가 구슬을 쉽게 내어줄 거라 생각하면 오산이다. 천하를 읽으면서 살아온 내가 이런 날을 대비하지 않았을 것 같은가.'

재주가 아깝다는 생각이 들지 않은 것은 아니었다. 다 여물지는 않았지만 생김새도 그만하면 괜찮았다. 그러나 구슬을 빼앗기는 것은 전혀 원치 않았다. 이화주보행이 크지만 무지개 구슬은 단 하나밖에 없었다. 온 세상을 통틀어서도 오직 하나밖에 없다.

더구나 맡겼던 사람은 찾으러 온 자가 마음에 들지 않으면 주지 않아도 된다고 했다.

장호연은 석을 데리고 구연(丘淵)으로 올라갔다.

그의 집은 양주 시내에 있으면서도 전체적으로는 둥글고 위가 넙적한 큰 언덕이 집 뒤쪽에 있었는데, 언덕 위에는 장호연이 또 연못을 만들어놓았기 때문에 경치가 아주 묘하고 아름다웠다.

장호연과 그의 집안 사람들은 그곳을 모두 구연이라고 부르고 있었다. 보통 때는 오직 장호연만이 구연에 올라서 경치를 감상하고 물을 즐길 수 있었다.

구연은 크지 않았으나 깊어 보였고, 가운데에는 삐쭉한 돌섬이 있어서 물이 썩지 않게 하는 기능을 했다. 돌섬은 장호연이 일부러 돌을 가져다 놓은 것이 아니라 원래 그곳에 있는 것이었는데, 훗날 장호연이 주위에 연못을 만들면서 저절로 섬이 된 곳이었다.

구연의 경치는 처음 보는 사람을 감동시키기에 족했다.

바깥으로 고개를 돌리면 양주성 안의 모습이 모두 한눈에 들어왔고, 동그란 연못은 하얀 백석과 파란 청석이 둘러서 만든 길은 금분 같은 느낌을 주었으며, 물은 새파랗고 하늘을 그대로 담았다.

청석과 백석의 경계 바깥에는 높아도 일곱 자가 되지 않고 작아도 두 자는 넘는 키를 가진 관목과 침엽수가 덤불처럼 몽실몽실하게 작은 숲을 이루고 웅크린 채 연못을 호위했다.

나무들이 있는 곳은 있고 없는 곳은 파란 잔디만 깔려 있어서 모든 것의 구별을 선명하게 했다.

세월을 알 수 없는 석조물들이 이끼를 쓰고 장호연과 석 일행을 맞이했다가 뒤에서 배웅했다. 작은 숲 사이를 지날 때도 연못은 계속 볼 수 있었다.

장호연의 구연은 정말 선경과 같이 아름답고 절로 아기자기한 마음이 들며 행복해지는 장소였다.

이윽고 장호연은 연못가에 있는 석등 안으로 손을 넣어서 기관을 만지작거렸다.

그러자 갑자기 연못 가운데 돌섬에 붙어 있던 바위 하나가 그를 향해서 오기 시작했다. 바위는 물에 떠서 저절로 왔는데, 석은 자세히 보지 않아도 바위가 정교한 가짜라는 사실과 바위 밑에는 두 가닥의 서로 이어진 밧줄이 매여 있다는 사실을 알아챘다.

기관의 움직임에 따라서 바위는 이쪽으로 왔다가 저쪽으로 갔다가 하게끔 만들어져 있는 것이었다.

장호연은 바위에 올라서면서 말했다.

"섬으로 건너오게. 이 바위는 한 사람만 탈 수 있으니 수단은 자네가 강구하게."

바위는 은빛으로 물을 가르면서 섬으로 가버렸다.

석은 장호연을 따라왔던 사람들을 힐끗 보았다. 그들은 혐오감이 가득한 눈으로 석을 보고 있었다. 석은 은연중에 그들이 물가로 다가서려 하지 않는다는 사실을 눈치 챘다.

물속에 뭔가가 있다는 이야기이다. 하지만 무엇이 있든지 간에 장호연이 건넌 것처럼 건너간다면 문제될 것이 없다.

석은 성큼 걸어가면서 연못가에 깔려 있는 청석을 힘주어 밟고 밀었다.

한 발은 청석 위에, 다른 한 발은 청석 바깥이었다. 그러나 청석이 탄환처럼 쏘아졌을 때 석은 두 발 모두를 그 청석 위에 올려놓고 있었다.

촤아아아아!

석이 탄 청석도 은빛 물보라를 일으키며 연못 가운데 있는 섬으로 갔다. 그가 장강을 건너면서 사용했던 수법인 일위도강의 변형이었다.

석이 섬에 발을 댄 것은 장호연이 먼저 도착하여 뭔가가 물을 가르는 소리를 듣고 막 돌아보려고 하는 그 순간이었다.

비명을 지르지는 않았지만 장호연은 놀라서 자기도 모르게 손을 떨었다.

석의 재주가 그 정도에 이르렀을 줄은 미처 몰랐다. 장가의 사람들은 벌어진 입을 다물지 못하고 있었다. 석이 아무런 장치도 없이 말 그대로 돌을 타고 물을 건넌 때문이었다.

돌을 타고 물을 건넜다.

물에 뜨는 나무가 아니라 놓기만 해도 가라앉고 마는 딱딱한 돌을 타고 단숨에 물을 건넜다. 그렇게 할 수 있는 고수들이 존재했는지는 몰라도 했다는 말을 들어본 사람은 없었다.

돌을 타고 물을 건넜다는 사실은 전대미문이었다.

석은 싱긋 웃으며 섬으로 올라섰다.

장호연은 무슨 말을 하려다가 입을 다물었다. 이제 석이 대단한 소년으로서가 아니라 무서운 자로 느껴진 것이었다.

돌로 된 섬에는 인공으로 원래 있는 굴을 확장하여 네모나게 깎아 만든 동굴이 있었다. 동굴 입구에는 어울리지 않게 시정(詩停)이라는 두 글자가 쓰여 있었다.

장호연은 시정 앞에 멈춰서 말했다.

"이것이 내가 준비한 시험이다. 너는 이 시정에 들어가 내가 남겨놓은 신패(信牌)를 가지고 무사히 가지고 나오면 시험을 통과한 것이 된다."

장호연은 석의 능력에 두려움을 느꼈기에 위축되지 않고자 처음 만났을 때보다 말을 더 낮추었다.

"들어가고 말고는 네가 결정할 일이지만, 들어가지 않는다면 나를 죽인다 해도 구슬을 가져가진 못한다. 신패를 제시하는 것만이 유일한 방법임을 알아야 한다."

어조가 단호했다.

석은 그냥 고개를 끄덕이고 동굴 안으로 들어가 버렸다.

장호연은 맥이 탁 풀렸다. 전신에 식은땀이 흘렀다.

"이건… 마귀 종자도 아니고……. 어떻게 저런 놈이 다 있을 수 있단 말인가?"

그러나 마귀 종자 아니라 부처 새끼라 하더라도 시정에 들어간 이상은 끝이다. 멋모르고 어린 놈이 성큼 들어가기는 했지만 그 한 걸음이 영영 지옥으로 가는 길임은 몰랐을 것이다.

장호연은 석이 젓가락으로 반원을 그려서 앞뒤에 있는 세 사람을 동시에 제압하던 모습을 떠올리고는 머리를 세차게 흔들었다.

천연덕스럽던 표정까지 떠올라 진절머리가 쳐졌다. 마귀 종자 같은 놈에게는 시정보다 더 어울리는 곳이 없다. 없고말고.

　장호연은 걸음마다 의지를 담아 밟으며 언덕 연못을 떠났다.

　장호연은 소동 때문에 아침을 많이 먹지 않았다. 그러나 식욕이 아예 사라진 후라 그대로 집무실로 갔다.
　그의 결재를 요청하며 기다리는 점주들과 이화주보행의 행원들이 벌써 대기하고 있었다.
　늘 하던 대로 업무를 처리하고 나서 한낮이 다 되었을 때에야 혼자 있을 틈이 생겼다. 장호연은 아무도 집무실로 들어오지 못하게 하고 의자에 몸을 깊숙이 묻은 채 휴식을 취했다.
　이화주보행의 본점이 있는 양주는 옛날부터 장강과 회하(淮河)를 잇는 대운하의 최남단에 자리 잡고 있었다. 남북의 물류는 바로 이곳 양주에서 시작하고 양주에서 끝이 난다고 해도 과언이 아닐 만큼 양주는 천하 물류의 중심이기도 했다.
　고대에는 구주(九州)의 하나로 남방을 통괄했던 지역이며, 여러 왕조가 바뀌어도 중요성은 사라지지 않아서 지금도 소금생산과 소금의 내륙 무역의 핵심지였다. 그래서 부자는 양주에서 나서 소주와 항주에서 산다는 말이 있을 만큼 양주는 상업이 번성하고 부자가 많았다.
　그리고 그 부자들에 빌붙어 사는 아귀 같은 자들 역시 다른 곳보다 훨씬 많았다.
　장호연은 그런 부자들 중에서도 으뜸이었다. 천하를 다 뒤저 본들 장호연보다 많은 재물을 가지고 있다고 장담할 수 있는 사람은 열을 넘지 않을 정도였다.

능히 십대부자에 들 수 있으며 돈으로 귀신을 움직일 수 있는 장호연이었지만, 오늘 만난 소년이 주는 부담감을 쉽사리 떨쳐 버릴 수가 없었다.

원래 장호연은 어떤 큰일이든 한 번 서류를 물리거나 돌려 놓으면 깨끗하게 털어버릴 수 있는 사람이었다. 항상 수많은 일이 터져 나오는 기업을 하면서 그런 역량이 없다면 지금 같은 성공을 일굴 수도 없었다.

장호연도 무공을 알았다.

고수라고 자처할 정도는 아니지만 고수를 알아볼 만한 눈을 지녔고, 하수를 제압하기에 충분한 실력도 가지고 있었다.

그러나 머릿속에서 지워지지 않는 소년에 그의 생각이 이르면 이런저런 자신감과 연륜조차도 손아귀에 든 모래알처럼 우수수 빠져나가 버렸다.

소년이 두 번째 펼쳐 물 위를 건넌 수법은 분명히 무공이었다. 기이하기조차 한 무공이었다. 하지만 처음에 펼쳤던 그 수법은 대체 무엇이란 말인가?

기운을 느낄 수도 없었고 빤히 보면서도 다른 기척을 알아챌 수가 없었다. 젓가락이 반원을 그렸고, 세 무사가 쓰러졌을 뿐이다. 쓰러지고도 스스로의 힘으로 일어나지 못했다. 혈도를 눌린 것도 아닌데 벌레처럼 버둥거리기만 했다.

무공 중에 그런 무공이 있을 수 있는 것인가? 독도 아니었다. 독이라면 세상 사람 다 속일 수 있을지라도 장호연만은 속이지 못한다.

그렇다면 설혹 요사한 술법이라 하더라도 서로 짜고서 속임수를 써서 그렇게 하지 않고도 그런 일이 가능하기나 한 일인가?

장호연은 고수들을 많이 보아왔다.

소림사의 고승과 무당의 도사들도 알았다. 식객으로 있는 사람 중에는 도움을 청하면 기꺼이 손을 내밀어줄 고수들도 있었다. 그러나 그가 만난 사람 중에서 소년같이 기이한 재주를 발휘하는 사람은 없었다.

장호연은 소년이 시정에서 무사히 나올 수 있는 것은 아닌가 생각하고, 한편으로는 나왔으면 하고 바라기도 했다. 그러나 다른 한편으로는 결코 살아서 나오지 못할 거라고 다짐 아닌 다짐을 했다. 구슬이 걸린 문제이기 때문이었다.

부모에게서 집을 물려받았지만 험난한 세상에서 돈을 벌어 부호가 된 사람은 장호연 자신이었다. 사람이 죽고 살고, 죽이고 살리고 하는 데는 오히려 칼바람 속에서 살아온 노강호보다 더 쉽게 생각하는 면도 있었다.

절대적인 무력에도 의지하려 하지 않고 얄팍한 상술에만 의지한 것도 아니었지만, 장호연은 사업을 영위해 나갈 만한 정도의 무력을 지니고 있어서 때로는 남을 치고 때로는 자기

를 지키는 데 사용하기도 해왔고, 경쟁자의 음모를 분쇄하기
도 하고 음모로 경쟁자를 깨뜨리기도 하면서 살아온 때문이
었다.

　살아가면서 만나는 많은 경우가 죽여 버리거나 죽어버리
면 끝난다는 것을 장호연은 잘 알고 있었다. 오늘 찾아온 소
년의 문제도 다를 바가 없었다.

　소년이 죽으면 그걸로 그만이고 더 생각할 필요도 없는 일
이었다. 다만, 죽여 버리거나 죽어버리는 것으로 진정한 부자
가 되는 것은 불가능하다.

　장호연이 부자가 된 것도 그런 수단에 있지 않았기에 죽이
고 죽고 하는 것을 사업에서 큰 비중을 두지 않는 것이다.

　장호연이 부자가 된 데에는 큰 비밀이 몇 가지 있었다.

　세상의 어느 누구도 그 비밀을 알지 못했다.

　장호연에게 그것은 비밀이면서도 그만이 가진 능력이었
다. 또한 그가 입을 열어 말하지 않는 한 세상 누구도 알 수
없는 비밀이기도 했다.

　언젠가 서역의 큰 장사꾼을 만났을 때, 장호연은 얼마나 부
자냐는 질문을 받은 적이 있었다.

　그때 장호연은 단지 자기 욕심만큼만 부자가 되었다고 말
했다. 능력은 얼마든지 더 큰 부자가 될 수 있지만 이상하게
도 욕심이 더 자라지 않으니 어쩔 수 없다는 말을 보탰다.

　서역의 상인은 장호연에게 엄지손가락을 추켜세우며 자기

가 세상을 동서로 두루 다니며 장사를 했지만 당신 같은 진짜 부자는 처음이라고 말했다.

하지만 장호연의 비밀 한 가지는 남들도 거의 다 하는 일상 생활 속에 있었다.

한가한 시간을 빌어서 차를 마시는 일이 바로 그가 부자가 된 비밀이었다.

장호연은 식어버린 차를 입에 머금고 눈을 감았다. 차의 향긋한 기운이 생각을 따라 머릿속을 맴돌다 맑아지며 상천(上天)에 이르러 우주로 스며 나갔다.

장호연은 모든 움직임을 멈추고 숨도 멈추었으며 생각도 멈추고 우주와 합일된 기분을 만끽했다.

젊었을 때 이인(異人)에게 배운 다도(茶道)였다.

이인의 다도는 세상을 인식하는 방법의 하나였고, 그 가르침에 따라서 장호연은 다도의 끝을 거의 볼 수 있었다..

차와 함께 장호연은 득도한 고승들이 이른다는 정신적 경지를 맛보며 세상의 흐름을 읽고 그 흐름에 부합하여 치부할 수 있었던 것이다.

그래서 장호연은 염상(鹽商)이 아니면서도 양주에서 가장 큰 부자가 될 수 있었다. 그가 버는 돈의 대부분은 가난한 사람이 아닌 부자들에게서 나오는 것이었다.

장호연은 차의 향기가 정신을 이끌고 달려가는 것을 완상했다. 그것은 언제나 깨달음이 아니면서도 깨달음이었고, 깨달음이 아니어도 무엇보다 큰 희열이었다.

생각하지 않는 중에 앞날을 계산하고, 보지 않는 중에 미래를 읽는 일이었다. 읽었을지라도 비록 뚜렷하지 않고 느낌만으로 남을망정, 그것은 살아가면서 볼 수 있는 미래의 진체라 해도 과언이 아니었다. 오히려 천의는 그렇게 엿보아야만 후환이 없는 것일 수도 있었다.

장호연은 찻잔을 내려놓았다. 그러나 찻잔에서 손을 떼지도 않고 눈을 뜨지도 않은 채 묵묵히 있었다.

머릿속에서 한줄기 폭풍이 휘몰아쳐 가고 만 가지 느낌이 천천히 수렴되었다.

한데 갑자기 실이 끊어지고 뚝 떨어진 느낌이었다.

장호연은 눈을 뜨고 싶지 않았다. 환희 속에서 커다란 상실감을 느꼈기에 가슴이 텅 비고 꽉 매는 듯했다.

눈을 뜨지 않은 채 차를 한 잔 더 따라서 입으로 가져갔다. 손이 떨렸다.

두 번째 찻잔의 차향이 상실을 피하는 길을 모색해 이끌어주고 막힌 것은 풀어주며 빈 것은 채워주기를 기다렸다.

그러나 고요히 기다렸음에도 차향은 길을 찾지 못했다. 우주에 닿아서도 빙빙 맴돌기만 했다. 장호연은 먼저 전신의 맥이 탁 풀렸다.

이 같은 경우는 없었다.

천천히 우주가 멀어지고 차향이 폐부로 수렴했다. 하지만 마음은 허망함을 채우지 못했다.

잃는다. 구슬을 잃는다.

장호연은 고개를 떨어뜨렸다. 무엇이 어찌 될지는 몰라도 결국은 잃는 것이다. 살아가는 기쁨 중의 기쁨을 잃으니 전부를 잃는 것이나 다름이 없다.

장호연은 한 시진 동안이나 그대로 있었다. 부르지 않으면 그가 가지는 휴식 시간에는 아무도 그의 집무실에 들지 못하기에 시녀들도 점심 식사를 바깥에 대령해 놓고 데워오기를 반복했다.

장호연은 눕고 싶었다. 의지는 달팽이처럼 자기 속으로 돌돌 말려 들어갔다.

그가 눈을 뜨고 고개를 들었을 때, 탁자 맞은편에는 한 여인이 앉아서 식어버린 차를 빈 찻잔에 따르고 있었다.

여인은 허리가 가냘펐다. 나이는 사십을 막 넘은 듯 보였지만 센머리가 많았다.

"부인이 구슬을 가져갈 사람이오?"

장호연은 윗니로 아랫입술을 지그시 깨물며 다짜고짜 물었다.

소년은 시정에 들어갔으니 다시 나오지 못할 것이고, 구슬을 잃게 된다면 눈앞에 아무런 기척 없이 나타난 사람 때문일 거라고 생각했던 것이다.

차의 영능이 다 흩어졌더라면 여인이 나타난 줄도 몰랐을 만큼 여인은 아무런 기척이 없었다. 분명 눈앞에서 차를 마시는데도 마치 그림 속에 있는 초상처럼 느껴졌다.

여인은 한 모금을 마신 후에 찻잔을 손바닥으로 받쳤다.

"소공의 일이 구슬을 가져가는 것인 모양이군."

입은 열리지 않았다. 그런데도 여인은 말을 했다. 음절이 분명하지는 않아서 바람이 속삭이는 것 같았지만 알아들을 수 있는 말이었다.

"나는 잠시 여기서 쉬며 소공을 기다리려 한다. 장 대인이 도와줘야겠지만."

장호연이 힘없이 웃으며 말했다.

"허허허, 기인이신 줄은 알겠소만 젊은 부인의 말이 과하오."

아무런 기척 없는 여인이 장호연을 빤히 보았다. 또 바람 소리 같은 음성이 들렸다.

"무엇이 과한가? 장호연 대인이면 그 정도는 해줄 능력이 되거늘."

당연한 걸 귀찮게 한다는 듯한 말투였다. 장호연은 밑도 끝도 없는 분노가 치밀었다. 이런 경우가 어디 있는가?

"당장 내 집에서 나가시오!"

장호연이 고함쳤다.

부인은 같잖다는 듯이 장호연을 보면서 말했다.

"나는 장호연을 알겠는데, 너는 내가 누군지 아느냐?"

말이 아예 어린아이를 다루는 듯한 하대다. 더욱 화를 돋운
다.

장호연이 더욱 크게 소리쳤다.

"알고 싶지 않소! 어서 가시오!"

고함 소리를 듣고 벌써 세 호위가 나는 듯이 뛰어들어 왔
다. 그들은 원래 밖에 있었는데 들어가는 것을 보지도 못한
부인이 앉아 있자 놀라지 않을 수 없었다.

부인은 아예 못 들은 것처럼 태연하게 찻잔을 들어 입술을
적셨다.

장호연은 길길이 뛰고 싶은 심정이었다. 세 호위가 챙! 하
며 검을 뽑아서 부인을 겨누었다.

부인이 말했다.

"화산과 점창, 그리고 귀주신검문에서 온 젊은이들이군."

세 호위는 속으로 깜짝 놀랐다. 그들은 서로 간에도 출신을
밝히지 않고 지내는 사이였다. 그런데도 부인은 그들이 검을
뽑는 모습만 보고도 출신을 알아보았다.

더구나 그들은 이미 사십이 넘은 나이인데 자기들보다 오
히려 몇 살 어려 보이는 부인이 젊은이들이라고 호칭했기 때
문이다.

아침에 만났던 소년을 위시해서 오늘은 일진이 좋지 않았
다. 자칫하면 목이 날아갈지도 모른다는 생각까지 들었다.

장호연은 늘 죽음으로 충성하겠다는 세 호위까지 망설이

자 분노한 데 이어 기가 막힐 지경이었다.

부인이 입을 열지 않은 채 말했다.

"얌전히 있다가 소공이 오면 맞이하게. 장 대인이나 나나 지금 할 일은 소공이 올 때까지 기다리는 것 같으니까."

장호연이 버럭 소리쳤다.

"그 귀신같은 꼬마라면 더 기다릴 것도 없소! 벌써 와서 죽을 길로 갔으니 당신도 어서 꺼지시오!"

부인이 찻잔을 완전히 내려놓았다. 아주 의외라는 얼굴을 하고 장호연을 보았다. 장호연은 흥분하여 얼굴이 벌겋게 되어 있었다. 조금만 건드리면 눈물이라도 쏟을 듯한 얼굴이었다.

"소공이 벌써 도착했다고? 놀랍군."

부인이 여전히 입을 움직이지 않고 말했다.

"한데, 장 대인, 내 이름은 섭오랑이네. 들어본 적 있다면 고함은 치지 말게. 손을 쓰고 싶어지니까."

"섭오랑?"

장호연이 되물었다. 그리고 되묻다가 그 이름이 의미하는 것을 떠올리고는 입을 굳게 다물었다.

"화중미인(畵中美人)!"

검을 겨누고 있던 세 호위무사는 안색이 파랗게 질려 버렸다.

섭오랑이라는 이름이 세상에 알려졌던 것은 수십 년도 더

되었다. 하지만 그 얼굴을 아는 사람은 없었다. 화중미인이라는 별호도 누가 붙여주었는지 알 수 없었다. 그녀는 남풍사(南風社)라고 알려진 전문 척살 조직의 가장 유명한 검이었던 까닭이다.

흑백 양도를 불문하고 얼마나 많은 고수들이 그녀에게 쫓기다가 살해되었는지 모른다.

그녀의 손에 죽는 자들은 그 순간이 되어야 자기를 죽이는 사람이 화중미인이라는 사실을 알게 된다.

'이제 죽어야 하는가?'

세 호위무사는 눈앞의 여인이 화중미인이라는 사실을 알았기에 죽음을 각오했다. 화중미인은 나이가 팔십에 가까운 노고수로 대항한다는 것 자체가 무의미하다.

장호연이 처량하게 웃었다.

"부인이 화중미인이든 뭐든 상관없소. 어쨌든 부인이 기다리겠다는 그 아이는 벌써 불귀의 객이 되었을 테니 내 집에서 나가주시오."

섭오랑이 물었다.

"어딜 갔기에 자꾸 죽었다고 하는 건가?"

장호연이 말했다.

"나는 그 아이를 시험할 자격이 있소. 해서 죽을 장소에 보내 시험을 했소. 구슬을 직접 가져갈 사람이 아니라면 이만 나가시오."

섭오랑이 손으로 잠시 이마를 짚고 생각하다가 말했다.

"소공이 죽을 장소 같은 건 별로 없어. 무슨 짓을 했는지 모르겠다만, 살고 싶으면 빨리 소공을 내보내는 게 좋을 거야. 소공을 쫓는 괴물이 셋이나 있으니까. 언제 그들이 들이닥칠지 모른다. 나도 그들을 당해내지 못해. 한 사람도 말이야."

뒤에 말은 거의 어린아이를 어르고 협박하는 듯한 말투였다.

하지만 섭오랑의 말은 진심이었다. 장호연이 어떤 난관을 준비했는지 몰라도 영신병을 먹은 복초부와 전엽사, 그리고 악어부인의 위협과는 비교되지 않을 거라 생각했다.

장호연은 문득 시선을 섭오랑의 눈에 맞춘 후에 모든 동작을 멈추었다.

'헉!'

섭오랑은 갑자기 자기의 전신을 짓누르고 모공으로 스며드는 이상한 압력에 놀라 속으로 비명을 질렀다.

장호연의 눈이 자기를 노려보고 있는데 그것이 산 것 같기도 하고 죽은 것 같기도 하고, 사람의 눈이 아닌 어떤 큰 존재의 것인 듯도 하였다.

장호연이 다도로 체득한 심득을 사용한 것이었다.

이 같은 힘은 무공도 아니고 그 무엇도 아니었다. 오로지 자유롭게 노닐던 정신을 한곳에 모아서 쬐는 정신력이라고 할 수 있었다.

사람에 따라서는 크게 다칠 수도 있고 미칠 수도 있지만, 어떤 사람에게는 아무런 영향이 없을 수도 있었다.

장호연이 말했다.

"부인, 죽을 때가 되면 내가 아오. 아직은 그때가 아니오. 이런 나를 협박하고 죽이려 하면 부인에게 무슨 일이 일어날지 모르오."

섭오랑은 '흥' 하고 코웃음을 쳤다. 그러나 속으로 여간 놀라지 않았다. 얼핏 진인에게서나 느낄 수 있는 것과 비슷한 무엇인가를 느꼈기 때문이다.

"감히……."

하고 가볍게 말하며 장호연의 말에 긍정도 부정도 하지 않았다.

장호연은 눈을 감아버리며 말했다.

"나를… 나를 더 핍박한다면 이것이 전부가 아니라는 걸 보게 될 것이오."

시정(詩停)은 원래 장귀남(張貴男)이라는 사람이 만든 정자
였다.

장귀남은 강남 지방의 토호로 세상에 이름이 알려지지 않
았지만 절세의 기재인 풍류 인물이었다. 고금의 시서를 읽기
좋아하다가 마음에 드는 시를 언제라도 볼 수 있기 위해 자기
집 후원에 시정을 만들었다.

시정은 열두 개의 정자가 십이 각의 원을 그리며 만들어져
있었고, 옆에 있는 정자끼리는 허공에 부교를 만들어서 이었
다.

열두 개의 정자는 각각 십이 월을 상징했고, 또한 하루의

열두 시진을 상징했다. 세 개씩 묶어 나누면 사계절이 되었고, 부교의 중간을 하나의 점으로 삼으면 이십사절기가 고루 갖추어져 있었다.

그래서 열두 개의 정자 각각은 때로 일월정, 이월정, 삼월정 하는 식의 이름이었고, 때로는 시간을 따라서 자축인묘의 십이지신의 이름을 따르기도 했다.

처음에 정자와 부교에는 고금의 시들을 옮겨 썼다가 비바람에, 햇볕에 훼손되는 것이 싫어서 정자를 만든 하얀 나무에 검은 옻칠을 한 후 그 위에 은물로 시를 옮겨 적었다.

장귀남은 일월에는 일월정에 시를 썼고 이월에는 이월정에 시를 썼다. 자정에는 오직 자시에서만 작업을 했고, 축정에는 축시에만 글을 썼다. 열두 개의 정자와 부교를 다 채우기 위해 고금의 모든 시를 다 가려 뽑았고, 각각 분류하여 작업하는 데는 정자를 다 지어놓은 후에도 십구 년의 세월이 필요했다.

처음에 장귀남은 정자를 완성하면 벗들을 불러서 자랑하고 함께 즐길 요량이었다. 그래서 정자를 만드는 중에는 벗들에게도 비밀로 했다. 한데 시정의 일월정과 이월정에 시가 빼곡히 들어가고 삼월정에 시를 채우고 있는 중에 장귀남은 자기의 변화를 느꼈다.

시시로 시를 고르고 옮겨 적으면서 장귀남은 천지의 섭리를 조금씩 느끼기 시작했던 것이다.

시라는 것이 천지와 인간의 상호 교감을 극명하게 밝힌 것이란 사실에 생각이 닿자 장귀남은 자기의 변화가 아주 당연한 것으로 받아들일 수 있었다.

그러나 아주 기뻤다. 평생 여러 가지 학문을 하면서 남다른 성취를 쌓기는 했으나 과연 도(道)가 진실로 있는가 하는데는 회의적일 수밖에 없었던 장귀남이다.

땅을 파다가 우연히 물줄기를 찾아낸 듯, 광맥을 발견한 듯 장귀남은 그렇게 자기가 도의 한 자락을 잡았음을 알았다.

시정을 완성해 나가는 것이 그에게는 금광에서 금을 캐내 정련하는 것과 똑같았다.

장귀남은 도에 들어서서 털끝만큼도 벗어나지 않은 채 오직 그 길을 따라서 시정을 만들었다. 집 안에 있으나 그는 이미 세상에 있는 사람이 아니었다.

홀로 도와 함께 노닐면서 십구 년의 세월 동안 온 정신으로, 온몸으로 도를 흠뻑 빨아들였다. 먼저 만들어 미흡했던 부분은 후의 깨달음으로 다시 다듬고, 새로운 것을 더하여 전체가 하나로써 온전하도록 만들었다.

열두 개의 정자와 열두 개의 부교로 이루어진 시정이 모두 완성되었을 때, 장귀남은 노인이었으나 늙지 않았다. 오히려 그의 자식이 노인이 되어가고 있었다.

장귀남은 자식들을 불러서 한 사람씩 시정을 구경하게 했다.

"너희들이 이쪽으로 걸어서 한 바퀴 돌아 여기로 온다면 한 해를 더 산만큼 현명해질 것이다. 반대쪽으로 걸어서 한 바퀴를 돈다면 한 해만큼 젊어질 것이다."

장귀남은 자식들에게 그렇게 말했다.

그의 자식들은 부친이 이미 신통을 깨우쳤다는 사실을 알고 있었다. 장귀남의 모습과 눈빛과 음성이 모든 것을 증거하고 있었기 때문이다.

장귀남의 장남은 이름이 장명(張明)이었다.

당시 쉰세 살이었고, 건강이 좋지 않아 이미 노인이라 할 수 있을 정도였다. 그는 아버지의 말을 충실하게 따른 아들이었다.

시정에 올라서 부교를 따라 일월정에서 차례로 이월정, 삼월정을 거쳐 십이월정에 이르렀다. 그 일은 자시에 시작되었는데, 한 시진에 하나의 정자를 돌아서 열두 정자를 한 바퀴다 돌았을 때는 하루가 끝나게 되었다.

장귀남의 말은 틀리지 않았다. 모두 그가 말한 대로였다.

*   *   *

사부는 만호 노인이 바치는 탕약을 마시고 다시 누웠을 것이다.

미실 부인은 오늘도 사부의 방 안에 난초를 바꾸어놓았겠지. 원래 날마다 여러 가지 다른 꽃을 사부의 방으로 들여놓는 사람이 미실 부인이니까.

석은 바위 의자에 걸터앉아 신발을 벗은 채 맨 발가락을 꼼지락거리며 발을 뻗어 바닥에 설치된 기관의 뇌관이 되는 막대들을 하나씩 뽑아냈다.

아직 시정으로는 들어가지도 못했다.

시정으로 들어가는 첫 번째 관문에서 문을 열기 위해서는 돌 의자에 앉아야 했고, 돌 의자에 앉는 순간에 기관은 작동했다. 이후는 돌이킬 수 없었다. 일어나서 의자를 벗어나려 한 번 해보았지만 오로지 의자에, 석에게 집중되어 있는 기관들 때문에 죽을 번했다.

어쨌든 시정에 들어갔다가 나와야 하니까 시작했는데……

석이 마주한 것은 아주 재미있는 기관 장치였다.

희고 검은 두 종류의 가느다란 막대들이 바둑판처럼 생긴 돌 위에 꽂혀 있었다. 또한 그 막대들은 바둑판의 돌과 같은 역할도 하고 있었다.

자세히 보면 반상에서 흑과 백의 대결이 반쯤 펼쳐진 모양과 다르지 않았다. 다만 이곳의 이상한 바둑은 매 한 수마다 목숨을 걸어야 한다는 것이 다를 뿐이었다.

석이 움직일 수 있는 것은 검은 막대들이었다. 흰 막대는 저절로 움직였다. 기관이 움직여서 바둑판 위에 형세를 이루어놓으면, 석은 그중에서 사활을 찾아서 반드시 맥이 되는 곳에 순서대로 막대를 놓아야만 했다.

몸은 바둑이 끝날 때까지 돌 의자에 묶인 것과 다름없는데, 한 수가 잘못되기라도 하면 어디선가 작동하는 기관이 석을 목표로 생명을 취하려 하고 있었다.

생사가 반상에 있었고, 사활이 그의 발끝에서 움직였다. 생각하는 재미가 없지는 않았지만 벌써 그것만 세 시진째. 계속 붙잡혀 있다가는 이기더라도 지는 꼴이 될 성싶었다.

발가락 사이에 끼운 검은 막대를 좌상 편에 놓아서 백의 집이 만들어질 여지를 없앴다. 어렵지는 않았다. 문제가 사람에 따라 변하는 것이 아니라 이미 답이 정해져 있는 것인 때문이었다.

답이 정해져 있는 것이라면 빠른 속도와 끈기가 해결해 주는 것이다.

이 정도는 감탄할 만하지만 놀랄 정도는 아니다.

미실 부인이 가지로 꽃을 다듬는 솜씨와 난초를 피워내는 재주야말로 정말 놀라웠다. 그녀는 뿌리가 썩어가는 난초도 수술을 해서 살려놓고 잎이 마르는 난초도 화분에 따뜻한 흙 고물을 주고 잎을 부드럽게 닦아주는 방법으로 살려내곤 했다.

그녀가 매화 가지를 자르면 그 매화는 오랫동안 시들지 않았다. 나뭇잎을 반으로 쪼개더라도 마치 그녀의 손에는 생명의 기운이 담겨 있는 것인 양 잎은 오랫동안 초록빛을 간직했다. 기관이나 약물의 힘이 작용한 것도 아니었다.

석이 그녀가 자른 매화 가지를 보고 감탄한 적이 있었다.

"이게 바로 무림인들이 다들 말하는 생검(生劍), 또는 활검(活劍)이군요."

그때 미실 부인은 가위를 옆구리에 끼우고 배를 잡으면서 소리없이 깔깔 웃었다.

"소공도 그런 소릴 믿는 거야?"

석은 그 말에 어리둥절했었다.

미실 부인이 생글생글하면서 다시 물었다.

"정말 그런 말을 믿은 거야?"

석은 당연하다는 듯이 고개를 끄덕여 대답했다.

미실 부인은 장난기가 많았다. 마치 놀리듯이 얼굴을 석의 앞에 가져와 생글거리며 손으로 눈을 찌를 듯이 말했다.

"바보가 많을 때는 바보 소리만 들리는 거야. 경지를 쫓다가 이르지 못하니까 막연히 이럴 거야, 저럴 거야 하면서 상상해버리는 거지. 포도를 따 먹지 못한 여우가 '저 포도는 분명히 아주 실 거야' 하는 것과 마찬가지로."

"사람을 살리는 정말 활검은 없어요?"

석은 한 걸음 물러서면서 말했다.

미실 부인은 얼굴을 뒤로 휙 물리며 안됐다는 표정으로 웃고는 손으로 말했다.

"막힌 숨통을 찔러서 터주면 활겁이깄네."

여전히 장난기가 짙었다. 웃는 얼굴이 다 말하고 있다.

석은 고개를 갸우뚱했다. 여의전에 수집되어 있는 많은 책들이 활겁을 말하고 있었다. 검을 수련하는 중에 반드시 거쳐야 할 어떤 경지가 활겁인 듯했다.

미실 부인은 석의 소매를 잡아끌고 그녀의 화원(花園)으로 갔다. 그녀는 매괴원 안에 그녀의 화원을 따로 가지고 있었으며, 그곳에는 온갖 난초와 꽃, 화목들이 자라고 있었다.

붉은 장미와 하얀 찔레가 불꽃처럼 넘실대는 밭에는 부엽토가 발로 차면 툭툭 일어날 만큼 많았다. 장미나무들 사이로 간혹 산딸기나무도 사마귀처럼 마르고 뻐적거리는 가지를 펼치고 있었는데 향기와 빛깔이 특히 고왔다.

산딸기 철이면 석은 저녁 식사 후에 미실 부인이 한 아름씩 꺾어다 주는 것을 해마다 먹으면서 자랐다.

장미나 찔레나 산딸기나 모두 조금만 관리하지 않아도 제멋대로 되어버리는 것이지만 미실 부인은 항상 그것들이 한껏 맵시를 발휘할 수 있도록 다듬어주곤 했다.

"잘 봐요, 소공."

미실 부인은 가위 든 손을 움직여 말을 하면서 바로 장미

줄기를 한 가닥 끊었다.

딱! 소리가 났다. 일부러 들으라고 한 것 같았다.

장미꽃이 줄기를 달고서 석의 코앞으로 날아왔다.

석이 가시를 피해서 엄지와 중지로 줄기를 눌러 잡았다.

"어떤 것 같아?"

미실 부인이 물었다.

석은 잘린 줄기의 단면을 보았다. 미실 부인이 항상 해왔던 것처럼 매끈했다. 마치 마른 나무를 대패로 밀었을 때 드러나는 나무의 단면처럼 매끈했다. 그곳에는 물기도 한 점 없었다. 장미는 어쩌면 아직 자기가 잘린 줄도 모를 것이다.

생명력은 그만큼 오래토록 유지될 것이 분명했다. 정말로 책에서 이야기하는 생검, 또는 활검의 경지가 분명했다.

"대단합니다."

"소공은 어떨 것 같아?"

미실 부인이 웃으며 물었다. 그녀의 손이 밖으로 밀려 나온 장미꽃 한 송이를 가리키고 있었다.

석은 머뭇거리며 말했다.

"검으로 빠르게 베면 단면은 비슷하게 자를 수 있을 것 같아요."

미실 부인이 고개를 까딱거렸다.

"해봐."

석은 그때 장검을 가지고 있지 않았다. 늘 가지고 있는 단검으로 가지를 자른 후에 꽃을 손으로 받았다. 단면을 살펴보니 매끈했다. 하지만 물기가 스며 나오고 있었다.

"실패했어요."

석이 아깝다는 듯이 말했다. 하지만 사실 처음부터 될 수 있을 거란 생각도 갖고 있지 않았다.

미실 부인이 자기의 가위를 빌려주었다.

"이번엔 저것."

석은 가위로 그냥 아무 생각 없이 가지를 툭 잘랐다.

툭! 하며 꽃이 발 앞에 떨어졌다.

손끝으로 집어서 보니 놀랍게도 단면이 깔끔했다.

미실 부인이 배를 잡고 웃었다.

"알겠어?"

석은 바보처럼 멍하게 서서 자기의 머리를 쥐어박았다.

미실 부인의 가위는 움직여서 자르는 부분이 동그스름했다. 아무것도 아닌 그 단순한 구조에 소위 말하는 활검의 비밀이 있었던 것이다.

잘리는 단면은 동그스름한 부분이 누르는 압력에 의해서 단단해질 수밖에 없다. 잘린 조직이 압력에 밀려서 단단하게 압축되니 그곳을 지나던 수관(水管)과 체관(滯管)이 모두 치밀하게 막혀 수분도 체액도 누출되지 않게 된 것이다.

미실 부인이 코를 부빌 듯이 다가와 놀리듯이 물었다.

"아직도 생검과 활검이 있을 것 같아?"

석은 겸연쩍게 웃었다.

"그냥 쾌검(快劍)이었군요."

미실 부인은 또 배를 잡고 깔깔 웃었다. 매괴원의 하인들은 원래 소리를 내지 않기에 모습만의 깔깔거림이었다.

많은 사람들이 하는 소리는 대체로 옳다. 그러나 경험해 보지 못한 많은 사람들이 하는 말은 무지한 소리일 뿐이다.

석은 미실 부인을 통해서 중인의 입에 통용되는 말의 진위를 구별하는 법을 배웠다.

진정으로 쾌검을 사용할 수 있는 경지에 이르렀던 사람이라면 활검이니 생검이니 하는 것의 현상들이 단지 쾌검이 가지고 있는 어떤 속성을 말하는 것에 지나지 않는다는 사실을 알 수 있었을 것이다.

모르는 사람은 모르고, 아는 사람은 말할 필요를 느끼지 못하고, 모르는 사람은 경지를 모색하며 알려고 하다 보니 이 말 저 말 주워섬기거나 지어내기도 하고, 아는 사람은 그 한마디가 재주없는 사람을 깨우쳐 쓸데없는 번거로움을 초래할 수도 있기에 그들이 하는 바보짓을 방치해 왔다.

그들이 말하는 생검으로 팔을 자른다고 그 팔이 영원히 살아서 펄떡일 리도 없고, 생검으로 찌르나 사검으로 찌르나 제대로 찔린 자는 죽게 마련이고, 죽지 않도록 찌른 사람은 죽지 않게 마련이다.

바둑의 사활이라고 하는 문제를 앞에 두고서 석은 몇 년 전에 생각했던 검의 사활을 떠올리며 웃었다.

검의 사활은 엉터리였지만 바둑의 사활은 진짜였다.

검보다도 바둑의 사활이 더욱 살벌했다. 한 번만 실수를 해도 목숨이 날아갈 수 있었다. 눈에 보이지는 않지만 살벌한 기관이 돌 의자에 묶인 신세나 다름없는 그를 일제히 겨누고 있음을 알고 있었다.

'시정이라 해놓고 웬 바둑판은……'

반상의 삼백예순한 점, 네 모서리와 천중을 놓고 여기저기에 툭툭 던져지면서 풀기를 요구하는 사활 문제들. 석은 자기가 푼 것이 벌써 네 귀에 일흔두 개, 변에 서른여섯 개, 천중에 스물네 개, 전체를 아우르는 것이 열한 개나 된다는 사실을 알고 있었다.

모두 일백마흔세 개였다. 지금 풀고 있는 것도 전체를 아우르는 것인데 가장 난해하고 생각할 거리가 많은 것이었다.

전체를 아우르는 것들은 처음 보면 생소한 것 같았지만 자세히 살펴보면 그동안 풀었던 것과 비슷한 것을 한꺼번에 모아놓은 것이거나 최소한 맥락은 같이하고 있었다. 결정판이라는 말이 딱 맞을 것 같았다.

석은 사부와 사형들만큼 총명하다는 소리를 듣지는 못했다. 하지만 그도 그들만큼의 천재는 아닐 수 있지만 결코 바보는 아니었다.

반상에 있는 삼백예순한 개의 점과 인체에 산재하는 삼백
예순한 개의 혈도, 그리고 일 년 사계절의 모든 변화가 자신
이 풀고 있는 시활 문제와 연관되어 있다는 사실을 일찌감치
깨닫고 있었다.

그렇게 보면 하나의 사활 문제는 바둑의 사활 문제가 아니
라 바로 석의 사활 문제였고, 둥글고 네모나며 걸어다닐 수
있는 사람이 누워서 천지의 변화를 담을 수 있는 사람 아닌
사람을 상대하여 죽이고 살고 하는 사활 문제였다.

하나의 사활 문제는 하나의 초식, 전체를 아우르는 열두 개
의 사활 문제는 사활을 유도하는 통괄된 초식이자 순간적인
내력의 움직임이라 할 수 있었다.

석은 눈을 감고 지금까지 풀었던 모든 문제를 되짚어 기억
속에 단단히 갈무리한 후 발가락으로 마지막 사활 문제의 숨
통을 끊었다.

발끝을 떼면서 다시 생각해 보니 무엇인지 퍼뜩 머릿속으
로 떠올랐다. 지금까지 풀었던 사활 문제가 바로 조선에서 행
해진다는 순장혁(巡將奕:순장바둑, 일본식 현대 바둑 이전에 존
재했던 한국 고유의 바둑)의 정교한 모습이었다.

석은 사부에게서 조선의 순장바둑에 대한 이야기를 들었
다. 순장바둑은 열일곱 개의 돌을 반상의 화점에 먼저 놓는
바둑인데 시작하자마자 바로 싸움을 하게 되는 바둑이었다.

일반적으로 바둑을 바둑으로 두는 사람은 정해진 화점에

정해진 숫자만큼 돌을 놓고 두지만, 조선에서도 특별한 재주를 가진 사람들은 그들만의 순장바둑이 있다고 했었다.

그들은 순장바둑에서 화점의 위치를 목적에 맞게 바꾸어 놓는 단순한 방법으로 서로 간의 재주를 바둑을 통해서 비교하기도 하고 전수할 수도 있었다.

석은 자기가 방금 바둑을 통해서 알게 된 일백마흔네 가지의 무공 기법이 바로 치밀한 순장바둑과 같은 방식으로 전해졌다는 사실을 알았다.

위이이잉! 그륵! 그륵! 하면서 기관이 움직이는 소리가 달라졌다.

반상 위에 꽂았던 막대들이 반상 속으로 미끄러져 들어갔다.

이제 사활 문제는 끝났다.

석은 막대들이 완전히 사라졌을 때 주저없이 벌떡 몸을 일으켰다.

발 앞에서는 바둑판마저 천천히 가라앉고 있었다. 그리고 앞에서 벽이 양옆으로 천천히 갈라지면서 깔때기 모양의 통로가 생겨났다.

석은 벽에 쓰인 백양사(百兩四)라는 세 글자를 보고 웃음이 나왔다. 일백에 두 개의 사, 일백사십사라는 뜻이고, 석이 반상에서 푼 사활 문제의 개수였다. 그것을 창안한 사람은 마땅한 이름을 붙이기 성가셔서 백양사라고 한 것 같았다.

처음 장호연의 의도대로 이곳에 들어왔을 때는 나름 단단한 각오를 하고 있었다.

시험을 받아야 한다면 받아야지. 받다가 죽어도 거절하거나 달아날 문제가 아니었다. 사부의 뜻이라면 죽더라도 그 뜻에 따라야 하기에 전혀 망설이지 않고 발을 들일 수 있었다. 죽는 것이 염려되지 않아서는 아니었다.

그러나 아직은 감당 못할 위험을 만난 것 같지는 않았다. 고작 동굴 속의 석실 하나를 지나는 중이었지만, 들어설 때 느꼈던, 폭발하듯 터져 나오며 피부를 찢어발기는 것 같던 살기와 적대감을 석은 도전하지 않고 융화시키며 편안한 마음으로 풀어내고 있었다.

석은 살수로서 일을 시작하지는 않았지만 마음속 깊은 곳에서부터 살수였다. 살수가 무엇인지에 대하여 사부의 가르침을 받은 이후로 타인의 적대감과 원한을 자기에게 미치지 않게 통제하는 법을 찾아서 익혀왔다. 사부의 가르침대로라면 살수는 인과에 깊이 개입하지 말아야 하고 원한과 복수의 사슬에서도 벗어나 있어야 하는 법이다.

이것은 일종의 심법이라면 심법이었다.

첫 번째 석실을 지나 두 번째 석실로 들어설 때 사방에서 느껴지는 살기는 더욱 짙어져서 그 자체로 사람을 죽일 만했지만 석은 걷는 속도를 자기가 살기를 통제할 수 있는 만큼 늦추는 것으로 대처했다.

마음의 요동은 없다. 그러나 언제라도 죽을 수 있고 언제라도 죽음을 당할 수 있는 것이 그가 가질 직업이고 그가 살아가는 방법이라 할 수 있었다. 어쩌면 그 절박함의 경계에서 석은 자기의 힘을 최대한 끌어다 쓰고 있는 것인지도 몰랐다.

한참 밑으로 내려온 후 만난 두 번째 석실도 시정은 아니었다.

석이 시정으로 들어간 지 삼 일이 지났다.

장호연은 이따금 느끼는 불안감에 뜨끔할 뿐 대체로 석을 기억하지 않으려고 노력했다. 잊으려고 하면 오히려 더 잊히지 않는다고 하지만, 자꾸 노력하다 보면 어느 틈에 감쪽같이 잊을 수 있는 것이 사람이라 사흘이 지났을 때 장호연은 대체로 석을 잊었다.

가슴을 팍 찌르는 손가락 같았던 그 여자, 화중미인 섭오랑은 왔던 그날 떠났다. 실제로는 어느 구석에 있는지도 모르지만, 그녀가 화중미인인 만큼 스스로 드러내지 않으면 그 기척을 알아챌 사람이 장가에는 없었다.

　장호연의 사업은 이화주보행이고, 이화주보행은 온갖 보물과 진귀한 구슬들을 거래하는 곳이다.

　양주의 부호들은 물류가 빈번한 이곳의 특성을 잘 활용하여 항상 수많은 돈을 벌어들이고 있었다. 하지만 그들은 그들이 벌어들인 돈을 돈으로 그냥 쌓아둘 수가 없었다.

　장호연의 이화주보행을 통해서 보석이나 다른 값진 것으로 바꾸어서 간직하는 것이 편했다. 또한 그런 보물들은 다시 팔 때 샀을 때보다 훨씬 비싸게 팔 가능성도 많았다.

　세상에서 점점 흔해지는 돈보다는 그쪽이 나았다.

　장호연의 부는 그렇게 이루어졌다. 상인들이 천 냥으로 이천 냥을 남겨서 이천 냥짜리 보석을 사게 되면 장호연은 오백 냥을 들여서 천오백 냥을 남길 수 있었다.

　보석은 다듬는 사람에 따라서 가격이 달라지고 파는 사람에 따라서도 달라지며, 또 사는 사람에 따라서 더욱 달라지기에 수요만 있다면 그보다 쉬운 장사가 없었다.

　하지만 주보를 다루다 보면 온갖 종류의 날파리가 꼬인다.

　담을 넘는 도둑은 헤아릴 수가 없었고, 심지어 떼강도가 양주성 안까지 쳐들어와 날뛴 적도 있었다. 그래도 장호연은 단 한 톨의 구슬이나 금붙이도 팔지 않고 잃은 적이 없었다.

　영업이 끝난 후에 전시되었던 자잘한 것들까지 모두 금고에 보관되고 나면 어느 누구도 훔쳐 가지 못했다.

　이화주보행과 장호연의 집은 앞뒤로 이어져 있었는데, 금고는 이화주보행의 땅 밑에 있었고, 이르는 길은 오직 하나였다.

그리고 그 길로 들어가면 반드시 중독되지 않을 수 없었다.

금고에 다녀오고도 해약을 먹지 않으면 나오자마자 낯빛이 파랗게 변하기 시작하고, 이틀이 지나면 검게 변하며 손발이 마비되고, 사흘째가 되면 전신이 검게 변하고 혀도 움직일 수 없게 되는데, 나흘째가 되면 돌처럼 굳어져서 결국 죽고 만다.

장호연이 해독하지 않은 보물을 만져도 마찬가지다.

장호연은 부호들에게 보물을 팔 때 안전을 위하여 자기의 보물과 같은 독을 발라서 남이 훔쳐 가더라도 아무 소용 없도록 해주기도 했다.

하지만 장호연은 원래 독에 능한 사람이 아니었다. 처음부터 그의 금고가 그처럼 무서운 장소가 된 것도 아니었다.

이십 년 전쯤에, 그의 식객으로 머물다가 죽은 한 노인의 선물을 받고나서 부터였다.

장호연이 처음 그 노인을 만났을 때 노인은 작고 깡마르며 피부도 까만 사람이었다. 앉아 있으면 수염은 배꼽 아래에 이르렀고 누르스름한 색깔의 눈썹은 귀에 걸쳐질 정도로 길었다.

노인은 갈 곳이 없어 장호연의 집에 의탁했었고, 장호연은 노인을 범상치 않은 사람으로 여기곤 대접했다.

노인이 그의 집에서 산 것은 삼 년이었다.

어느 날 저녁 장호연이 일을 마치고 차를 음미하고 있을 때, 노인은 장호연을 만나길 요청했고, 장호연은 처음으로 다도를 중간에서 끝내고 노인을 만났다.

만나주지 않으면 안 된다는 느낌이 장호연에게 있었다. 노인을 처음 봤을 때도 그것은 마찬가지였다. 장호연에게는 그런 느낌을 이해하는 능력이 갖춰져 있었다.

장호연이 정중하게 방으로 청해 그를 만났을 때, 노인은 장호연의 얼굴을 한참 보다가 말했다.

"내가 삼 년 동안 장 공을 지켜봤소."

장호연은 공손하게 머리를 숙여 존경을 표했다.

새까만 노인이 또 말했다.

"장 공은 사람됨이 대체로 의젓하오. 이제 알 만하니 한 가지를 전하고 싶은데 받으시려오?"

장호연은 흑인노인에게 깊숙이 머리를 숙이고 말했다.

"변변찮은 제가 감당할 수 있을지 모르겠습니다."

흑인노인이 말했다.

"장 공이 적임자요. 받을 것인지 아닌지만 말하시오."

장호연은 노인의 음성에서 약간의 노기를 느꼈다. 이상한 두려움이 일어났지만 그래도 참고 물었다.

"받으면 어떤 점이 좋고 어떤 것을 감수해야 하는지요?"

장호연은 상인이었다.

노인이 말했다.

"이것은 세상에 하나밖에 없는 비법이다. 천하는 오직 편작이 있는 줄을 알고 있으나 그에게 도를 전한 장상군이 있었음과 장상군의 도를 이은 다른 한 사람, 짐효가 있는 줄은 모른다. 나는 짐효를 이은 사람이고 네가 이어가기를 바란다."

편작이면 의술의 조종을 말한다. 그와 나란히 거론되는 사람이라면 짐효 역시 편작 못지않은 사람이라 할 수 있을 터이다.

장호연은 놀라며 말했다.

"귀인께선 어째 저같이 늙어가는 사람에게 의술을 전하려 하십니까?"

노인이 묵묵히 있다가 아쉬운 듯 한숨을 쉬고 말했다.

"이것은 의술이 아니다. 의술은 편작이 가져갔다. 내가 받았고 네게 전해줄 수 있는 것은 독(毒)이다. 받겠느냐?"

장호연은 잠시 생각한 후에 받겠다고 대답했다.

노인이 기뻐하며 말했다.

"내 대에서 도가 끊어지지는 않게 되었다. 너는 내일 아침에 내 처소로 오너라. 책과 환단 하나를 놓아둘 것인즉 책은 부단히 익혀서 보충하도록 하고 환단은 입 안에서 상지수(上之水:땅에 떨어진 적이 없는 하늘의 물, 이슬 등)에 으깨어 먹도록 해라. 나머지는 모두 책을 보면 알게 될 것이다."

장호연은 노인에게 스승의 예를 갖추고 아홉 번 절했다.

노인은 흡족하게 웃고는 자기 처소로 돌아갔다.

흑인노인은 장호연이 다도를 전해준 이인 이후 두 번째로 만난 기인이었다. 그가 만났던 첫 번째 이인도 여러 면에서 두 번째 노인과 다르지 않았다.

장호연은 과연 독이 무슨 소용 있겠는가 하고 생각했지만 선인의 도가 헛되이 전해지지는 않았을 거란 생각에 아침 일찍 노인의 처소로 갔다.

하지만 그가 인기척을 해도 노인의 처소에서는 반응이 없었다. 문을 열어보니 과연 노인이 말했던 대로 탁자 위에는 책이 한 권 놓여 있고 그 옆에는 짙은 향을 발하는 환약이 하나 있었는데 크기는 비둘기 알만 했다.

색깔도 새알처럼 알록달록했고, 마치 아직 덜 여문 것처럼 부드러워 보였다.

장호연은 노인이 어디로 갔는지 찾아보았지만 허사였다. 노인은 신발도 신지 않고 옷도 입지 않은 채 사라졌다. 모든 것이 그대로 방 안에 남아 있었다.

장호연은 그가 정말 기인이라 생각하면서 책을 간직하고 환약을 입에 문 채 서둘러 정원으로 갔다. 대나무 잎에 얹힌 이슬을 입 안에 털어 넣어 환약을 먹었다.

장호연은 자기 방으로 돌아와서 노인이 남긴 책을 보면서 노인이 어디로 갔는지 알았다. 자기가 먹은 것이 무엇이었는지도 알았다.

노인은 자기의 몸을 태워서 독단을 연성하여 남긴 것이었다.

마치 노인을 먹은 것처럼 장호연은 한동안 헛구역질과 이상한 기분에 빠져 있었다. 독단을 먹었다는 생각 때문에 두렵기도 했다. 노인이 남겨준 독경은 더 이상 읽지 않고 중단했다.

하지만 닷새가 지나도 몸은 아무렇지 않았다. 열흘이 지나도 괜찮았다.

장호연은 점차 평상시로 돌아왔다. 그런데 보름이 지나면서부터 점점 눈이 이상해지기 시작했다.

앉아 있다가 무심히 고개를 들고 보면 문득 벽 뒤에 있는 꽃과 나무가 보일 때도 있었고, 서류를 넘기려고 뒤적이다가 넘길 것도 없이 뒷장의 내용이 눈에 보이는 경우도 있었다.

사람을 보는데 뜬금없이 옷 속의 알몸이 보일 때도 있고 몸속의 심장이 펄떡거리는 걸 볼 경우도 있었다.

한 달쯤 되었을 때는 그것도 익숙해져서 보려면 보이고 보지 않으려면 보이지 않게 되었다. 그러나 천안통을 터득한 것과는 달라서 눈이 미치는 거리만 볼 수 있지, 무작정 먼 곳까지 다 볼 수 있는 것은 아니었다.

눈을 감아도 안 보이는 것은 마찬가지였다.

다만 밤길을 걸어도 불 없이 다 볼 수 있으니 편했다.

거래하는 상대방의 소매 속에 감춘 손이 떨리는지 안 떨리는지도 알 수 있었고, 마음만 먹으면 상대가 얼마나 되는 돈을 가지고 왔는지, 어떤 서류를 지녔는지도 훤히 알 수 있었다.

심지어 어떤 상가를 방문해서는 펼쳐지지도 않은 그 집의 장부를 읽을 수도 있었다. 책과 같은 것은 펼쳐지지 않았을 때 읽기가 불편한 편이지만 이내 적응하는 것이 가능했다.

그 정도가 되고 나니 오로지 이득은 있을 뿐 해는 없었다.

장호연은 다시 독경을 꺼내서 읽기 시작했다. 큰 욕심을 부리지 않은 채 대략 이치를 통하는 데 삼 년이 걸렸다.

독을 의지대로 취할 수 있고 의지대로 풀어낼 수 있었다. 그러나 장호연은 아주 강렬한 독을 지닌 독인은 아니었다. 무공을 조금 지녔으나 무림인이라 하기는 힘들었고, 독을 마음대로 다룰 수 있었어도 여전히 그는 상인이었다.

독으로는 내려치는 칼을 막을 수 없고 날아오는 화살을 피할 수 있는 것도 아니기 때문이었다.

상인으로서 재물을 지키고 방비하는 데 유리한 독을 주로 받아들였다.

독은 불과 같은 것이 있는가 하면 얼음과 같은 것도 있었다. 장호연이 마음먹기에 따라서 다른 사람 몸속에 맺힌 것을 독으로 녹여내거나 달아오른 것을 식혀 내릴 수도 있었다. 그것은 편작이 타인의 몸을 투시하여 보면서 침과 약으로 병을 다스리던 것과도 비슷했다.

어쨌든 장호연은 흑인 사부에게서 독의 도를 전해 받았다. 그리고 그에 부수하여 사물을 투시하는 능력을 얻은 때문에 선대에서 이루었으나 무슨 이유에서인지 땅속에 묻혀 버렸던 시정을 발굴할 수 있었다.

장호연의 다른 능력은 대단치 않았으나 시정으로 가는 곳에 있는 어떤 기관이든지 훤히 다 볼 수 있었기 때문이다.

아무리 복잡한 기관 장치도 장호연에게는 눈뜬 사람이 개똥을 피해서 걸어갈 수 있는 것처럼 쉽게 통과할 수 있었다.

장호연은 뜨끔한 불안과 함께 대체로 잊고 있던 석을 떠올렸다.

그놈이 지금 시정에 있다. 십중팔구는 들어가지도 못하고 죽었을 것이겠지만.

"죽은 놈이야."

장호연은 작게 중얼거리고는 머리를 흔들어 지워 버렸다.

시정은 들어가는 것도 어렵지만 들어간 후에도 사람이라면 죽을 수밖에 없는 곳. 이 세상에 있는 지옥이었다. 장호연은 시정을 한 번 경험했기에 두 번 다시 들어갈 엄두도 내치 못했었다. 꿰뚫어 보는 그의 능력이 없었더라면 나오지도 못하고 죽었을 것이다.

하지만 그럼에도 불구하고 장호연은 이 년 전에 한 번 더 시정으로 들어가야만 했다.

구슬을 얻은 후에 다시 빼앗길 것을 염려하여 구슬을 찾으러 오는 자를 시험할 장소로 그곳을 정한 때문이었다.

장호연은 구슬을 돌려주기로 천지신명과 북두칠성에 맹세한다는 내용을 적은 신패를 시정에 가져다 두었다. 그런 후에는 자기도 들어갈 수 없을 정도로 온갖 장치를 다 갖추어 봉했기 때문에 시정은 현세의 완전한 지옥이라고 불러도 과언이 아니었다. 더구나 그 온갖 장치에는 구슬의 원래 주인이 후에 구슬을 되찾으러 올 사람을 시험하라며 설계하여 준 것이 철저하게 포함되어 있었다.

누구도 죽었다가 살아날 수는 없으니 시정에 든 자가 다시 나올 수도 없다. 시정에 들어가는 네 개의 관문을 다 통과한다고 해도 시정에서는 살아나올 수가 없다.

장호연은 답답했다.

그놈은 죽었는데 구슬은 누가 가져간단 말인가? 무엇이? 대체 누가?

*　　　*　　　*

바둑부터 시작하여 거문고와 글씨와 그림, 이렇게 금기서화를 모두 시험받고 석은 마지막 네 번째 석실을 통과했다.

그것은 마치 자격을 묻는 것과도 같았다.

거문고는 보이지도 않는 곳에서 소리를 듣고 혀와 이빨로 뜯어서 그 음을 연주해야 했고, 글씨는 양손으로 석필을 나누어 잡고 써서 모양과 크기가 같아야 했다. 그림은 모래밭처럼 펼쳐진 검은 철가루 위에서 발로 그려야만 했다.

흉험하기는 바둑을 할 때와 마찬가지였다. 석은 목마름, 배고픔과도 싸워야 했다. 그러나 석실을 통과할 때마다 석은 통과했다는 증거로 한 가지씩 얻을 수 있었다.

바둑을 했을 때는 백양사를 얻었다. 백양사는 석이 가진 모든 무공을 다 녹여서 풀어줄 수 있을 정도로 유연하면서 커다란 그릇이었다.

거문고를 혀와 이빨로 뜯으면서는 심금(心琴)의 참뜻을 체험할 수 있었다. 마음이 움직이면 소리가 된다는 악기(樂記)의 구절을 이해할 수 있게 되었고, 소리로 마음을 읽는 이치와 소리로 소리를 받고 단단한 소리와 무른 소리를 주무르는 법을 저절로 배워 알게 되었다. 그 재주의 이름은 심금박(心琴拍)이었다.

양손으로 같은 글씨를 대칭되게 쓰면서는 공간을 나누는 법과 점유하는 비법을 익힐 수 있었으며, 부분이 전체가 되고 전체가 부분이 되는 묘용을 터득할 수 있었다. 처음 그 기법을 창안한 사람은 이에 허공탁(虛空琢)이라는 이름을 붙이고 있었다. 처음의 백양사보다는 훨씬 그럴듯한 이름이었다.

석은 쇠모래 위에서 두 발로 그림을 그리며 어울림과 조화와 창의(創意)를 알게 되었다. 이름은 화첨재(和添栽)였다.

벽이 열리며 복도가 되고, 화첨재라는 이상한 재주의 이름이 보였다. 그 복도의 끝에는 작은 문이 있었다. 석은 걸어가면서 대체 무엇이 있기에 들어가는 데만도 이런 자격을 따지나 하고 생각했다.

은근히 오기가 치밀었다.

그때 뭐가 있나 하는 석의 마음에 답을 하기라도 하는 듯이 작은 문 위에 오언절구(五言絶句) 한 수가 적혀 있는 것이 보였다.

오언절구는 오자사행(五字四行)으로 이루어진 시를 말한다.

시정에 들어온 후 처음으로 만나는 시였다.

단숨에 다가가서 바라보니, 거창할 거라고는 털끝만큼도 없는 왕유(王維)의 잡시(雜詩)였다.

이견한매발(已見寒梅發)

부문제조성(復聞啼鳥聲)

수심시춘초(愁心視春草)

외향옥계생(畏向玉階生)

매화꽃 피었구나

새소리 들려오네

시름하는 마음에 봄풀 보여라

두렵구나 궁정 뜰에 우거질까

잡시는 시인이 제목을 붙이지 않은 시를 말한다.

왕유는 당대의 유명인으로 시인이며, 시인보다 더 뛰어난 화가였고, 벼슬은 상서우승(尙書右丞)을 지냈던 고관이다.

석은 실망과 의아함에 고개를 갸웃거렸다.

왕유의 그 시는 세상에 널리 알려져 있는 것이라 지금 같은 상황에 덜렁 나타나는 것이 오히려 이상했다.

삼행의 춘초라는 단어는 원래 춘초연연록 왕손귀미귀(春草 年年綠 王孫歸未歸)에서 딴 것이었다.

봄풀은 해마다 푸른데 왕손은 돌아오지 않는다는 뜻인데, 시가 적혀 있어야 할 장소가 아주 엉뚱하다고 할 수 있었다.

사행의 옥계는 궁궐의 뜨락을 의미하는 것이기도 했다.

왕유의 그 시로 판단해 본다면 시정이 마치 후손이 떠나고 없는 빈 고향집 같은 것이라 할 수도 있기 때문이었다.

아무리 좋게 봐준다고 해도 후손이 돌아오지 않아서 걱정하는 마음을 표현하기 위해 옮겨놓은 시라고밖에 할 수 없었다.

목마르고 배고픈 석은 그 시에 대해서도 얄미운 생각이 들었다. 또한 그에게도 글을 보면 따라서 써놓고 비교해 보고 싶어하는 마음이 있었다.

아무도 읽을 사람은 없겠지만 손가락으로 그 아래에 자기의 심정을 표현하는 시를 써내려 갔다.

　객심쟁일월(客心爭日月)
　내왕예기정(來王豫期程)
　추풍부상대(秋風不相待)
　선지낙양성(先至洛陽城)

　나그네 마음은 날짜를 다투는 것
　오가는 일정이 미리 정해졌는데
　가을바람은 날 기다리지 않고
　후딱 먼저 낙양성에 이르렀네

역시 당나라 때 사람 장도제(張道濟)의 오언절구였다.

석은 제 딴에 만족하여 빙그레 웃었다.

잡시를 쓴 왕유가 상서우상이었지만 장도제는 좌승상(左丞相)을 지낸 사람이었다. 벼슬에선 우보다 좌가 높고 상서우상보다 승상이 훨씬 높으니 단번에 한 코 죽여서 그동안의 고생을 통쾌하게 복수한 기분이었다.

내용도 빨리 매괴원으로 돌아가고 싶은 자신의 심정을 꼭 그대로 표현한 것이라 흡족했다.

석은 손가락에 묻은 돌가루를 튕겨 버리고 문을 슬쩍 밀었다.

커다란 쿠르릉! 소리를 내면서 작은 문이 천천히 열렸다.

"아!"

석은 비명 같은 외침을 내뱉으며 그 자리에 화석처럼 굳어졌다. 문 안에서 조각난 빛이 여름철 메뚜기보다 더 요란하게 날고 있었다.

조각난 빛인지 은빛 칼날인지가 분명하지 않았다.

정신이 멍했다.

이지가 흐려지고 몸은 물먹은 솜뭉치처럼 바닥에 붙어버렸다. 뼈마디마저 느껴지지 않았다. 느낄 수가 없었다.

석은 무수한 것을 보았고 무수한 것을 경험한 듯했는데 아무것도 기억할 수가 없었다. 멍한 중에 의식 속에서는 간혹 옛 시구가 툭툭 떠올랐다 사라지곤 했다.

시간은 석이 느려진 것만큼이나 느리게 흐르다가 석의 의식이 차오르기 시작할 때 그에 맞춰서 제 속도를 내기 시작했다.

그래도 몸이 너무 무거웠다.

들리지 않을 머릿속까지 무거워서 자꾸 바닥에 거꾸로 심어질 것만 같았다.

'가야지. 일어나서 가야지. 사부님에게 가야지.'

석은 그것 외엔 아무것도 생각할 수 없었다. 바보의 돌림노래처럼 그 생각만 입 안에서, 골속에서 돌고 또 돌았다.

의식이 있다는 것이 모든 정황을 이해하고 기억한다는 의미가 아니었다.

석은 여전히 기억보다도 각성이 더 가까운 상태에 있었다.

마치 알에서 깨어나는 병아리처럼 석은 낼 수 있는 모든 힘과 모든 용을 다 사용해서 상태를 깨뜨렸다.

이윽고 상태의 속박이 끊어지고, 석은 천 리 길을 달린 것처럼 거칠게 헐떡거렸다. 온몸을 펄떡거리며 숨 쉬었다.

"끄으윽! 허어억! 헉헉!"

콩나물이 시루에서 머리를 뽑아 올리듯이 석은 온몸을 좁히며 머리를 뽑아 올렸다. 겨우 몸이 추슬러졌다.

갈증과 허기 속에서 진하디진한 땀을 수도 없이 흘렸는데도 몸은 오히려 가뿐했다. 배는 고팠지만 목마름은 느껴지지 않았다.

석은 왼손으로 바닥을 짚고 앉았다.

둘러보니 사방이 막힌 동그란 방. 오목하게 높은 천장 한가운데에만 지름 두 자 넓이의 구멍이 나 있다.

발치에는 붉은 호박으로 만든 옥패가 떨어져 있다. 옥패를 손에 들고 보니 장호연의 신패였다.

한쪽에는 천지신명과 북두칠성을 두고 한 맹세가 적혀 있고, 다른 쪽에는 그의 이름이 새겨져 있었다.

품에 갈무리했다.

이제는 가야 할 때. 나가서 구슬을 찾아 사부에게로 돌아가야 할 때였다.

발을 모으고 솟구쳐 단숨에 빠져나왔다. 하지만 그곳은 무너져 내려 입구가 막혀 버린 동굴이었다. 더 이상은 빠져나갈 구멍이 없었다.

그런 동굴 속에 안전한 석실이 있다는 사실이 신기했다. 마치 대피소 같았기 때문이다.

석은 숨을 멈추고 천천히 자기 머릿속을 관조하며 북방과 남방을 감지했다. 그 가운데 남방으로 막힌 동굴 벽 앞으로 가서 손을 괭이처럼 구부려서 휘둘렀다.

흙과 작은 돌이 섞여 있는 동굴 벽이 소리없이 떨어져 나왔다.

시정이 있던 구연은 높은 언덕. 그 속에 있었으니 옆으로만 뚫고 나가면 바깥에 이를 것이라고 석은 계산했다.

흙도 검고 어둠도 검었다.

석은 묵묵히 쉬지 않고 두 손을 휘둘러 굴을 파며 남쪽으로 나아갔다. 속도는 태어난 지 일곱 달 된 아기가 배밀이 하는 것과 비슷했다.

잠이 오지 않았다.

바깥을 보니 아직 달이 없다. 별 창창한 밤, 미지근한 바람이 지루하게 나뭇가지를 흔든다.

장호연은 텅 빈 공방(工房)에 혼자 앉았다.

수신호위들도 혼자 있고 싶어하는 그의 마음을 아는지라 근처에 없었다.

큰 부를 이루었고, 큰 기업을 가졌으며, 많은 벗과 식솔이 있었지만 장호연은 고독했다. 돌아보면 지나온 삶이 의지하며 산 것이 아니라 의지가 되며 살아왔다.

누군가를 마음으로 바라다가 장호연은 입속으로 작게 중

얼거렸다.

"하늘이여."

아무도 모른다.

장호연에게도 마음을 의탁할 곳이 필요했다. 수십 년 동안 안식처를 찾지 못한 마음이 평정을 일탈한 것만 해도 수백 번. 어쩌면 자잘한 것까지 합치면 수천 번이 넘을지도 모른다.

여자, 도박, 기호에 대한 집착, 사소한 것에 대한 편집증, 행로를 일탈한 마음이 빠져드는 이 모든 함정들. 장호연도 경험했다.

때로는 예(藝)에 심취하여 그럴듯한 방법으로 마음을 흩어버리기도 했다. 그러나 탐욕없는 예술은 오히려 순수한 예술이 되지 못하는 것을.

장호연은 한낱 기예를 닦는 것으로 그쳤고, 예를 삶의 방식으로 채택하지는 못했다.

구슬을 다듬는 재주는 그때 익힌 기예였다.

특히 그는 진주 구슬 다듬기를 즐겨 했다. 그 시절에 국한할 뿐이지만.

장호연은 근 이십 년 만에 공방의 작업대 앞에 앉았다.

밤은 보석을 세공하기에 적당치 않다. 보석, 보주들은 밤이 되면 요술을 부린다. 홀리는 빛을 뿜어내 사람을 밤으로 끌어간다.

흠이 있는 보석일수록 밤이 되면 요란하다. 어떤 경우에는 가짜들이 밤에 더 요란하다. 그래서 보석을 세공하는 사람은 대체로 밤을 피한다.

자기도 모르게 여우에 홀리듯이 홀려서 다듬었다가 낮에 다시 보면 허탈해한다.

그러나 진주는 밤에 얌전한 보주다.

낮에는 영롱하고 밤에는 은은하다. 요술을 부려도 제 생김을 스스로 결정하기에 세공자를 실망시키지 않는다.

장호연은 사십여 개의 진주 구슬들을 평평하고 넓은 접시에 담아서 크기에 따라 구분했다.

모양을 잡아보는 자기 틀 위에 가는 소금을 깔아서 구슬이 굴러가지 못하게 한 후 하나씩 올려서 배치해 보았다.

큰 구슬을 가운데 두고 양옆으로 크기에 따라 늘어놓으면 전형적인 목걸이가 된다. 작은 구슬 몇 개를 큰 구슬에 달면 진주 목걸이는 목에 쓴 왕녀의 관이다.

장호연은 여러 가지로 모양을 잡아보았다.

모양의 화려함이 지나치면 진주의 순수함이 떨어진다. 단출하면 세공자의 마음이 들어갈 여지가 적어서 진주의 기를 너무 세운다. 이럴 때는 목걸이가 오만하다.

목걸이 아닌 화관(花冠)의 장식으로 쓰기에는 지나치게 맑다. 화려함 속에서 지나치게 맑으면 슬퍼 보인다.

팔찌로 만들기엔 굵은 구슬과 가는 구슬의 차이가 많다. 요대는, 너무 수줍다.

장호연은 결국 다시 목걸이 모양으로 구슬을 배치했다. 백금으로 만든 용 모양 잠금을 양끝에 놓았다.

목걸이가 오만한 모양을 하고 있다.

장호연은 청포도로 만든 독한 식초를 대롱에 담아 불면서 진주에 구멍을 뚫었다. 진주 녹은 물이 대롱의 겉면을 타고 내려온다.

진주는 한 뼘 높이의 작업대에 올려져 장호연의 두 검지로 고정되어 있고, 대롱은 장호연이 입으로 바람을 불 때마다 식초를 밀어 올렸다.

진주 구슬의 가운데가 물러진 후에 녹아내린다. 밑에서 식초를 뿜으며 조금씩 밀고 올라온 대롱이 끝을 내민다. 진주를 녹인 식초는 은은한 김을 뿜으며 눈물이 되어서 진주를 적신다.

장호연은 진주의 눈물을 고운 명주로 닦아서 진주에 윤을 더했다. 명주 천에는 금가루를 살짝 얹었다. 닦인 진주가 모양을 잡았던 틀에 다시 놓였을 때 스며든 금가루는 얼룩을 만들었다.

장호연은 큰 구슬 한 개에만 금가루를 묻혔다. 나머지는 구멍만 뚫고 윤을 더했다. 명주실을 고리에 걸어 끈을 짠 후에 구슬을 꿰었다.

여전히 오만한 모양새다. 하지만 머리가 부끄러워 고개를 숙였고, 머리 숙인 모습이 더 곱다.

장호연은 목걸이를 머리 없이 상체만 있는 나무 인형에 걸어놓고 보았다.

걸작은 아니다.

원래 걸작을 만들 만한 솜씨가 있었던 것도 아니다. 단지 하고자 했던 마음은 표현되었다.

굵은 구슬은 금을 반쯤 머금어 부끄러워하고, 나머지 구슬들은 그를 벗한다.

새벽이 밝고 있었다.

장호연은 황색 비단으로 목걸이를 받쳐서 비어 있는 함에 담아 공방을 나섰다.

독한 식초 냄새가 몸에 뱄다. 새벽바람이 소매 속으로 들어와 등줄기를 타고 내려갔다. 수신호위들은 숨을 죽인 채 기다리고 있었다.

"가자."

하고 장호연이 말했다.

이미 점창파 출신이라는 게 탄로나 버린 문현기가 말했다.

"대인, 쉬셔야 하지 않겠습니까?"

장호연은 머리를 흔들었다.

"하룻밤이었을 뿐이네. 아직 이 정도는 견딜 수 있는 나이야."

문현기는 더 말하지 못하고 장호연을 따라갔다.

금고에 가기는 이른 시간이었다.

새벽이기는 하지만 장가의 식솔들은 일어나지 않았다. 저택을 지키는 호위들만 등불 아래 서 있었다.

장가에서 문 두 개를 지나면 이화주보행의 후원이었다.

장가와 이화주보행은 서로 등을 마주 대고 있다. 그중에서 이화주보행이 남쪽이다.

이화주보행은 주 건물이 몹시 큰 편인데, 더군다나 사층으로 되어 있었다. 값진 보석일수록 높은 층에 진열되었고, 매 걸음마다 다른 보석을 구경할 수 있는데, 한 걸음을 더할 때마다 보석의 값도 더 비싸졌다.

그래서 고객들은 자기가 지출할 액수만큼의 보석을 어디에 가야 구할 수 있을지 알고 있었다.

백 명이 넘는 점원이 다섯 걸음 간격으로 진열대 뒤에 서 있기 때문에 어느 곳에서나 낮은 소리로 물어보고 즉시 구매하는 것이 가능했다.

보석들은 영업 시작 전에 매장의 진열대에 배치되었다가 영업 시간이 끝나면 금고로 돌아갔다.

이때 금고로 보석을 가져가고 가져오는 것과 고객이 구매한 보석을 이화주보행 바깥으로 내어주는 역할을 하는 것은 모두 이화주보행 전속 호위들이었다.

그들은 무공이 대단한 것은 아니었지만 장호연에 대한 충성심이 높았다. 장호연이 그들을 풍족하게 돌봐줬기 때문이다.

아직 한 명의 배신자도 나오지 않았고, 보석을 두고서 장호연을 속인 사람도 없었다. 그만큼 그들은 장호연을 좋아했다.

장호연을 위해서 목숨을 바쳐도 좋다고 생각하는 사람들이었다.

장호연이 이화주보행으로 들어가자마자 밤 당번이었던 호위들이 충성심을 뽐냈다. 장호연이 온 시간이 평소보다 훨씬 빨랐지만 그들은 전혀 개의치 않고 즉시 금고로 들어갈 준비를 했다.

장호연 직속의 세 호위와 이화주보행의 호위 부총을 위시한 쉰네 명이 여덟 대의 보석 전용 수레를 끌고 지하로 내려갔다.

이화주보행 일층에 있으며 지하의 금고로 통하는 방부터가 벌써 하나의 금고였다.

장호연은 열쇠로 세 개의 철문을 열고 먼저 들어간 후에 그들이 들어오게 했다. 금고로 내려가는 길은 독과 기관이 장치되어 있지만 장호연이 해제했다.

독도 기관도 장호연이 아니면 어떤 사람도 해결할 수 없는 것들이었다.

수레는 궤도를 타고 들어갔다. 문이 열리고 보안이 해제된 상태다. 이화주보행의 호위들이 먼저 금고로 달려갔다.

그것도 그들의 주인인 장호연이 금고 안에서 일을 빨리 끝낼 수 있게 해주기 위한 충성심의 발로였다.

수레바퀴가 궤도를 타는 소리는 윙윙거리며 복도를 울렸
다.

장호연은 천천히 걸어갔다.

아직 밤을 견딜 수 있는 나이라고 말했지만 몹시 피곤했다.

나가면 뜨거운 물에 씻은 후 차를 마시고 싶었다.

열쇠를 꺼내고 기관을 만지느라 품에 넣었던 진주 목걸이
상자를 꺼내 다시 잡았다. 오늘 그가 빨랐던 것은 진주 목걸
이를 금고 속에 넣어버리기 위해서였다.

그것은 의미가 있었다.

마음을 사로잡고 있는 불안감, 무지개 구슬을 잃어버릴 것
이라는 불안감을 금고 속에 가두어 버리는 의미가 있었다. 운
명이든 미래든 장호연은 가릴 것 없이 그의 금고 속에 가두기
를 원했다.

그때, 금고로 안쪽에서 갑작스런 소란이 일어났다.

"누구냐?"

"도둑이다!"

"헉, 어떻게?!"

호위들의 소리와 취아앙! 하면서 검을 뽑는 소리가 터져 나
왔다.

"무슨 일이냐?"

이화주보행의 호위 부총이 고함치면서 달려갔다.

문현기가 장호연의 곁으로 바짝 붙고 다른 두 호위도 바람

처럼 호위 부총을 뒤따라갔다.

장호연은 놀라서 목걸이가 든 상자를 떨어뜨릴 뻔했다.

"놀라지 마라!"

하고 의연하게 소리쳤지만 그의 손발이 떨렸다.

금고 안에 적이 침투해 있다니, 귀신도 못 들어올 거라 믿었던 곳에 적이라니…….

문현기가 전음으로 말했다.

"대인, 나가시는 게 좋겠습니다."

"화중미인인가?"

장호연이 겨우 물었다. 들어올 수 없는 곳이기는 하지만 들어왔다면 그녀 외에 다른 사람일 수가 없을 것 같았다.

문현기의 생각도 비슷했다. 그러나 그는 장호연을 안심시키기 위해서 그렇다고 대답하지 않았다.

"모르겠습니다. 나가서 사태를 주시하며 대처하시는 게 좋을 것 같습니다."

장호연은 망설였다.

그때 요란한 비명 소리가 터져 나왔다.

"아이쿠!"

"윽!"

"나 죽네!"

"사람 살려!"

비명 소리지만 상황에 맞는 소리는 아니었다.

"누, 누구냐?!"

호위 부총의 고함 소리는 강 건너에 서서 도둑을 꾸짖는 사람의 음성처럼 들렸다.

장호연은 결심했다.

걸음을 옮기며 말했다.

"가보자."

문현기는 장호연을 따르는 사람이었다. 그가 결정하자마자 검을 비스듬히 하여 장호연의 전면을 호위하면서 앞장섰다.

금고의 문은 활짝 열렸는데, 그 안에는 난장판으로 쓰러져 있는 호위들이 보였다. 또 수십 명이 동그랗게 한곳을 에워싸고 몰려 있는데, 가운데서 휙휙! 하면서 호위들이 비명을 지르면서 바깥으로 날려가고 있었다.

검이 부딪치는 요란한 쇳소리와 비명 소리가 우스꽝스럽게 느껴지는 이상한 장면이었다.

장호연의 세 호위 중 한 명인 표충이 고함치고 있었다.

"검을 버려! 칼을 버려! 힘이 빠졌다!"

문현기가 장호연에게 안도하며 말했다.

"강한 자는 아닌 모양입니다."

한데 표충의 고함 소리를 들었던 이화주보행의 호위들이 모두 검과 도를 바닥에 내팽개치고 있었다.

장호연이 얼떨떨해서 물었다.

"저게 무슨 짓인가? 왜 저들이 칼을 내려놓는가?"

하지만 대답은 들을 필요가 없었다.

표충을 위시한 모든 호위들이 맨몸을 던지며 한 사람을 덮쳤다.

"와아!"

고함치면서 한 사람 위에 한 사람, 그 위에 또 한 사람 하면서 순식간에 사람의 산을 만들었다.

"잡았다!"

누가 외친 소린지도 알 수 없었다.

문현기가 또 기뻐 안도하면서 말했다.

"잡았습니다."

하지만 그때 장호연은 자기의 소맷자락을 잡아당기는 사람을 보고 반쯤 넋이 나가 있었다.

"물 좀 주세요."

"허억!"

문현기는 비명을 지르며 껑충 뛰었다.

소매로 쓱 문질러 얼굴에 묻은 흙먼지를 지울 때 석의 입가에 걸린 웃음이 그토록 무서울 수가 없었다.

이화주보행의 호위들에게 깔렸다가 겨우 고개만 내놓았던 표충과 장호연의 세 번째 호위인 유은수도 비명을 질렀다.

"으악!"

귀신을 본 듯했다.

"밤새 땅을 팠어요. 여기 물은 없어요?"

하고 석이 말했다.

"놔라!"

장호연은 오른손으로 자기 소매를 잡고 있는 석의 손을 잡아서 떼어냈다.

'이놈은 사람이 아니다. 내가 봤던 대로 귀신 종자다. 사람이면, 사람이면 거기서 살아나올 도리가 없어.'

석은 소매를 놓고 멋쩍게 웃으며 물러섰다. 그러나 그 얼굴에도 소년의 치기와 느긋함이 함께 엿보였다. 장호연은 진주 목걸이 상자를 등 뒤로 돌려 감추며 눈을 두리번거렸다.

보석 금고는 넓다.

금고라고 하니 금고일 뿐 실제로는 커다란 창고다. 날이 새면 매장에서 진열해 두는 보석들은 진열대 별로 구분되어 기다란 보석함 속에 들어 있다. 옮겨서 함을 열어놓기만 하면 되는 것이다.

진열하지 않은 보석들은 그것들과 분리된 곳에 쌓여 있다.

이화주보행은 한 가지 보석을 오랫동안 진열해 두지 않는다. 값이 싼 보석은 매대에 진열되는 날짜가 아주 짧다. 비싼 보석일수록 오랫동안 진열된다. 하지만 그것도 석 달을 넘기지는 못한다.

그동안 팔리지 않으면 다른 분위기와 다른 종류의 보석이 그 자리를 대신하게 된다.

금고에는 금과 백금, 은은 물론이고 금강석과 황옥, 청옥, 백옥, 수정, 그리고 녹옥과 호박 등의 원석이 있었고, 옥과 상아로 만든 장식품과 기호품의 숫자도 헤아리기 어려웠다.

장호연의 부(富)가 십에 여덟은 이곳에 있다고 해도 과언이 아니었다.

금고의 모서리 진 곳에 두꺼운 화강암 바위가 깨지면서 커다란 구멍을 만들어놓았다. 석이 들어온 곳이었다.

"언제 들어왔느냐?"

장호연이 딱딱하게 물었다.

"반 시진 전입니다."

석이 대답했다.

그리고,

"부자군요."

하면서 한마디를 더했다.

장호연은 석을 두려워하면서도 자기 앞을 막아서 검을 겨눈 문현기를 비켜나게 했다.

문현기는 마치 못 들은 것처럼 버텼다. 하지만 석이 손가락을 들어 자기의 눈을 가리키자 깜짝 놀라며 왼쪽 눈을 감았다. 석의 손가락이 가리킨 눈이었다.

'이놈이 또 요상한 수법을!'

문현기는 목 돌아간 닭처럼 쓰러졌던 기억을 떠올리며 식은땀을 흘렸다. 석이 오른쪽 눈을 가리키자 이번에는 오른쪽 눈을 감고 왼쪽 눈을 떴다.

석이 재미있다는 듯이 두어 번 손가락을 흔들자 문현기는 양 눈을 찡긋찡긋하다가 아무 한 것 없이 절로 정신이 아득해졌다.

"네 이놈!"

하고 호위들이 외치며 우르르 달려오는 소리에 겨우 정신을 수습하고 보니 장호연은 이미 문현기의 옆으로 돌아서 석을 대하고 있었다.

장호연이 손으로는 표충과 유은수 등 다른 호위들을 제지했다.

"모두 나가거라!"

호위들이 머뭇거렸다. 이미 정신이 반쯤 왔다 갔다 한 문현기는 끼어들 틈도 없었다.

장호연은 더 이상 참지 못했다. 역정이 치밀어 버럭 소리쳤다.

"나가라질 않은가!"

"대인……."

표충과 유은수도 당황하여 어쩔 줄 몰라 했다.

호위 부총이 나머지 호위들을 데리고 천천히 물러났다.

장호연은 말하기도 힘들다는 듯이 손짓으로 문현기 등을 물리쳤다.

한바탕 소동이 끝난 보석 금고 안에는 석과 장호연, 그리고 고요만이 남았다.

　장호연은 보석 상자 중 하나에 걸터앉았다. 산 고개를 넘던 노인이 바위에 앉아 쉬는 것과 다를 바 없는 자세, 다름없는 표정이었다.

　장호연의 얼굴은 세월이 지겹다고 말하고 있는 듯했다.

　석은 손을 내밀었다.

　그러나 장호연은 바라보지도 않았다.

　"구슬 주시죠."

　하고 석이 말했다.

　마음은 벌써 구슬을 받아서 사부에게로 달려가는 중이었다.

　장호연은 품에서 뭔가를 꺼내 석의 손에 놓았다.

　노란색 환약이었다. 크기는 콩만 했다.

　석은 자기 눈높이까지 들어 올려 이리 저리 살폈다. 코를 대고 냄새도 맡았다.

　"이건 독이군요."

　"네가 여기서 마신 것도, 만진 것도."

　장호연이 말했다.

　"독이었다."

　석은 환약을 살짝 깨물어보면서 물었다.

　"구슬로 보이지 않는다는 의미였습니다."

　장호연이 말했다.

“해독약이다. 네가 간 옆에 뭉쳐놓은 독을 풀어줄.”

석은 감탄한 얼굴로 말했다.

“마치 눈으로 본 것처럼 말하는군요. 간 옆에 독을 뭉쳐 놓은 걸 어떻게 알았죠?”

“눈에 보이니까.”

하고 장호연은 말한 후 입을 다물었다.

석은 환약을 씹어 먹었다. 장호연은 한동안 정신이 나간 사람처럼 묵묵히 앉아 있었다. 석은 그의 맞은편에 보석 상자를 하나 끌어다 놓고 앉았다.

장호연이 갑자기 큰소리로 웃었다.

“하하하하! 정녕 사람의 힘으로는 안 되는 일인가? 좋다. 오냐. 정녕 그렇다면 따라야지. 따라주고말고.”

크게 웃으며 속을 풀어주지 않으면 견디지 못하고 미칠 것 같았다.

석은 미소를 지었다. 이해한다는 듯 빤히 들여다보고 있는 듯한 모습이었다.

장호연은 웃음을 그치고 석에게 말했다.

“신패를 다오.”

석은 허리 뒤춤에 차고 있는 호박 신패를 꺼냈다. 천지신명을 두고 한 장호연의 맹세가 적힌 것이다.

손을 뻗어 휙 낚아챘다.

“천지신명을 걸고 맹세했으니 약속은 지키겠다.”

장호연의 음성에 회한이 가득했다. 몸이 구부러져 짧은 순간에 십 년은 더 늙어버린 것 같았다.

석은 잠자코 있었다.

장호연은 고개를 떨구며, 내젓고, 들면서 표정을 바꾸길 여러 번 했다. 생각은 그보다 더 많이 움직이며 오락가락했다.

왜 이따위 맹세를 했던가. 이렇게 될 것임을 정녕 몰랐던가. 이것은 운명, 아니, 숙명이다. 약속의 증표를 목걸이로 만들어 누구도 들어올 수 없다고 생각했던 금고에 숨겨 버리기 위해서 왔는데, 자기 외에는 아무도 살아서 나올 수 없을 거라 철석같이 믿었던 시정에서 나와 그놈이 기다리고 있다. 마치 주인이기라도 하는 듯이.

사람이 꾸며서 할 수 있는 짓이 아니다. 이 정도면 사람의 일이 아니다.

기어코 구슬을 가져가는 놈은 이도 저도 아닌 바로 이놈. 이놈. 이놈.

장호연은 휘청거리며 일어났다.

나지막한 소리로 ‘구슬’ 하면서 석은 손을 내민다.

장호연이 갑자기 속에서 치솟는 분격을 참지 못하고 버럭 소리쳤다.

“여기에 없다!”

석이 보석 금고를 돌아본다. 여기가 금고다. 여기 아니면 어디에 그 귀하고 아깝게 여기는 구슬을 간직했겠느냐는 듯한 눈빛이었다.

지독하게 얄미웠다. 그래도 고함친 것은 잘못이다. 고함을 들을 만한 짓은 하지 않았다.

장호연은 고개를 설레설레 흔들었다. 누그러진 음성으로 말했다.

"휴우, 여기에 없다. 나가자. 나가서 주마."

석이 두 손을 앞으로 모아서 인사했다.

"고맙습니다."

이것은 진심이다. 흙먼지를 뒤집어쓴 모양새긴 해도 그럭저럭 영기가 반짝이는 소년의 모습이라 할 만하다.

장호연은 다시 한 번 한숨을 내쉬었다.

"가자."

"예."

석은 공손하게 대답하고 일어섰다.

장호연은 한 번 더 머리를 흔들었다. 상대는 아직 소년이었다. 미움은 많이 가셨지만 여전히 보고 싶지 않은 녀석이었다.

가져왔던 진주 목걸이 상자를 슬며시 내밀었다.

석은 머리를 숙이며 또 공손하게 두 손으로 받았다. 뭐냐고 묻지도 않는다. 이상하게 이 모습도 서운하고 미웠다.

구슬은 나가서 준다고 했으니 구슬일 리 없고, 다른 것이면 그게 무엇이든 아무 관심도 없다는 태도다.

장호연은 몹시 울적해졌다.

더 이상 말하지 않고 출구를 향해 걸었다. 옆에서 석이 따라왔다.

한데 잠시 걷다 보니 걸으면 당연히 나타나야 할 몸의 움츨거림이 석에게는 느껴지지 않았다.

무심코 돌아보니 다리를 움직이지 않고 두 손으로 진주 목걸이 상자를 받쳐 들고 서 있는데 발은 저절로 미끄러지는 중이었다.

이형환위였다.

장호연은 놀라지 않을 수 없었다.

"이형환위… 군."

하고 나직하게 내뱉었다.

몸을 움찔거려서 몇 걸음을 옮기는 이형환위도 그 빠른 속도 때문에 절기로 쳤다. 석과 같이 조용히 미끄러지는 이형환위는 이형환위라기보다는 전설 속의 육지비행술에 가깝지 않나 싶을 정도였다.

석은 자기의 움직이는 방식이 정상이 아니라는 걸 안다. 부끄러워서 작게 말했다. 일종의 변명이었다.

"이쪽이 더 편합니다."

걷는 것보다는 이형환위로 움직이는 것이 더 편하다는 의미였다.

금시초문이다. 장호연은 어이없어 물었다.

"언제부터 했기에······?"

"일곱 살 적부터입니다."

하고 석이 대답했다.

소매를 탁 뿌려 자세를 바로 했다. 장호연은 더 이상 석에 대해서는 생각하고 싶지도 않았다. 말을 주고받고 싶지도 않았다.

가만히 있어도 긴 악몽이었다. 그에게 석은 애초에 상종이 불가능한 귀신 종자였다.

기인, 이인이라 불리는 사람을 많이 만났다. 그러나 그중에서 진실로 이름에 합당한 사람은 서넛에 지나지 않았건만.

놈은 불가지(不可知) 불가피(不可皮)였다.

입구에는 이화주보행의 호위들이 늘어서서 기다리고 있었다.

석은 걷기 시작했고, 호위들은 죽음을 각오한 양 검을 뽑아든 결전 태세였다. 말하지 않아도 기꺼이 오늘 죽겠다는 표정이 얼굴에 내비쳤다.

장호연은 해독약이 든 약낭을 꺼내 문현기에게 던져 주며 영업을 준비하라고 말했다. 문현기는 수신호위일 뿐만 아니라 그의 비서 역할도 하고 있었다.

장호연은 암울한 표정으로 당황한 호위들 사이로 지나갔다.

"대인!"

하고 호위들 중에 누군가 비감함을 참지 못하고 울음을 터뜨렸다. 그들에게는 장호연이 새파랗게 어린 소년 석에게 굴복당한 것처럼 보였던 것이다.

장호연은 속으로,

'네 녀석 말대로 되었다. 고약한 놈, 한 번 움직이면 사해를 어쩌고 어째?'

하며 욕하고 또 괘심한 마음이 들었다. 목석같은 표정으로 석이 있는 쪽으로는 눈길도 주지 않았다.

이화주보행의 호위총감 오창조도 자다가 보고를 받고 달려와 있었다.

문현기와 호위 부총 신철을 통해서 침입자가 나흘 전에 왔던 소년이라는 사실과 대단한 고수니까 경거망동하지 말아야 한다는 말을 전해 들은 상태였다.

그러나 그는 검은 구레나룻에 열혈을 가진 사나이라 천하를 다 잃은 듯한 장호연의 모습을 본 후에는 하늘도 보이지 않고 땅도 보이지 않았는지 거의 얼이 빠져 있다가 호위 중한 명이 울음을 터뜨리자 그만 심화가 터져서 피를 왈칵 토했다.

"우왁!"

입에서 피가 쏟아지자 그를 부축하려는 부하들이 움직임이 있었지만 오창조는 뿌리쳤다.

장호연은 막 그를 지나친 후였다.

오창조는 그를 지키지 못했다는 죄책감으로 장호연보다 더 절망하고 있었다. 열혈의 사나이는 엎드려서 외쳤다.

"소인 오창조 죽음으로써 주인을 모시지 못한 죄를 대신하겠습니다!"

호위들도 일제히 무릎을 꿇고 엎드렸다.

"죽여주십시오."

장호연은 걸음을 멈췄다. 반쯤 몸을 돌리고 보며 말했다.

"그럴 필요 없네."

그러나 오창조는 검을 거꾸로 들고 자기 목을 겨누더니 대뜸 석을 보고 호통 쳤다.

"네 이놈! 나는 네가 누군지 모른다! 그러나, 그러나 감히 우리 주인님을 해치려 하다니 하늘이 무섭지도 않느냐! 내 오늘 죽겠으나 기필코 귀신이 되어서라도 네놈을 용서치 않겠다!"

과한 충성도 성가셨다. 마지못했다. 돌아보니 오창조의 꼬락서니가 영락없이 어미 죽은 효자 꼴이다.

장호연이 얼굴을 찌푸렸다.

"그만 하게!"

오창조는 스스로 감정이 북받쳐 올라 눈물을 쏟으며 장호연의 만수무강을 외친 후 검을 당겨 자기 목을 힘껏 찌르곤 엎어져 버렸다.

"그만!"

하고 장호연이 외쳤지만 늦었다.

장호연은 멈춰서 묵묵히 오창조를 보았다.

그는 죽은 듯이 엎드리고 있었지만 오창조의 검은 그의 목 왼쪽으로 비켜서 삐죽하게 솟아 있었다. 피가 튀지 않았다.

석이 잡았던 검의 끝을 놓고 장호연에게로 걸어왔다. 이형환위로 다가가 검의 끝을 잡아 방향을 비틀었던 것이다.

전광석화 같은 그의 움직임을 본 몇몇 호위들은 놀라서 혀가 굳어버렸다.

오창조는 자라처럼 고개를 내밀고 들어보며 자기가 귀신이 되었는지 아직 사람인지를 확인하려 했다.

장호연은 오창조의 우직한 충정에 더해 혼비백산한 바보스러움에도 짜증이 나고 골치 아팠다.

"쓸데없는 일, 인명은 재천이니 함부로 하지 마라."

장호연은 한숨을 쉬고 머리를 흔들며 다시 걸었다.

"아무 일도 없다, 아무 일도."

하고 그가 중얼거리듯 말했다.

석이 그와 나란히 걸어갔다.

수신호위인 문현기와 표충, 유은수만 거리를 두고 따라왔다. 호위부총 신철은 문현기에게서 해독약을 건네받고 부하들을 추스르는 중이었다.

해독약은 어쨌든 이화주보행이 영업을 해야 한다는 장호

연의 뜻을 담고 있는 것이나 마찬가지였다.

장호연은 이화주보행에서 장가로 들어갔다.

석이 작은 소리로 말했다.

"호위들의 충성심이 대단하군요."

장호연이 퉁명스럽게 말했다.

"말 걸지 마라."

석은 좀 미안한 마음이 들었다. 시키는 대로 입을 다물어 버렸다.

장호연의 꽁한 마음은 누군가와 다투어야 풀어질 것이었지만 갈 길을 잃고 말았다. 이래저래 밉고 화가 났다.

석이 한마디만 더하면 톡 쏘아주었을 텐데.

장호연과 금고에 이변이 생겼다는 소식은 장가에까지 전해진 상태였다.

시녀들과 식솔들이 달려와서 장호연을 맞았다. 그들도 이화주보행의 호위들과 마찬가지로 원흉이랄 수 있는 석이 함게 있음에도 전혀 개의치 않았다.

소란이 일어나기 전에 장호연이 먼저 말했다.

"자중하라. 아무 일도 없다."

말은 하지 않았으나 모두 자기를 내던져 장호연을 구할 듯했다. 무공을 가진 사람이나 없는 사람이나 그 순간 한마음이었다.

석은 순하게 웃으며 사람들의 시선을 천연덕스럽게 피했다.

장호연이 한 시녀를 가리키며 말했다.

"저 아이를 따라가서 씻고 오너라."

시녀가 부글부글 끓는 시선을 감추지 않고 석을 노려본 후에 장호연에게 머리를 숙이고 명을 받들었다.

쫄레쫄레 따라갔다.

마중 나왔던 사람들이 갑자기 둘로 쫙 갈라지며 한 무리는 장호연을 철통같이 에워싸고 다른 한 무리는 석의 뒤에 따라 붙었다.

장호연은 한숨을 쉬었다.

부질없는 짓인 줄 그들은 모른다. 자기의 한숨조차 부질없다.

석이 시녀를 따라가며 하는 소리가 들렸다.

"물부터 주세요. 목말라요."

또 속에서 부아가 치밀었다. 난치(難治)다.

석의 비기(秘技)

석은 푸대접을 받았다.

"물!"

하면서 제 주인보다 더 퉁명스럽게 시녀가 건네준 것은 바가지였다.

부모를 떠나 사부와 함께 사는 동안에 석은 바가지에 입을 대본 적이 없었다. 몸은 험한 수련을 마다하지 않았지만 언제나 차는 찻잔에, 물은 물잔에 담아서 마셨으며, 음식은 식탁에서 먹었고 잠은 침상에서 잤으며, 대소변은 아무도 보는 사람이 없는 경우조차 측간에서만 보았다. 그렇게 하는 것도 수련이었다.

그러나 집 떠난 사람이 받는 대접이 원래 이렇다고 생각하며 바가지를 받았다. 어릴 때 생각이 나서 재미도 있었다.

고향에 있을 때 놀다가 아무 이웃에 들어가 물을 달라고 해서 얻어 마실 때는 늘 이런 식이었다. 목과 앞가슴까지 흠뻑 적시곤 했다.

석은 입을 떼지 않은 채 한 방울의 물도 남기지 않고 다 마셨다. 시녀가 질렸다는 표정으로 보고 있었다.

찬물을 마시고 찬물에 씻었다.

시녀는 스무 살이 조금 넘었는데 석을 아주 가소롭게 보고 있었다. 심부름할 경우를 대비해서 기다리는 곳인 가슴 높이의 칸막이 뒤에 앉아 있다가 넘겨보면서 목간통에 앉은 석의 뒤통수를 향해서 여러 번 물바가지를 올렸다 내렸다 했다. 그러나 가까이 가지 못하고 슬그머니 내려놓았다. 석은 편안하게 목과 다리를 목간통에 걸치고 반 드러누웠는데 물에서 김이 올라왔던 것이다.

부글부글하면서 물이 끓는 소리도 났다. 시녀는 겁이 나서 살며시 빠져나와 장호연에게 달려가 알렸다.

"주인님, 그놈은 요괴 같아요."

석에게 넘겨줘야 할 구슬을 챙기던 장호연은 고개만 끄덕였다.

그것은 옳다는 뜻이 되어 금방 장가에서 석은 요괴가 되어 버렸다.

장호연은 처음 석을 만났던 영조각(迎朝閣)으로 들어갔다.
한데 영조각에는 불청객이 있었다.

"네가 마시는 차는 참 괜찮은 것 같군. 다른 데서도 구할
수 있을까?"
그림처럼 흔들림없이 말하는 사람, 움직임이 모두 선을 그
리는 듯이 흐트러지지 않는 여자, 흑백 양도의 인물을 가장
많이 죽였던 척살 조직 남풍사의 검이었던 우아한 마녀였다.
장호연은 대답없이 자기 자리에 가서 앉았다.
화중미인 섭오랑은 웃으며 말했다.
"이젠 아예 포기해 버린 것 같군. 수신호위도 달고 다니지
않고."
무슨 일이 있었는지 거의 알고 있다는 소리였다.
장호연이 말했다.
"무슨 말이 하고 싶소?"
거두절미하고 할 말만 하라는 소리였다.
섭오랑은 가소롭다는 듯이 피식 웃고 말했다.
"왜, 소공한테 많이 당한 모양이지?"
"말하고 싶지 않소."
장호연은 표정을 풀지 않고 말했다.
섭오랑이 깔깔 웃었다.
"내가 말했잖은가. 소공은 아무 데서나 안 죽는다고."

장호연은 탄식했다. 이미 신패를 받았고 천지신명에게 약조한대로 할 테지만 억장이 무너지는 듯했다. 자기도 모르게 처연한 빛이 흐르고 눈가에 눈물이 글썽거렸다.

섭오랑이 놀라며 말했다.

"천하의 장호연이 이런 모습을 보일 때도 있는가?"

격발이다.

장호연은 그만 소리 죽여서 울고 말았다. 눈물이 줄줄 흘렀다.

섭오랑은 아주 당황했다.

죽음 앞에서 눈물을 흘리는 자는 수도 없이 봤다. 그러나 말 한마디에 울음을 터뜨리는 사람은 드물었다. 더구나 큰 기업을 이루었고 마음의 성취가 대단한 장호연 같은 인물이 가깝지도 않은 사람 앞에서 울다니…….

그 울음의 내면은 복받친 격정이었고 외형은 의지하고 싶은 마음의 발로였기에 더했다.

한때 살인을 밥 먹는 것보다 더 많이 했던 섭오랑이었지만 자기도 모르게 마음이 움직였다. 뭉클했다.

"장호연, 그대는 기인(奇人)이 아닌가."

하고 어린아이 달래듯 말했다. 아이를 낳아서 길러본 적은 없지만 진인의 어린 제자들이 있었고, 그들을 달랠 때는 으레 장부, 용감, 총명 등등의 말을 동원하곤 했다. 그러면 잠시 보채더라도 이내 그들의 자긍심이 울음을 멈추게 했었다.

하지만 장호연은 어린아이가 아니었다. 더욱 섧게 울었다. 거의 숨도 쉬지 못했다.

섭오랑은 더욱 당황했다. 장호연의 어깨에 손을 올리고 토닥거렸다. 그녀의 나이는 능히 그럴 만했다.

"장호연아, 나는… 나는 착한 사람이 아니다. 그래서 너를 존중하지 않았을 뿐, 네가 훌륭한 사람이라는 사실을 부정하는 게 아니다. 마음을 풀어라. 너는 기인이 아니냐?"

장호연은 손바닥으로 얼굴을 위에서 아래로 쓸면서 잘 나오지 않는 소리로 겨우 내뱉었다.

"기인(奇人)은 먹지도 않고 똥도 싸지 않는 줄 아오? 이인(異人)이든 미인(美人) 성인(聖人)이든 다 마찬가지로 사람이 아니오?"

섭오랑은 할 말이 없었다.

장호연의 말에 당황했던 자기가 진정이 되었다. 은근히 화가 났다. 미인도 마찬가지라는 소리가 자기를 빗대서 똥 싸는 여자라고 욕하는 것 같았다.

노려보는데 장호연이 가슴을 들먹거리며 진정하고 있었다. 울고 난 얼굴이 침울하고 핼쑥했다. 섭오랑은 속으로 한숨을 내쉬었다. 또 애처로운 마음이 생기다니, 역시 늙었다. 겉모습은 젊음을 지킬 수 있어도 평생 늙지 않는 듯 속이며 살그머니 늙어버리는 마음은 어쩔 수가 없다.

마음이 누그러졌다.

찻잔을 다시 잡고 한 모금 머금었다.

장호연은 입을 꾹 다물고 탁자 옆의 장합을 열더니 한 묶음의 전표를 꺼내서 섭오랑 앞으로 밀었다.

섭오랑은 차를 마시는 중이라 눈만 올리고 장호연을 보았다. 간절함이 보였다.

"내 구슬을 잘 지켜주시오."

하고 장호연이 말했다.

섭오랑은 찻잔을 내려놓았다.

장호연의 얼굴은 하소연을 하는 듯했다.

섭오랑은 천천히 고개를 저었다.

"안 돼. 구슬이 임무였다면 그건 소공이 지켜서 무사히 가지고 돌아가야 하는 거야."

장호연의 표정에 분기가 어리기 시작했다. 동시에 또 그의 이상한 정신력이 발휘되려고 했다.

섭오랑은 한 번 겪어본 적이 있기에 뜨끔했다. 그러나 안 되는 것은 안 되는 것이었다. 장호연은 그녀의 표정을 보고 안 된다는 걸 깨달았다. 힘도 풀었다. 사람이 아예 풀려 버리는 것 같았다.

섭오랑은 그의 기색을 살피다가 전표 다발을 손으로 잡으며 말했다.

"내가 표 나지 않게 조금 도울 수는 있을 거야."

장호연이 고맙다는 듯이 고개를 끄덕했다.

섭오랑은 전표를 품에 넣으며 일어섰다.

"사실 나는 네가 빨리 소공을 내보내야 한다는 말을 하려고 왔디. 늦으면 화가 네 집을 덮칠 거야."

장호연은 무감동하게 섭오랑을 보았다.

섭오랑이 빠르게 말했다.

"악어부인이 오고 있다. 다른 두 사람도 올 텐데… 모르는 게 마음 편할 거야."

장호연은 다른 장합을 열어서 전표 한 다발을 더 꺼내놓으며 말했다.

"사흘."

섭오랑과 장호연은 마주 섰다. 장호연이 그녀의 손에 전표를 쥐어주었다.

장호연이 말했다.

"사흘만 늦춰주시오. 그 안에 그를 내보내겠소."

섭오랑은 잠시 있다가 말했다.

"그 이상은 안 된다. 내가 죽을 수도 있다."

"부탁하오."

장호연이 머리를 숙였다.

섭오랑이 한숨을 쉬었다.

"장호연 너도 참 만만치 않구나. 어쨌든 그들을 다른 데로 유인해 보마."

석은 영조각에서 다시 장호연을 만났다.

아침 식사가 준비되어 있었다.

"악어부인이 온단다."

그 소리를 들었을 때, 석은 피가 싸늘해지는 느낌 속에 있었다. 음식의 풍미와 별도로 흐르는 사람이 남긴 냄새를 맡았다.

천리향이었다.

그가 양주로 오면서 떨치고 태워 버렸던 그 천리향은 아니었다. 그 천리향은 석에게 맞춰져 있던 것이다. 지금 석이 느끼는 천리향은 매괴원의 또 어떤 사람에게 뿌려진 것이 틀림없었다.

"누가 왔어요?"

석은 긴장하며 물었다.

장호연이 멈칫하며 대답했다.

"화중미인 섭오랑이 왔었다. 그녀가 사흘 동안 악어부인을 다른 곳으로 유인해 주기로 했다."

석은 악어부인이 누군지를 몰랐다. 왜 장호연이 사흘을 말하는지도 몰랐다. 그러나 섭오랑이 과원지기 아주머니라는 사실은 알고 있었다.

그녀의 몸에 천리향을 뿌리고 쫓아올 사람이 있다면 그 사람도 매괴원에 있는 어떤 사람일 것이라는 것도 자명했다.

시험이다. 시험은 계속되고 있다.

식었던 피가 빠르게 돌기 시작했다.

햇살이 방으로 들었고, 석은 눈을 감았다. 빛이 망막 속에서 명멸했다. 피가 뜨거워졌다. 급한 마음의 불이 장호연에게 옮겨 붙었다.

장호연이 일어서며 석의 손을 잡았다.

"가자."

장가의 동쪽에는 오래된 건물 다섯 채가 있었다. 다른 건물들은 장가가 증개축을 할 때 없어졌지만 그곳에 있는 건물들은 유지되었다.

옛날 장귀남이 모았던 책들이 보존되어 있는 서고였다.

석은 장호연을 따라서 세 번째 서고에 곧장 들어갔다. 오래된 책 냄새와 묵향이 폐부로 스몄다. 빛이 듬성듬성 들어오는 서가에는 책 먼지가 유리창처럼 보였다.

고운 비단옷을 입었지만 머리는 아무렇게나 끈으로 질끈 동여맨 아이를 본 것은 그때였다. 아이는 장호연의 수신 삼호위가 보호를 받으며 바닥에 앉아 고개를 숙인 채 책을 읽고 있었다.

열 살, 아니, 아홉 살. 석은 아이의 나이를 그렇게 보았다.

동그란 얼굴이 탱탱했다. 갑자기 나타난 석과 장호연을 올려다보는 눈망울이 초롱초롱했다.

장호연은 심호흡을 크게 한 후에 왼손을 뻗어 석이 허리띠에 눌러 찼던 진주 목걸이 상자를 가져갔다.

아이가 이상했다. 장호연이 다가가는 데도 말없이 바라보기만 했다. 자세도 바꾸지 않았다.

장호연의 어깨가 떨렸다. 그가 상자를 열자 진주 목걸이가 나타났다. 아이가 방긋 미소를 지었다. 티끌 하나 없다. 잠깐 보는 것만으로 머리가 쩡! 하고 울릴 만큼 행복해지게 하는 보물 같은 미소였다.

"좋으냐?"

하고 장호연이 물었다.

아이가 고개를 끄덕했다. 양손은 아직도 무릎 위에 펼쳐진 책에 놓여 있었다.

"네 거다."

말하는 장호연의 목이 잠겼다. 수신 삼호위는 침통한 표정으로 고개를 떨구었다.

아이는 가만히 있었고, 장호연은 진주 목걸이를 책 위에 놓고 아이의 어깨를 안았다. 아이가 팔로 그의 등을 감으려 했다.

보드랍고 작은 흰 손이 물같이 여렸다.

석은 돌아서서 나갔다.

생각했던 것보다 일은 더 어렵게 되는 것 같았다. 서고 앞의 기둥에 팔을 붙여 기댔다. 구슬이 아이였을 줄이야.

사부는 재주와 한 목숨의 운명을 시험하는 것을 넘어서 한 목숨이 한 운명을 지키는 것까지 시험하는 것일까. 그뿐일까. 다른 이유가 있는 것일까. 그뿐인 것에서 다른 이유가 어렴풋이 떠오르다가 말았다. 아직 이르다. 경우가 없는 것은 아니지만 석도 이르고 그 아이는 더욱 이렀다.

장호연이 아이의 손을 잡고 나왔다.

아이 얼굴이 낯설지 않았다.

석은 아이가 장호연의 딸일까 손녀일까를 생각해 보았다. 어느 쪽이든 다 가능했다. 그러나 장호연을 많이 닮은 것 같지는 않았다. 오히려…….

석은 소스라치게 놀랐다.

아이의 얼굴에 다른 한 사람의 얼굴이 겹쳐 보였다. 눈과 입매, 코. 그 모든 것이 석이 보았던 어떤 사람의 모습과 똑같아 보였다.

양춘대. 사부의 열두 번째 제자인 양춘대의 모습이 그 아이에게 덧씌워 있었다. 토실한 뺨과 아직 솜털이 가시지 않은 이마에 속아서 보지 못했다.

석은 양춘대를 직접 만난 듯이 떨렸다. 양춘대는 장호연에게 시집갔던 것일까?

장호연이 아이의 손을 석에게 건네주었다.

"가거라. 그분이 물으면, 내가 원망하더라고 전해라."

하는 음성에 쉰 소리가 섞였다.

원망이라는 말이 그대로 감정이 되어 전해져 석은 가슴이 쩌르르 했다.

아이는 석의 손을 놓고 돌아서서 뒤꿈치를 들고 발돋움했다. 장호연이 무릎을 낮추고 아이의 얼굴을 보며 다시 한 번 눈에 새겼다.

아이가 장호연의 볼에 입을 맞추고 돌아서 석의 손을 잡았다.

장호연은 그 자리에서 일어나지 못했다.

석이 돌아보자 장호연은 말없이 손을 흔들었다.

석은 고개를 숙여 인사하고 아이를 왼팔에 감싼 후 몸을 솟구쳤다. 바람에 시어 아이는 눈을 감아버렸다.

*　　*　　*

"무슨 일인가?"

진인이 손으로 물었다.

급히 들어온 경화 부인은 창백한 얼굴로 손을 움직였다.

"변고가 생겼습니다."

"변고라……."

진인은 나직하게 중얼거렸다. 음성도 손 움직임만큼이나 무력했다.

"전엽사가 그 아이를 따라잡지 못했는가 보군."

경화 부인이 대답했다.

"그렇습니다. 미실과 북 노인도 소공을 놓쳤습니다."

진인은 가만히 보았다.

경화 부인의 손이 쉬지 않고 움직였다.

"전엽사와 복초부, 미실을 죽여야 합니다. 심각한 상태입니다. 섭오랑에게 그들의 영신병을 해제할 방법을 금낭에 넣어주고 그들이 강을 건너려면 해제를 발동케 하였지만, 바보 같은 섭오랑은 아직 읽어보지도 않고 양주로 가버렸습니다. 오늘이 닷새째. 영신병을 해제할 수 있는 시간도 지나 버렸으니 섭오랑도 책임을 물어 죽여야 마땅합니다."

진인이 물었다.

"어떻게 하려는가?"

경화 부인이 손을 멈췄다. 분노와 흥분으로 몸을 떨었다.

가는 길에는 소공 혼자였지만 돌아오는 길은 혼자가 아니다. 원래 계획대로라면 전엽사와 복초부, 미실이 석의 가는 발목을 붙잡아야 했다.

그들을 뚫고 석이 장강을 넘어 양주로 가면 시험은 끝이 난다. 그러나 석은 단숨에 강을 건너 버린 모양이고, 섭오랑은 가끔 하는 헛똑똑이 짓이 발동하여 그대로 양주로 가버렸다.

이번 계획에 영신병을 먹은 사람으로부터 최악의 순간에 소공을 보호하는 사람이 따라가지 않으니까 관찰, 보고하는 사람이 영신병을 해제해야 한다는 사실조차 아예 생각지 못한 게 틀림없었다.

경화 부인은 섭오랑이 가장 미웠다. 눈앞에 있다면 단번에 찔러 죽였을 것이다.

마음 같아선 직접 달려가 전엽사고 복초부고 간에 다 죽여버리고 소공과 예벽을 데려오고 싶었다. 그러나 위독한 진인을 두고 매괴원을 선뜻 나설 수가 없는 입장이었다.

진인이 말했다.

"사인교(四人僑:가마)를 준비해 주게. 사람이 많아서 좋을 게 없네. 부인과 네 사람만, 아니, 만호는 같이 가야겠군."

만호 노인은 진인의 약을 내가려고 들어왔다가 상황을 파악하고 놀라 진땀을 흘리는 중이었으나 진인의 말에 더욱 놀라 버렸다.

경화 부인이 그를 대신하기라도 한 듯이 손으로 말했다.

"어찌 명을 감하려 하십니까!"

진인이 담담하게 말했다.

"내가 타고 나갈 가마가 꼭 꽃가마여야 할 까닭은 없지 않은가."

*　　　*　　　*

석은 양주의 남문으로 곧장 달렸다.

지붕을 징검돌 삼아서 개구리처럼 몸을 날렸다. 해가 떴지만 아침이라 길에는 아직 사람이 드물었다.

성문은 벽의 손을 잡고 걸어나갔다.

아이의 이름은 물어보지 않아도 보자마자 알았다. 무지개 구슬, 예벽(霓璧)이다. 완벽한 옥이기에 벽이다. 진시황이 전국옥새로 만든 그 옥이 바로 벽이다. 벽보다 더 나은 이름이 아이에게 있을 수가 없다.

석의 손을 잡고 가는 벽에게 성문을 들어오는 사람들이 눈을 떼지 못했다. 아이일 뿐이다. 아름답다는 말도 어울리지 않는다. 예쁘다고 하기에도 어색하다. 그럼에도 보는 순간에 구슬처럼 마음에 들어오고 만다.

석은 벽을 다시 안고 달렸다. 벽은 안겨서도 사람이 아니라 구슬이었다.

대운하가 옆으로 달린다. 물가의 무성한 풀밭이 갯벌 냄새를 뿜는다. 바람이 함께 달리고 푸른 갈대가 소스라쳤다.

그때 맞은편에서 한줄기 빛살 같은 그림자가 날아오면서 고함쳤다.

"달아나라! 어서! 미실이 소공을 죽이려고 해!"

처음 듣는 목소리였다.

그러나 사람의 모습은 확연히 눈에 익었다. 왼손에 든 장검이 물을 반사하고 해를 반사해서 눈부셨다.

"어서!"

섭오랑이 흐트러진 머리를 붙잡고 달려오며 다시 소리쳤
다.

그녀의 바로 뒤에서 갑자기 불쑥 미실 부인이 고개를 내밀
며 깔깔 웃었다.

"소공, 이제 찾았구나. 가기는 어디를 가?"

섭오랑이 뒤로 돌아서며 치열하게 검을 흔들었다.

"닥쳐라, 이 마녀야!"

검기가 폭출했지만 미실 부인은 가위를 휘둘러 섭오랑의
검을 모두 튕겨냈다. 섭오랑이 펼친 검술의 초식 하나하나가
미실의 가위에 장미꽃 줄기처럼 잘려 나갔다.

미실은 아름다운 여자였다. 하는 짓도 깔끔하고 나이에 비
해 천진한 데도 있었다. 지금 그녀에게서 빛처럼 피어오르는
살기도 그러했다.

따뜻하고도 산뜻하여 마치 죽어도 괜찮을 것 같은 느낌을
주었다.

죽는 것이 뭐 어때. 이런 느낌은 장미꽃을 자르는 동안 그
녀가 끝없이 꽃들에게 설득하던 것일 수도 있었다.

석은 살기에 마음으로 대답하여 거절했다.

'불가합니다.'

섭오랑은 두 걸음 진격하였으나 다시 밀렸다. 한 자루의 장
검이 두 뼘도 못 되는 가위에 눌렸다.

가위는 열렸을 때는 두 자루의 검이 되어 동시에 섭오랑의

요혈을 노렸고, 닫힐 때는 번갯불처럼 빠른 쾌도였다.

손가락을 바깥에서 거는 부분은 한 치 정도의 길이였으나 미실이 가까이 다가갔을 때 그 부분은 섭오랑의 손목을 치려고 했고, 크게 휘둘러질 때는 다물어진 채로 목을 자르려 했다.

미실은 그 생김부터가 절세가인이라 할 만큼 아름다운 여자였고, 섭오랑은 그림 속의 미인이라는 소리를 들었던 여자이다. 미실의 화려한 움직임과 섭오랑의 기척없이 선을 긋는 듯한 움직임은 선녀들의 싸움인 양 우아하고 아름다우면서도 위험천만했다.

미실은 섭오랑을 한 걸음 더 물러서게 만들면서 석을 향해 눈을 찡긋해 보였다.

석은 웃지 않았다. 미실도 한 걸음 물러서는데, 그녀의 손에서 가위가 한 마리의 살아 있는 제비처럼 새까만 선을 그리며 날아왔다.

석은 달려가던 것을 멈추지 않았다.

"안 돼!"

섭오랑이 가위를 향해 자기의 장검을 던졌다. 검이 마치 살아있는 듯이 꿈틀거리며 가위를 향해 날았다.

"호호호호!"

미실이 재미있다는 듯이 배를 잡고 웃었다.

그러나 웃음이 끝나기도 전에 그녀는 벌써 석의 머리 위에서 덮치고 있었다. 섭오랑이 미친 듯이 소리치며 그녀를 향해 맨 몸으로 달려들었다.

석은 오른손에 들었던 단검을 아무렇게나 던져서 가위를 맞쳤다. 가위가 단검을 튕겨내며 방향을 바꾸었다. 석은 이형환위를 펼쳐 옆으로 비켜나며 그쪽에서 날아오던 섭오랑의 장검을 받으며 옆에서 그어 위를 가리켰다.

"오호!"

미실이 놀라며 발을 들어 검을 피하고 몸을 기울였다. 그랬다가 다시 한 번 비명을 지르며 목을 감쌌다.

"아야!"

가위에 목을 찔릴 뻔했다. 손등으로 끝을 치며 새끼손가락을 걸어서 겨우 회수했다.

석은 장검으로 미실 부인을 겨누며 멈춰 섰다.

섭오랑은 발로 미실의 등을 차다가 가위에 옷을 잘리고 물러났다.

섭오랑을 발견한 것부터 이 모두가 겨우 두 걸음 정도 걸을 만한 시간에 벌어진 일이었다.

미실이 입을 벌려 고성을 냈다.

"소공, 제법이구나!"

석은 대답하지 않고 뭐라고 중얼거렸다. 미실 부인은 알아듣지 못했다. 귀 기울이는 척하며 다가갔다.

"응? 뭐, 뭐라고?"

석은 여전히 뭐라고 중얼거렸다.

미실 부인은 석의 앞으로 다섯 걸음을 남겨둔 곳까지 귀를 기울이며 갔다.

"안 들려."

섭오랑이 발을 동동 굴렀다. 그녀가 저지하고자 했지만 미실 부인은 가위로 섭오랑을 견제하고 있었다. 검도 없는 상황에서 미실 부인의 가위를 막아내는 것은 종이 방패로 철창을 막는 것이나 마찬가지다.

"소공, 도망쳐!"

고함쳤지만 석은 바보처럼 서서 들리지 않는 소리로 미실 부인을 훈계하는 듯이 보였다.

미실 부인은 고개를 이리저리 기울이고 살인의 충동으로 상기된 얼굴에 생글생글 미소 지으며 마침내 석의 다섯 걸음 앞에 이르러 소리쳤다.

"요놈! 잡았다!"

석의 빠름을 고려한 그녀의 거리였다.

쇄액!

달려드는 그의 손에서 가위가 순간적으로 거대해지면서 석의 허리를 잘랐다. 잘린 석의 상체가 튕겨 오르는 것이 눈에 보였다.

그러나 그 순간에 미실 부인은 전신이 따끔하면서 화끈해졌다. 눈동자와 귀, 코, 입술, 얼굴이 모두 따끔하고 화끈했다.

“뭐야, 이게?”

미실 부인이 비명을 질렀다.

석은 일 장 정도 떨어진 곳에 서 있었다.

“아주머니 몸에 불이 났어요.”

“정말?”

미실 부인은 가위를 잡은 손으로 몸을 문질렀다. 그녀의 손이 스친 곳에서 화르르 불길이 피어났다.

미실 부인이 외쳤다.

“꺄악! 정말이구나! 이 나쁜 녀석!”

온몸에 불이 붙었다. 미실 부인은 불덩어리가 되어서 펄펄 뛰었다. 제 몸을 손으로 쳤지만 그때마다 불은 더 크게 일어났다. 미실 부인은 공포에 질려서 더욱 더 비명을 지르며 욕을 했다.

석은 비밀을 알려주듯이 나직하게 말했다.

“대운하가 옆에 있어요.”

미실 부인은 석의 말에 따라서 물 냄새를 맡았다. 한 덩어리의 불꽃이 되어 물로 날아갔다. 뒤에서 큰소리로 석이 외쳤다.

“물에는 악어가 있어요! 물리고 말 거예요!”

미실 부인은 물에 떨어지며 다시 비명을 질렀다.

“악! 물렸어!”

미실 부인은 잉어처럼 꿈틀거리며 대운하 북쪽으로 정신

없이 달아나 버렸다. 불에 탄 옷은 물에 젖으면서 거의 다 없어져 버려 알몸이나 마찬가지였다.

섭오랑은 놀라서 정신을 수습하지 못했다.

"소공, 미실을 어떻게 한 거냐?"

석은 예벽의 얼굴을 소매로 가렸다. 예벽이 석의 다리를 붙잡고 얼굴을 묻었다.

"죽을 뻔했습니다."

섭오랑이 다가오며 말했다.

"죽다니, 미실을 그렇게 쉽게 이겼는데……."

석은 손에 들었던 검으로 자기의 오른쪽 무릎 위를 가리켰다. 옷이 깨끗하게 잘려 있었다. 미실의 가위가 스쳤던 것이다.

검으로 베어진 옷을 헤치니 허옇게 뒤집어진 맨살이 드러났다. 깊지는 않았다. 그러나 근육을 조금 상했다. 미실 부인의 가위에 베어지면 피도 잘 나지 않는다.

섭오랑은 다가와서 뒤집어져 입술처럼 된 상처를 보고 석에게 왔다.

"다쳤구나."

하면서 섭오랑은 자기의 치맛단을 가늘게 찢었다.

석은 머리를 저으며 사양하듯이 몸을 반 돌렸다.

"제가 매겠습니다."

섭오랑이 멈칫했다. 장검이 섭오랑의 가슴 앞에서 겨누고 있었다. 석이 무릎 위의 상처를 보여준 후 등 뒤로 가져갔던 검이 그가 몸을 돌리면서 그녀를 겨누게 된 것이었다.

"소공! 너!"

섭오랑이 펄쩍 뛰면서 소리쳤다. 검극은 그녀의 몸이 움직이는 것을 따라 흔들렸다.

석은 검을 그대로 둔 채 상체를 돌려서 몸을 바르게 하며 말했다.

"사부님이 무공만 시험하라고 하시진 않으셨겠죠?"

섭오랑은 잠시 무슨 소린지 알아듣지 못했다가 이해하고 손을 흔들며 소리쳤다.

"난 아니야! 난 그냥 상황을 지켜보고 보고하는 역할이야!"

친한 척 접근해서 죽이려 한 것이 아니라는 걸 항변한 것이다.

석은 화난 것도 아니고 흥분한 상태도 아니었다. 매괴원 안에서 산보할 때나 마찬가지의 표정이었다. 하지만 섭오랑은 함부로 움직이기 두려웠다.

미실이 순식간에 당하는 것을 봤기 때문이다.

석이 말했다.

"제가 천리향을 지워 버리니까 직접 천리향으로 미실 아주머니를 장대인 댁으로 끌어왔잖아요."

"뭔 소리야? 난 그런 짓을 하지 않았어!"

섭오랑은 펄쩍 뛰며 부인했다. 하지만 석이 가만히 보기만

하자 설마 싶어 소맷자락을 자기 코에 대고 잠시 냄새를 맡다가 넋 나간 표정을 지었다.

"미실한테 당한 거야."

석은 그녀가 사실을 말한다는 걸 알았다. 섭오랑은 이리저리 둘러대거나 꾸미는 데 서툴다.

물었다.

"누가 저를 시험하죠?"

섭오랑은 발설하면 혼날 거라 생각하면서도 이 순간에는 석을 거역할 수가 없었다.

"전엽사와 복초부."

하고 대답한 후 눈치를 살피며 말했다.

"내가 알려줬다는 말 하면 안 돼."

석은 고개를 끄덕였다.

섭오랑은 조금 안됐다는 듯이 한마디 더 했다.

"사실 그들은 소공을 정말로 죽이려 할 거야. 지금까지 늘 그랬거든. 그런데 이번은 좀 더 심해. 소공은 진짜 죽을 수도 있어."

석은 물러선 후에 검을 옆으로 돌려서 내밀었다. 거꾸로 돌려 손잡이를 바로 주지 않은 것은 아직도 완전히 경계를 풀지 않았다는 뜻이다.

섭오랑도 알고 검을 잡자마자 뒤로 물러섰다.

흑백 양도를 공포에 떨게 했던 척살 조직 남풍사의 제일가는 검이 그녀였지만 석을 두려워하지 않을 수 없었다.

석은 진인의 제자였다. 함께 살았으면서도 듣도 보도 못한 이상한 수법과 무공을 사용했다. 분명히 수련은 일반적인 것들을 했는데 사용하는 무공은 이상했다.

검을 칼집에 넣으며 대답해 줄 거라는 기대없이 슬쩍 물었다.

"진인께서 새로 창안하신 수법이냐?"

석이 머리를 흔들었다.

"옛날부터 있던 겁니다."

"난 본 적이 없는걸."

섭오랑은 혹시라도 한마디 엿들을 수 있을까 싶어서 한마디 더 했다.

"그건……."

하고 말을 꺼냈으나 석은 금방 대답하지 않았다. 예벽을 왼팔에 안고 얼굴이 섭오랑에게 보이지 않게 하면서 걸어가 땅에 떨어진 단검을 주워 들었다. 섭오랑은 그를 따라 걸었다. 석이 데리고 있는 여자 아이에 대해서도 궁금증이 생겼으나 석이 무공에 대한 대답을 먼저 하고 나면 물어야겠다고 생각했다.

석이 말했다.

"제가 조금 다르게 정리한 거예요."

그때, 대답을 기다리며 긴장을 풀고 있는 그녀의 다리에 화끈한 통증이 느껴졌다.

"앗!"

섭오랑이 비명을 질렀다. 오른쪽 허벅지에 석의 단검이 박혀 있었다.

"왜?"

하고 고함치는 데 석은 벌써 삼 장 밖에 서 있었다.

"천천히 도망치세요."

석이 말했다.

섭오랑은 화가 나서 단검을 뽑아 팽개치고 금창약을 발랐다.

"이 못된 녀석! 왜 내 다리는 찌르고 야단이야!"

석은 벌써 남쪽으로 휑하니 달려가고 있었다. 그도 다리를 다쳤지만 전혀 다친 것 같아 보이지 않았다.

섭오랑은 석에게 매줄려고 찢었던 치맛단으로 자기 허벅지를 묶었다.

화가 났다. 생각해 보니 석은 처음부터 자기 다리를 찌를 작정이었던 것이 틀림없다. 다친 다리를 치맛단으로 묶어주려 할 때 거절했던 것도 '아주머니 다리나 묶으세요' 하는 뜻이었다.

"이 나쁜 녀석! 사람 호의를 무시해도 정도가 있지!"

섭오랑은 이빨을 뿌득 갈았다. 소공이고 뭐고 간에 볼기짝을 때려줘야 직성이 풀릴 것 같았다. 벌떡 일어섰다. 그러나

그때 섭오랑은 자기가 반똑똑이라는 사실을 절실히 깨달았
다.

뒤에서 바람을 몰고 미실이 달려오는 중이었다. 발가벗은
몸이고, 머리는 풀어져서 뒤로 석 자나 휘날렸으며, 가위가
새파랗게 독기 선 그녀의 눈과 함께 번쩍였다.

살기가 조금 전과 비교할 수 없을 만큼 강렬했다. 영신병을
금방 먹었을 때나 풍겨날 법한 마기(魔氣)가 줄줄 뿜어지고
있었다.

이를 악물고 무조건 죽여 버리겠다는 결의가 엿보였다.

"미실!"

섭오랑은 기겁하며 소리쳤다.

미실 부인이 소리쳤다. 상소리 욕이었다. 자기를 벌거벗게
하다니, 소공이고 섭오랑이고 다 죽여 버리고 보는 놈도 몽땅
죽여 버리겠다는 소리였다.

수치심마저 살기로 변해 있었다.

섭오랑은 단숨에 이십여 장을 달아났다. 저 먼 앞쪽에 석이
달려가고 있는 것이 보였다. 그리고 오른쪽 다리의 통증이 심
장을 꾹꾹 쑤시듯 했다.

"소공! 이 나쁜 놈아!"

섭오랑은 악을 쓰면서 외쳤다. 석은 돌아보지도 않고 달아
났다.

섭오랑은 이빨을 북북 갈면서 검을 뽑을 수밖에 없었다.

천천히 도망치라는 말, 미실을 맞아서 싸우며 붙잡고 있으라는 말에 다름 아니었다. 섭오랑은 미실보다 빠르기 때문에 도망치려고만 마음먹으면 위험한 것이 없었지만 이제는 정말 목숨을 내놓고 싸우지 않을 수 없게 되었다.

복수가 틀림없었다. 천리향을 묻히고 미실을 끌어왔다고 복수를 한 것이 틀림없다. 자기는 시간을 벌게 해주려고 노력하며 미실하고 싸우기까지 했는데…….

섭오랑은,

"소공, 죽여 버릴 거야."

하고 입으로는 소공을 욕하고, 검으로는 미실에 대항해서 달아나면서 싸우고, 싸우면서 달아났다. 달아날 때 조금은 거리를 벌려 위험에서 벗어났으나 상처 때문에 많이 달아나지 못해서 또 따라잡히고, 그러면 또 싸우고, 좀 괜찮아졌을 때 또 달아났다.

미실도 벌거벗은 때문에 반쯤 미쳐 버렸지만 섭오랑도 화가 나고 악이 받쳐서 돌아버렸다. 방향도 없이 그저 달아나기 좋은 길을 찾아서 무작정 도망쳤고, 싸웠다. 그 와중에 미실이 '너도 당해봐라' 하며 섭오랑의 옷도 없애 버리려고 작정해서 자꾸만 그녀의 옷도 잘려 나가고 있었다.

석은 처음에 섭오랑에게 예벽을 맡겨 빼돌린 후 혼자 시험을 받는 것이 좋겠다고 생각했다.

그러나 섭오랑 하는 짓이 역시 미덥지 않았다. 차라리 미실이 이상해지지 않았다면 미실에게는 예벽을 맡길 수 있을 것 같았다.

그래서 예벽이 구슬이라는 사실도 숨기는 편이 낫다고 생각했다. 매괴원의 사람이라면 예벽의 얼굴을 보았을 때 분명히 두 가지를 깨닫게 될 것이기 때문이다.

하나는 예벽이 양춘대의 딸이라는 사실이고, 다른 하나는 예벽이 바로 이번 시험의 과제, 구슬이라는 것이다.

석은 섭오랑으로 하여금 미실을 잡아두도록 억지를 써놓고 왔지만 안심할 수가 없었다.

미실은 강했다. 그리고 자기 주변에 접근한 섭오랑에게 천리향을 이용해서 석을 찾아낼 정도로 교활했다.

석이 미실을 잠시 달아나게 만든 것은 성지침(聲之針)이란 것으로, 그중에서도 세 번째인 언침(言針)이란 수법이었다.

성지침은 석이 장호연의 수신 삼호위에게도 사용한 적이 있었다.

그날 석은 숟가락과 젓가락으로 아침을 먹으면서 성지침의 첫 번째 수법인 은침(隱針)의 소리를 썼다. 젓가락으로 찬을 집으며 접시를 건드리고 숟가락으로 탕을 뜰 때 양을 바꿔서 소리를 달리며 그릇을 두드렸다. 소리들은 하나하나가 보이지 않는 침이 되어 석이 의도한 대로 세 사람의 안구에 스며들었다. 그중 아홉은 안구를 빙그르르 돌리도록 근육을 자극하는 것이었고, 하나는 돌지 않도록 붙잡아두는 것이었다. 완전히 숙달된 재주가 아니었기 때문에 장호연에게도 조금은 싱지침이 들이기고 말았다. 이는 순전히 장호연이 그 세 사람 사이에 있었기 때문이다.

하여튼 그 세 사람은 성지침 때문에 안구가 옆으로 돌아갈 준비가 되어 있었고, 석은 적절할 때 젓가락을 움직이는 것만으로 그때까지 안구가 돌아가지 않도록 잡아두었던 침을 제거한 것이었다.

석은 그들로 하여금 젓가락 끝을 보게 만들었고, 동그랗게 젓가락이 움직였을 때 그들의 눈이 따라가면서 그들의 눈을 바로잡고 있던 첫 번째 성지침을 스스로 제거하자 세 사람은 눈알이 돌았고, 눈알이 도는 줄을 모르고 몸이 도는 것으로 생각하여 반응한다는 것이 자기를 바닥에 거꾸로 처박는 결과가 되었다.

그것으로 끝이었다.

이처럼 성지침의 수법은 먼저 공작을 해놓고 막상 발동할 때는 어떤 기운도 사용하지 않는 것이었다. 그래서 상대방은 위기를 느끼고 대응할 때는 기척을 느낄 수 없어서 꼼짝없이 당하고 만다.

수신 삼호위도 무림의 명문인 화산, 점창, 그리고 귀주신검문의 출신으로 대단한 실력을 가진 자들이었으나 한 번 당한 후에는 대항할 엄두조차 못 냈던 것이다.

그러나 이 은침 수법도 미실 부인 같은 고수에게는 통하지
않았다.

미실 부인은 그냥 장미 밭에 들어가더라도 가시가 비켜나
는 고수였다. 기운이 저절로 일어나고 저절로 거둬지는 단계
이니 꽃은 몸에 닿아도 가시는 닿지 않는다. 은밀하게 스며드
는 은침도 저절로 튕겨나고 만다. 그래서 석은 가장 어려운
세 번째 수법인 언침을 사용한 것이었다.

언침은 말로 암시를 주어서 암시를 받아들인 사람이 자기
의 공력으로 스스로를 치게 만드는 방법이었다.

미실 부인이 불이 났다고 생각하면서 몸을 만졌을 때 그녀
의 공력이 움직이며 정말 불을 만들어 버렸고, 악어가 문다고
생각했을 때 그녀는 정말 물리는 듯한 고통을 느끼며 달아났
던 것이다.

장강이 눈앞으로 다가왔다.

섭오랑과 미실 부인은 싸우면서 서쪽으로 가고 있었다.

석은 평소 생각하고 있었으나 매괴원에는 사용해 볼 수 없
었던 수법들을 떠올렸다. 일위도강도 그중의 하나였고 성지
침도 그중의 하나였다.

배가 고팠다. 아이가 손으로 석의 목을 안고 있다가 등을
두드렸다.

톡, 톡.

강변에 불가사리같이 생긴 말밤 열매가 있었다.

하늘은 파랗고 강물은 도도했다. 석은 강을 앞에 두고 멈추었다. 실바람이 뺨을 부비고 지난다. 빛살의 찬연함이 눈썹 끝을 녹색으로 물들인다.

석은 이상하게도 그 순간에 시를 느꼈다. 아이가 머리를 뒤로 당겨 석의 얼굴을 마주 보며 미소를 지었다.

아이가 손을 움직였다.

"바다예요."

석은 아이를 놓칠 뻔했다. 손이 움직여 말을 만들다니……. 벼락이 그의 정신을 내려쳐서 발바닥을 뚫고 지나갔다. 석은 우두커니 아이의 얼굴을 보다가 머리를 쓰다듬어 주었다. 가슴이 꽉 메어서 더 이상 보고 있을 수가 없었다.

예벽이란 구슬은 말을 하지 못함으로써 완벽한 구슬이었다.

석은 장강을 바로 건너지 못했다.

공력이 예벽을 데리고 강을 건널 수 있을 만큼 충분치 않았다. 대안이 서로 가까운 곳을 찾아야 했다. 그러나 강은 하구가 될수록 더욱 넓어지는 법이었다.

양주도 장강의 하류 쪽이라 강폭이 넓고 퇴적물이 쌓이면서 형성된 섬이 간혹 있었다. 섬에서 쉬었다가 갈 수도 있었지만 대낮이라 사람들의 주목을 받게 될 것이 분명했다.

석은 강폭이 좁은 곳을 찾는 것도 포기했다.

전 노인은 이름이 전삼인데 별명이 엽사였다. 그는 멀리 나가지 않고 매화곡 안에 있으면서도 온갖 짐승들을 사냥할 수 있는 사람이었다.

사슴과 노루가 물 먹는 곳을 알았고, 토끼들이 만나는 길목을 알았으며, 영역을 지키는 산비둘기들의 경계를 정확하게 알았다.

전엽사는 산의 모양을 대충 보고 손가락으로 가리킨 후에 그곳으로 석을 데려가곤 했다. 그러면 그곳에는 영락없이 비둘기 알이나 매의 둥지, 또는 황새의 커다란 둥지가 있곤 했다.

수풀을 뒤지고 들어가면 멧돼지가 갉아댄 나무를 볼 수 있었고, 간혹은 그가 큰 짐승이라고 부르는 대호의 노린내를 맡을 수도 있었다.

이런 경우도 있었다. 전엽사가 갑자기 석에게 올무를 쥐어주며 나무 뒤에 숨어 있으라고 했다. 그런 후에 입에 손을 넣어서 삑, 삑 하는 소리를 두 번 냈는데, 어디선가 여우가 후닥닥 달려와 올무에 목을 집어넣는 것이었다.

그때 전엽사는 껄껄 웃었다. 달아날 길을 정해두는 짐승은 그 길목을 지키고 있다가 놀래키기만 해도 잡을 수 있다고 했다.

석은 그 도리가 옳다고 여겼다. 여우가 아홉 개의 굴을 파놓는다고 하지만 달아날 때는 그중 하나로 갈 것이 분명했다. 가까운 굴을 두고 먼 굴로 도망칠 까닭도 없다.

이후로 석은 이것을 여러 경우에 적용시켜 보았다. 비단 여우에 그치지 않고 습관의 편리를 아는 생물이라면 사람, 짐승 가릴 것 없이 그렇다는 사실을 알았다.

이번에 매괴원을 나온 후에 석은 이것도 한 번 시험해 봐야겠다고 마음먹고 있었다. 어떤 경우에나 검을 뽑을 수 있는 쾌검을 쓰는 사람을 만나면, 그 사람이 뽑을 검에 미리 조치를 취해두는 것만으로도 간단히 그 사람을 제압해 버릴 수 있을 테니까. 그러면 그 사람은 발검이 신속하기 때문에 당하는 셈이다.

이렇듯 석은 전엽사라면 자기가 올 곳을 예상해서 길목을 지킬 거라고 생각했다. 대안이 좁은 곳은 전엽사가 놓칠 곳이 아니었다. 전엽사는 석을 석으로도 생각하고 짐승으로도 생각하며 그가 움직일 길목을 찾을 게 분명했다.

말밤을 따서 생으로 씹어 하얀 즙과 가루를 함께 삼켰다.

강을 따라서 마치 개구리를 잡으러 나온 소년처럼 수풀을 헤치며 천천히 걸었다. 이미 미실 부인과 섭오랑은 흔적도 보이지 않았다.

석은 간혹 멈추어 강물도 보고 하늘도 보고, 강변에 펼쳐진 긴 제방을 보기도 하였다. 강에는 배가 많이 보였다.

양주는 강남과 강북의 물류가 만나는 곳이고, 내륙의 문물과 해양의 문물이 교차하는 곳이기도 했다. 군선도 보였다.

강남의 곡물은 운하를 거슬러 올라가 북경에 이른다.

석은 항구로 향했다.

큰 배는 항구로 가야 타고 작은 배는 어촌마다 탈 수 있었다. 그러나 어촌의 배 중에서 강을 건너는 배는 많지 않았다. 강은 그만큼 넓고, 가끔 저녁이면 바닷물이 역조하여 황룡을 몰고 올라오면서 강을 뒤집고 배를 깨뜨리기도 했기 때문이다.

대게의 속이 가득 차는 날이면 하구는 더욱 위험했다. 대게의 속은 달을 따라 가득 차다가 비워지곤 하는데, 그럴 때면 바닷물이 달을 따라 쫓아왔다. 반대로 달 없는 날 밤에는 강물이 바다로 더 멀리 진격해 들어갔다.

마침내 항구에 이르렀다.

큰 배들이 돛대를 세워 하늘을 찌르며 사열하고, 우마를 맨 수레들은 배 앞을 들락날락했다. 활기찬 고함 소리가 요란하고 오줌 냄새 섞인 물 냄새가 코를 찔렀다.

석은 예벽을 여전히 왼팔에 안고 있었다.

슬쩍 보니 예벽이 콧등을 살짝 찡그리고 웃었다. 석은 자기도 모르게 오른손으로 예벽을 도닥거렸다. 동생이 없었다. 아기를 돌본 적도 없었다. 해본 적도 배운 적도 없었다. 그렇지만 석은 마땅히 그래야 할 듯이 예벽을 감쌌다.

항구의 냄새가 부담스러운지 예벽은 얼굴을 석의 어깨에 묻어버렸다. 석은 다시 손을 올렸다가 그냥 내렸다.

배를 댄 부두를 보고 형성된 점포들이 즐비했다.

주점이며 여관이랑 도박장 따위, 그리고 철물점, 선구점,

어구점에 포목점과 싸전도 여러 개씩 뭉쳐서 서 있었다.

노상에 자리를 깔고 있는 행상도 숱했다.

석은 노점에서 말린 쇠고기를 사고 오색 종이로 만든 바람개비도 두 개 샀다. 하나는 예벽의 손에 쥐어주고 하나는 자기가 잡았다.

두 개의 바람개비가 돌아가면서 동그란 오색 무지개를 만들었다. 예벽이 함박 웃었다. 볼에 보조개가 패었다.

석은 두 개의 노리개를 더 사서 예벽에게 주었다. 하나는 헝겊으로 만든 각시 인형이고, 다른 하나는 노란 방울이었다. 하지만 예벽은 고개를 젓고 바람개비만 좋아했다.

석이 쇠갈고리가 달린 밧줄이며 큰 삿갓과 작은 삿갓, 둥근 방패, 작살, 석회가루, 그 밖에도 몇 가지 잡다한 것들을 사는 동안 예벽은 바람개비에 손을 대보기도 하고 입으로 후후 불기도 했다.

짐이 많아졌다.

농부들이 밭으로 갈 때 지고 다니는 아기 광주리를 산 후에 몽땅 넣어서 등에 졌다. 등에 지고 있었던 우산은 오른손에 들었다. 사람들에게 알아보니 강남으로 내려갈 배 하나가 곧 출발한다고 했다.

석은 예벽의 손을 잡고 부두로 갔다. 배가 들고 배가 난다. 작은 삿갓을 씌워 예벽이 빛에 그을지 않게 했다.

한데 석이 배에 막 올랐을 때였다.

갑자기 누가 석의 앞으로 다가왔다.

석은 마치 뱀이 휘감아 오르듯이 슬그머니 움직여 우산의 끝을 그 사람의 명치에 올려붙였다.

그 사람이 딱 멈춰 섰다. 조금만 더 다가오면 스스로 찔려서 숨이 막힐 찰나였다.

석은 예벽의 손을 끌고 선실 쪽으로 가면서 나직하게 말했다.

"여긴 왜 왔어요?"

"내가 누군지 알겠소?"

하고 그 사람이 전음으로 물었다.

귀주 신검문 출신으로 장호연의 삼호위 중 한 명인 유은수였다. 석은 대꾸하지 않았다. 얼굴을 바꿔도 걸음걸이와 몸태를 바꾸지 못했는데 그게 무슨 역용인가.

놀라운 게 있다면 장호연이 어떻게 이곳에 자기가 나타날 것인지 알아냈는지이다. 그 사람에게는 역시 신비한 면이 많다.

유은수는 자기의 역용이 들통난 게 부끄러운지 전음으로 급히 말했다.

"알고 있는 듯하니 말씀만 전하겠소. 장 대인께서 급한 대로 여러 가지 물건을 챙겨서 이 배에 실었소이다. 물건들은 귀공의 뒤를 따라갈 테니 그리 아시오. 혹시 필요한 게 있으면 언제든지 사람을 불러서 요구하시오."

석은 고개를 끄덕였다.

유은수가 다시 전음으로 말했다.

"선실로 내려가면 안내해 줄 사람이 있을 거요. 그리고…
장 대인께서 귀공의 성명을 알아오라 하시었소."

석은 전음으로 말했다.

"이석입니다. 오얏 리에 주석 석."

유은수가 머리를 끄덕여 감사했다.

"대인께서 무척 한스러워하시오. 사흘만 시간을 가져도 구
슬님의 언문(言門)을 트이게 해볼 수 있을 텐데, 이제 그 일은
전적으로 귀공이 맡으셔야 한다고도 하셨소. 이미 치유할 것
은 다 치유했다는 말씀도 계셨소."

석이 대답하지 않자 유은수는 조심해서 가시란 말을 한 후
에 배를 내려갔다.

배는 그가 땅을 밟자마자 부두를 떠났다.

석은 예벽의 손을 잡고 선실로 내려갔다. 큰 배라서 흔들림
은 거의 없었다. 선부 한 사람이 안내해 준 곳은 큰 방이었다.
침대가 갖춰져 있고 바닥에 고정된 탁자와 의자들도 있었다.
창도 열려 있어서 여름이지만 시원한 바람이 불어왔다.

적당한 공간이었다.

"시간을 벌었다."

석은 웃으면서 아이에게 말했다. 아이는 그냥 밝은 눈웃음
으로 대답했다. 여전히 손에는 바람개비가 들려 있었다. 바람

이 불지 않아 혼자 앞으로 밀었다가 당기면서 놀다가 창가로 가서 손을 들어 바람개비만 돌게 한다. 아직 키가 작아서 창밖을 볼 수는 없다.

석은 번쩍 안아 들고 빙빙 돌리며 놀고 싶은 마음을 꾹 참았다.

위험이 닥쳐올 것이고, 위험이 닥쳐오고 있다는 사실을 잘 알고 있었다. 그러나 석은 용기가 났다. 조금도 두렵지가 않았다. 콧노래라도 흥얼거릴 수 있을 만큼 속에서 자신감이 피어올랐다.

전엽사와 복초부를 생각하면 전혀 불가능한 일이었지만, 석은 예벽의 맑은 미소 하나에 심장이 열리고 용기가 샘솟는 것을 느낄 수 있었다.

예벽은 가만히 앉아 두 손에 바람개비를 나누어 쥐고 놀았다.

석은 바닥에 앉아 잡다한 도구들을 꺼내 우산을 분해했다. 우산대를 빼내고 작살을 그 자리에 끼웠다. 작살은 처음부터 우산대의 굵기와 길이에 맞춰서 골랐던 것이다. 작살 끝의 미늘은 갈아버렸다. 찌른 후에도 쉽게 뽑을 수 있게 하기 위해서였다.

다시 우산을 조립하고 보니까 자루가 검게 변하고 끝이 날카롭다. 조금 어색하다. 석은 먹물을 먹여서 우산 전체를 검고 얼룩덜룩하게 만들어 버렸다. 이제는 거의 어색하지 않았다.

석은 그다음에 우산으로 바닥에 둥근 원을 하나 그려놓고 천천히 그 주위를 돌았다. 돌면서 우산을 간간이 찌르고 휘둘렀다.

원래부터 석은 한 걸음씩 걷는 데 익숙지 않았다. 원의 주위를 그렇게 걸으려니 금방 땀이 줄줄 흘렀다. 그래도 차분하게 한 걸음을 걸으면서 한 번 찌르고 한 번 휘두르고, 다시 한 걸음을 걸을 때는 두 번 찌르고 한 번 휘두르고, 다음 한 걸음에는 세 번 찌르고 한 번 휘두르며 걷는 속도와 찌르는 속도를 높였다.

움직이며 찌르고 휘두르는 동안에는 눈도 한 번 깜박이지 않았다.

한참을 그렇게 하고 나니 손발에 완전한 길이 생겼다. 눈에는 고리가 생겨서 움직이는 대상을 걸어 고정시키면 놓치지 않을 수가 있었다.

"하하하하!"

스스로 만족한 마음이 들어서 털썩 앉는데 예벽이 다가와 수건을 건네주었다.

석은 혼자 웃은 게 쑥스러워 머리를 슥슥 긁으며 수건을 받아서 땀을 닦았다.

석은 선실의 벽으로 자리를 옮긴 채 바닥에 그냥 앉았다. 원래 수련하던 대로라면 앉는 것은 의자에 앉아야 하고 눕는 것은 침상에 누워야 옳았다.

하지만 지금은 이렇게 하는 것이 좋았다. 아무런 걱정도 되지 않고 마음이 편안하며 좋았다.

예벽이 옆에 와서 나란히 앉았다.

문득 석은 그녀를 처음 보았을 때 그녀가 바닥에 아무렇게나 앉아 있었다는 사실을 깨달았다. 자기도 모르게 예벽을 흉내 내며 좋아한 것은 아닐까 싶은 생각이 스쳤다.

석은 이상한 느낌을 지워 버리려고 머리를 벽에 대고 허공에 눈을 두면서 물었다.

"넌 내가 누군지 아니?"

대답을 기다리다가 석은 숨을 가늘게 쉬었다.

눈을 돌리지 않아도 가까이 있는 예벽의 손이 어떻게 움직이는지 알 수 있다. 예벽의 손은 바닥에 글을 쓰듯이 낮게 움직이고 있었다.

"알고 있어요."

석은 다시 물었다.

"내가… 누구니?"

예벽은 살짝 웃고 대답하지 않았다.

석은 머릿속에서 풀 먹인 베를 당겨 펼 때 나는 것 같은 쫘악! 소리를 들었다. 아이는 아이인데 아이가 아닌 것 같은 느낌이었다.

가슴이 놀라서 몇 번 뛰었다가 원래대로 돌아갔다. 어지럽기도 했다. 다시 살피니 배가 방향을 크게 틀면서 기울어지는 중이었다.

예벽의 머리가 팔에 와서 닿았다.

갑자기 둥! 둥! 둥! 둥! 급한 북소리가 강상을 달린다.

석은 왼손으로 예벽의 손을 잡았다가 놓으며 일어섰다.

올 것이 왔다.

그러나 두렵지는 않았다.

"우린 황산 매화곡까지 가야 해."

하고 석이 손으로 말했다.

예벽이 고개를 끄덕였다. 손으로 하는 대답은 '응'이었다.

석이 탔던 배는 선체를 옆으로 뉘다시피 하면서 방향을 동으로 틀었다.

끼이이이이익!

삐이이이익!

나무판자들이 압력을 받아서 뒤틀리는 소리가 요란한데, 굳은 얼굴로 선부들은 침착하게 배를 조종했다.

석은 광주리 안에 예벽을 담아서 등에 지고 갑판으로 올라왔다. 광주리는 옆으로도 띠를 대어 허리띠 위에 단단히 묶었다.

우산은 오른손에 잡았다. 왼손에는 밧줄 끝에 달린 갈고리를 들었다.

발끝으로 위치를 움직여 중심을 잡으며 강상을 살폈다.

언제 이렇게 되었던가?

이렇게 될 수도 있는 건가?

석은 떠들썩한 것을 싫어하는 성미는 아니었지만 눈앞에 펼쳐진 광경에 입이 딱 벌어졌다.

둥둥둥둥둥!

북소리는 끊어지지 않았다.

쇠를 치는 소리도 여름날 밤 개구리의 합창 소리처럼 들렸다. 이 순간 장강은 여러 가지로 가득 차 있었다.

첫째가 물이었고, 둘째가 빛이었고, 셋째는 때맞춘 동남풍이었고, 넷째는 북과 쇠를 치는 소리였으며, 다섯째는 끝도 없이 새까맣게 장강을 뒤덮고 있는 배들이었다.

배의 숫자는, 그냥 많다. 너무 많아서 헤아릴 수가 없다. 크기는 손바닥만 한 것에서 산더미만 한 것까지 다 있고, 색깔은 빨간 것 빼놓고는 다 있었다.

일부는 양곡을 실은 군선이었다. 그러나 대다수는 큰 고깃배와 고깃배를 가장한 전선, 수적들의 배였다.

장강에서 물을 먹는 수적의 숫자는 어림잡아도 육십만. 그들은 물가에 사는 사람다워서 때로는 고기 잡는 어부였고 때로는 척박한 땅 몇 마지기를 일구는 농부기도 했으며, 때로는 아미자와 삼지창으로 사람과 재물을 찍어 올리는 수적이기도 했다.

수적들의 배도 군선만큼 크다. 거대한 수적들의 배가 작은 배들을 거느린 채 밀고 오는 모습은 작은 연못에서 오리가 새끼들을 데리고 노는 것 같다.

한 번 움직이는데 고함 소리와 쇳소리는 수십 번도 더 일어났다. 배와 배가 가까워지고 뭉쳤던 것이 펼쳐져 형체를 이루는 강물이 깨어지고 살기가 하백의 정신을 두렵게 하여 쫓아버린다.

선부 한 명이 소리쳤다.

"수적입니다!"

다른 선부가 또 외쳤다.

"군선을 공격하려는 모양입니다!"

군선들에서는 앞 다투어 화살과 노를 준비하고 있었다. 물러서면서 대응진을 짜 싸우려는 듯이 보였으나 군선은 고작 삼십여 척. 수적들의 배는 말할 수 없을 만큼 많다.

일반 상선은 고작 네 척이었다.

"수적들은 이렇게 무리를 짓는 법이 없었는데……."

당혹한 선부의 말이었다.

반란이 아닌 다음에야 이렇게 할 까닭이 없다. 수적들의 배는 장강 가운데를 점하고 긴 띠를 이룬 장사진이었다.

석은 바람을 읽었다. 역시 동남풍이다. 쓴웃음이 입가에 걸렸다.

"쏴라!"

"와아아아아아!"

좌측에서 군선과 수적들의 싸움이 붙었다.

쇠뇌가 발사되고 불화살이 하늘을 빨갛게 장식했다.

피퍼퍼퍼퍽!

기름 솜을 입고 불 먹어서 날아간 화살들은 사람을 뚫고 태우고, 바닥을 뚫고 돛을 뚫고 씨앗이 되어서 더 큰 불을 일으켰다.

작은 배를 붙여서 갈고리로 배를 찍으며 올라간 자들이 군사들과 찌르고 죽이며 목을 따서 내둘러 용맹을 자랑한다.

"죽여라! 으하하하하! 몽땅 죽여라!"

개중에는 옷에 불이 붙은 자들도 있으나 광소를 터뜨리며 적을 먼저 베고 피 묻은 칼의 넓은 면을 툭툭 쳐서 불을 누른다.

"반란이다!"

"반란이다!"

삼십 척의 군선에서는 반란이라는 소리가 마구 터져 나왔다. 그 소리가 비명 소리의 반은 족히 되었다.

피우우웅!

피우우웅!

노가 날고 화살이 나는 소리, 그리고 새까맣게 몰려가는 화살들이 새 떼처럼 한 배 위에 쏟아진다. 앞 다투어 지르는 비명 소리들에 맞추어 불길이 터져 오른다.

석은 균형을 잡는 배 위에서 난간에 오른발을 걸치고 흥분했다. 헤아릴 수도 없이 많은 배 중에서 전쟁 상태에 들어간 것은 고작 몇십 척에 지나지 않았다.

상선들은 돌아서서 도망치려고 하는 중이었고, 강을 가로막았던 수적들의 배들은 도망가는 만큼 접근해 오면서 그들을 내몰려고 했다.

수적들의 배가 많아도 너무 많았다.

삽시간에 거대한 전장으로 변해 버린 장강에서 한 사람의 존재는 너무나 보잘것없고 미미하게 느껴졌다.

돛을 태우며 치솟는 거대한 불은 태양에 항거하듯이 물 위를 시뻘겋게 만들고 검은 연기는 구름을 무색케 하였다.

대낮이지만 낮이 숨어버린 밤이었다. 무게를 줄이기 위해서 내던진 기름통들이 깨어지면서 그 위로도 불길이 치달렸다. 물 위를 흐르는 불은 속도도 무섭고 가는 길은 제멋대로며 범위는 떡메를 맞은 떡처럼 쫙쫙 퍼졌다.

함선과 함선이 서로 부딪치는 소리는 수백 개의 벼락이 일시에 떨어지는 듯했다. 쪼개진 함선이 무너지면서 강물을 끌어가고, 큰 파도가 되어 둥글게 말아 넣는다.

높은 군선은 가까이 갔을 때 올라보는 것만으로도 목이 아팠다. 산처럼 솟은 배들이 불타고 무너지는 것은 산이 무너지고 하늘이 떨어지는 것과 다름 아니었다.

더구나 강물에 비치는 불길, 강물을 달리는 불길은 삽시간에 장강을 유황지옥으로 바꿔놓았다.

가만히 두어도 모두 죽을 것 같은 상황에서 어서 죽으라고 활을 쏘고 칼로 베고 창으로 찌르며 도끼를 가슴팍에 박아 넣는다.

석이 탄 배는 방향을 돌려서 도주하려고 하는 중이었다.

"우와아아!"

고함치고 위협하면서 수적들의 배가 토끼 몰이 하듯이 밀고 들어왔다.

석은 우산을 오른손에 들고 난간 위에 우뚝 섰다.

수적들은 아직 공격을 하지 않고 위협만 했다. 상선이니 그냥 털어서 날로 삼킨다는 계산을 한 모양이다.

격전지 옆에서 끝없이 터져 나오는 북소리도 사람의 혼을 빼놓기는 매한가지였다.

흥분되고, 흥분하고, 흥분은 혼을 조금씩 콧구멍 밖으로 밀어낸다. 모두가 제정신이 아니다.

석은 고개를 한 번 끄덕였다.

"제정신이면 죽이기도 어렵고 죽기도 어렵겠지."

돌아보니 선부들은 돛을 조종하는 사람은 돛을 조종하고 노를 젓는 사람은 노를 젓는다. 악착같이 살기 위해 발버둥을 친다.

선부가 악을 쓰면서 말했다.

"저들이 반란이라도 일으킨 모양이오. 여태까지 이런 적이 없었는데……."

석은 그 사람의 말을 들으면서 다른 배를 보았다. 나머지 세 척의 상선에서는 선부들이 배를 버리고 작은 배로 달아나는 중이었다.

수적들은 그 배는 쫓지 않았다. 오히려 배를 포기하지 않는 배, 석이 탄 배를 압박해 올 뿐이었다. 가라. 어서 다 버리고 꺼져 버려라. 너 딴 놈들의 목숨은 관심없다. 이런 태도를 뱃전에서 오만하게 보여준다.

그러나 석이 탄 배의 선원들은 새끼 물새 날갯짓하듯이 파닥거리며 노를 저을 뿐 배를 포기할 의도는 추호도 없어 보였다.

석은 조정간을 잡고서 온 힘을 다 쓰는 도사공에게 물었다.

"장 대인의 배인가요?"

도사공이 벌컥 소리쳤다.

"장 대인의 배가 아니라면 내가 무엇 때문에 이 고생을 하겠소?"

다른 사람은 물어볼 것도 없다. 저런 비정상적인 충성심과 어리석음은 장호연의 밥을 먹는 사람들이 가진 특징이다.

석은 물러나는 배의 제일 뒤쪽에 섰다. 강을 건너 남으로 가야 하는데 배는 다시 북으로 도망치고 있었고, 앞에서는 무지막지한 위세로 적이 밀고 올라오는 중이었다.

그때 먼 곳에 있는 배의 돛대 위로 한 사람이 올라가고 있었다.

덩치가 아주 큰 대한인데 돛 줄을 잡고 흔들면서 몇 번 도약하자 금방 그 꼭대기에 올라가 버렸다.

한데 그 사람이 시작이었다.

수적들의 큰 배에는 저마다 사람들이 돛대 위로 올라가고 있었다. 어떤 배는 한 사람이고 어떤 배는 두 사람, 어떤 배는 다섯 사람도 있었다.

그들이 올라선 후에 갑자기 싸움이 중단되었다.

군선이 세 대나 침몰한 후였지만 군선들도 재정비하면서 둥글게 모여들었다.

순간 우렁찬 목소리가 장강 위로 폭포수처럼 쏟아졌다.

"소공! 귀하는 강을 건널 수 없다!"

석은 어리벙벙해졌다.

한 사람이 돛대 위에서 외친 소리를 따라서 배에 있던 사람들이 똑같이 외쳤다. 그 옆의 배에서도 똑같은 일이 반복되고 있었다.

수많은 사람이 지르는 함성은 그 자체로 헤아릴 수 없이 많은 자갈이 구르는 소리고 산을 덮치는 까치놀이었다.

함성이 쏴아아아아! 하고 석과 사람들을 스치고 지났다.

돛대에 선 사람끼리는 손으로 신호하여 서로 호흡을 맞추고 있었다.

두 번째 함성이 터져 나왔다.

"소공! 당장 모습을 드러내라! 그렇지 않으면 우리는 장강을 오가는 모든 사람을 죽이겠다!"

내용은 코웃음거리였다.

그러나 함성은 결코 그렇지 않았다. 장강을 모두 메운 듯 새까맣게 펼쳐져 있는 수적들의 배. 그 배들에서 동시에 입을 모아 외치는 함성은 사람의 살을 떨게 하고 뼈를 발라내고도 남음이 있었다.

그 소리를 함께 지르며 공명하지 않는 사람들은 신경이 오그라들고 비틀리게 될 것이다.

사람의 이름을 직접 부른다면 그 사람의 혼백이 절로 흩어질 만큼 거대한 함성이다.

석은 얼이 빠져 노조차 놓쳐 버린 선부에게 다가가 어깨를 툭툭 두드렸다.

선부가 정신을 차렸다.

석이 말했다.

"작은 배를 내려주세요."

"안 됩니다."

선부가 기겁하며 말했다.

석이 말했다.

"괜찮아요. 제가 필요한 거니까요."

선부가 망설이면서도 마지못해 작은 배가 있는 곳으로 달려갔다. 석이 요구하는 것이라면 뭐든지 다 들어줘야 한다는 장 대인의 말은 어떤 상황에서도 유효했다.

다시 선미로 돌아가려는데 세 번째 함성이 터져 나왔다.

"소공! 숨어도 소용없다! 우리와 싸우지 않고는 돌아가더라도 인정받지 못한다!"

귀가 윙윙거려서 발이 흐트러졌다.

대체 저 긴 말을 동시에 하려면 얼마나 많은 연습을 해야 했을까?

쇠갈고리가 달린 밧줄은 광주리 아래의 허리에 동그랗게 감았다. 끝은 왼손에 움켜잡았다.

"소공, 배를 내렸소이다."

사공들도 석을 소공이라고 불렀다.

"고맙습니다!"

석은 소리친 후에 몸을 날려 작은 배 위에 내려섰다.

배는 쾌속정이었고, 한 자리에 서서 저을 수 있는 긴 노가 두 개 달려 있었다. 길이는 열한 자였고, 폭은 넓은 곳이 세 자 두 치였다.

어느 틈에 사공들이 물과 음식이며 한두 가지 옷과 수건도 던져 놓았다.

석은 왼손의 쇠고리를 허리춤에 걸고 오른손의 우산을 등에 진 광주리와 등 사이에 끼우고 노를 잡았다.

배를 조정하거나 물놀이를 해본 적은 한 번도 없었다.

하지만 처음이지만 익숙한 듯이, 석은 노가 전해지는 물의 반발을 느끼며, 노가 견딜 수 있는 반발력의 크기를 감지하면서 힘차게 저었다.

쏴아아아!

단 한 번의 노질로 배가 물을 가르며 앞으로 쫙! 나아갔다.

석은 두 번째 노를 저으면서 저들의 네 번째 고함을 들었다.

"소공, 우리를 피할 수 있을 것이라 생각하느냐? 결코 피할 수 없다! 차라리 당장 나와 맞서는 게 어떠냐?"

목소리는 아니지만, 혹시 말을 한다면 저런 식으로 하는 사람 하나를 석은 알고 있다. 바로 복석린이라는 노인으로, 매괴원에서 나무를 하는 노인이다. 가끔은 도끼를 소나 돼지를 잡을 때도 사용하지만 복초부라는, 백정보다 좋은 이름으로 불리는 사람이다.

순하고 엉성하고, 소탈한 노인이다. 행동하는 데 선이 굵어서 시원시원하고 뒤끝을 남기지 않는, 장부라면 장부다.

복초부는 에두를 줄을 모른다. 사양할 줄도 알고 명상을 마친 후에 보면 아주 점잖은 모습을 보이기도 한다. 어떨 때는 천명을 달관하여 유유자적하며 사는 사람처럼 보일 때도 있었다.

그러나 복초부의 도끼는 컸고, 무거웠고, 무시무시하게 강했다. 그가 패는 도끼의 풍압에 뺨을 맞은 것 같은 충격을 받은 적도 있었다.

석은 힘차게 노를 한 번 더 저어서 쾌속선이 수적들의 배를 향해 나아가게 한 후에 외쳤다.

"이석이 여기 있다!"

큰소리였으나 멀리 퍼질 만한 정도는 아니었다.

석은 다시 한 소리씩 나누어 강하게 외쳤다.

"나! 이!석!이! 여!기! 있!다!"

"악!"

"으악!"

사람들이 비명을 지르면서 귀를 막았다.

석이 지른 소리는 마치 통 속에 있다가 하나씩 터져 나오는 것처럼 선명했고, 종을 때리는 것처럼 굉렬했다.

이석은 배 위에서 한껏 자신을 드러내면서 우산을 치켜들고 말했다.

"이석이 여기 있다!"

강상에는 수없이 많은 배와 그보다 훨씬 많은 사람들이 있었지만 배들의 가운데로 나아오면서 외치는 석의 기백에 대답할 사람이 없었다.

석은 쐐기를 박듯이 우산으로 뱃전을 짚으며 고함쳤다.

"누가 나를 맞겠느냐?"

수만 마리의 벌이 동시에 왕! 하는 듯 알아듣기 어려우면서도 선명하게 알 수 있는 말이 하늘과 강물을 동시에 울리며 퍼져 갔다.

그 소리를 듣는 사람들은 마치 죄를 지은 듯 가슴이 오그라들고 심장이 가늘고 섬세하게 뛰었다.

석은 매우 길고 몹시 느리고 아주 높게 물었다.

"복 노인, 당신이 나를 맞겠소?"

괴이한 분위기가 강물 위를 지배했다. 모두 처음 당하는 이 상한 일에 입을 떼지도 못했다. 심지어 석을 보던 눈을 다른 곳으로 돌리지도 못했다.

지은 죄들이 이 순간에 자각되기라도 한 듯이 심장이 쿵덕 거렸고, 입 안에서 침이 말랐다. 등줄기가 뻣뻣하게 굳었고, 가위 눌린 것처럼 발가락과 오금이 오그라들었다.

석은 하늘이 부여하고 스스로 키워 올린 그 자신의 모든 위 엄을 보이고 신념으로 웅자(雄姿)의 탑(塔)을 세웠다.

석은 배 위에서 오직 위엄을 지키고 섰지만 그의 배는 계속 천천히 배들 사이로 나아가고 있었다.

숨을 죽이고 있는 시간은 느리게 가고, 느리게 간 시간 속 에는 끈끈한 감정이 침전된다. 이 순간 모든 사람들은 스스로 에게 자기도 모르게 말하고 있었다.

움직이지 마라. 움직이지 말자. 꼼짝해선 안 된다. 숨도 쉬 어선 안 된다. 움직이고 숨 쉬는 순간에 이 모든 느림과 고요 와 지루함이 깨어지고 말 것이다. 빠른 세상으로 돌아가는 것 은 얼마나 두려운 일이냐. 움직이지 마라. 숨 쉬지 마라. 이 느린 시간을 잃어버리지 마라.

석은 노를 젓지 않고 발과 진기를 움직여 배들 사이로 유유히 빠져나갔다. 이제 모든 배는 그의 뒤에 있었다. 아득히 먼 곳에 강남의 푸른 구릉과 산이 보였다.

석은 왼손으로 왼쪽 가슴을 쓰다듬었다. 안도가 되었다. 그리고 기뻤다.

금을 타지 않았지만 심금박(心琴拍)을 성공시켰다.

심금박은 시정으로 들어갈 때 이빨과 혀로 금을 뜯으면서 익혔던 두 번째 절기였다.

복초부의 꿈

손발을 움직일 수 없는 사람은 감각의 지경을 넓힌다. 멀쩡한 사람보다 더 멀리 보려고 애쓰고 더 먼 것을 들으려 하며 더 작은 충격에 더 크게 놀란다.

당하지 못한 일을 당하고 겪지 못한 일을 겪게 되는 것도 마찬가지다.

수적들은 움직이지 않아서 전자와 같았는데, 뒤의 경우를 더하게 되었다.

꽈지지지르앙! 하면서 종을 패서 찢는 소리는 천만의 여성이 한꺼번에 지르는 비명보다 뾰족하였다.

하물며 쇠로 된 종이 도끼에 찢겼는데 사람의 가냘픈 심현에 얹혔던 콩알 같은 감상이야 말해 무엇할까. 수적들이 귀를 움켜잡고 몸을 비트는 중에 석이 펼친 심금박도 깨어졌다.

재미기 적다.

석은 배를 그대로 나아가게 둔 채 돌아섰다. 걸음을 뒤로 옮겨 노는 그대로 잡을 수 있는 위치였다.

"우와!"

"죽여라!"

꿈에서 깨어난 듯 수적들이 미쳐 날뛰며 고함쳤다.

찢어진 종을 한 번 더 찍는 소리가 신경을 거스른다.

'장강에 물 도둑놈 소굴이 몇 개였던가?

석은 새까맣게 하늘을 덮으며 구름처럼 날아오는 화살들을 보며 생각했다. 화살만 맞아도 배가 남아나지 않을 판국이었다.

불화살도 섞여 있었다. 사리에 눈을 떼고 장끼 꽁지를 붙인 화살들이 뭉친 데 불화살이 떨어지면 너도 타고 나도 타서 재가 될 일.

석은 두 개의 기다란 노를 들어 끝을 교차하며 앞을 가렸다.

"저! 저!"

수적들이 놀라 손가락질하며 소리쳤다.

세운 두 개의 노 뒤로 석의 모습이 스며들고 있었다. 노가 완전히 석을 가려 버렸다.

"검신일체(劍身一體), 신검합일(神劍合一)이다!"

누군가 경악하며 외쳤다.

화살이 나락 논에 내려앉는 가을 메뚜기 떼처럼 왕! 하며 석을 덮쳤다.

그러나 그때는 석이 탔던 쾌속선마저 노의 뒤로, 혹은 밑으로 사라져 버렸다. 화살이 강물에 처박힌 후에는 오직 두 개의 노가 강상에 우뚝 서 있었다.

수적들은 다시 화살을 쏠 엄두를 내지 못했다. 그들 중에도 무공을 익혀 높은 경지에 이른 자들이 적지 않았지만 이런 경우는 금시초문이었다.

검술을 익힌 어떤 고수도 그와 같이 할 수 있다는 소릴 듣지 못했다. 노를 들어 배를 가릴 수 있다니…….

구름이 달을 비껴나듯 석과 배는 서서히 나타났다.

석은 표정에는 서릿발 같은 위엄이 있었다.

천천히 노를 내리고 우산을 뽑아서 큰 배 한 척을 가리키고 호통 쳤다.

"복석린! 이는 재진(才盡)인가, 충진(忠盡)인가! 내 말에 답하라!"

재주를 다해 모자라기 때문인가, 충심이 끝나 버린 때문인가. 석은 복초부가 수적들을 동원하고 군선을 공격하는 짓을 하면서까지 자기를 막은 것을 캐물은 것이다.

머리통을 죄어 올리는 석의 음성에 수적들은 혼비백산했다.

석이 가슴에 손을 올리고 말했다.

"나는 미실 부인을 멀리 떼어냈고 아무 제재도 받지 않은 채 이 많은 수적들의 틈을 유유히 빠져나왔다! 이것이 시험으로 부족한가, 복!석!린?!"

석이 바라보고 있는 배에서는 아무런 기척이 없었다.

석은 정말 분노한 듯했다. 단숨에 우산을 높이 들고 말했다.

"복 노인은 내가 한 번 움직이면 천지를 떠들썩하게 하고 기회를 만나 손을 쓴다면 사해가 놀라고 두려워할 만큼 쓸 것이고, 피를 봐야 한다면 최소한 발목을 채워 올릴 만큼 뿌리겠다고 했던 말을 기억하는가?"

마침내 배에서 윙윙거리는 음성이 터져 나왔다.

"그 말을 어찌 잊었겠나, 소공! 복초부는 일찍이 소공의 큰 포부에 감탄하고 있었다."

놀라운 내공이 깃들어 있어서 높고 낮음 없이도 그의 음성은 멀리 퍼져 나갔다.

"복석린!"

하고 석이 고함친 후에 더욱 큰소리로 꾸짖었다.

"먼저! 물음에 먼저 답해라! 재진인가, 충진인가?!"

복초부 복석린은 한때 전엽사 전삼과 함께 천하를 떨쳐 울렸던 거마(巨魔)이다. 흑도에 몸을 담은 자들 중에서 그들의 말을 거역할 수 있는 사람이 드물었다.

그러나 그런 복석린도 석의 준엄한 호통 앞에서 잠시 대답하지 못하고 침묵했다.

석은 입 안 가득 분노를 물고 허공을 노려보았다.

재주가 모자란 것이라면 수단의 잘못을 책할 따름이다. 그러나 충심이 다했다면 죽음, 오직 죽음.

그때 복초부의 음성이 들려왔다.

"복초부는 소공을 위해 군선을 터는 것으로 그만 충진하고 말았소. 주인에 대한 충성이 중하다 하나 나라님 물건에 손대는 반역은 더 하고 싶지 않구려."

주인, 반역, 그리고 전보다 반은 낮게 들리는 음성…….

당했다.

"하하하하하하하!"

석은 큰소리로 유쾌하게 웃었다.

군선들이 강북으로 되돌아가고 있는 것이 보였다. 그들에게도 복초부의 말은 들렸을 것이다. 복초부가 말한 방향은 오히려 그쪽이었을 테니까.

석은 한바탕 더 웃고 난 후에 입가에 묻은 침을 닦았다.

"복 노인이 그런 수를 쓸 줄은 생각 못했는데……. 단번에 내가 역적이 되어버렸어."

복초부가 말했다.

"옳다. 단순한 내가 할 수 없는 노릇이지. 소공의 셋째 사저인 성 삼공녀께서 지나가는 말로 일러준 것이야."

셋째 사저라면 성성림(成星林)이다.

해마다 사월 스무 이렛날 사부의 생신이 다가오면 그녀가 보낸 선물이 도착하곤 했다. 석이 본 가장 멋있는 선물은 그녀가 보냈던 깃털 부채였다.

성성림은 깃털 하나하나 위에 그림을 그려서 그녀가 방문했던 천축의 모습을 표현했다. 갈색 피부에 긴 두건으로 감싼 파란 눈의 사람들이 그 속에 있었고, 코가 너무 길게 늘어져서 보노라면 자기 코도 길어지는 것 같은 느낌을 주는 코끼리도 거기에 있었다. 집들은 흙으로 빚었고, 숲은 사철을 모르고, 산은 언제나 겨울을 이고 있는 천축의 모습은 성성림의 이름과 함께 석에게 추억으로 남아 있었다.

석은 마음속으로 그녀에게 훗날 갚을 빚을 하나 달아놓았다.

석은 멀리 들리지만 높지 않은 음성으로, 마치 복석린이 했던 것처럼 말했다.

"복 노인."

복석린은 대답하지 않았다. 수적들의 배가 석을 둥글게 가두기 시작한 것으로 봐서 배를 지휘하는 모양이었다.

수적들에게 무슨 끄나풀이 있어서 복 노인이 그들을 마음대로 움직일 수 있는지는 몰라도 며칠 만에 수십만은 될 듯한 장강의 수적 모두를 장악한 데는 감탄해 주지 않을 수 없었다.

마치 전쟁을 하는 듯이 북소리가 다시 울렸다. 북소리만큼 배들은 전진하고 물러서며 둥글게 진형을 이루었다.

수적들은 먼저 작고 빠른 배를 보내서 석의 퇴로를 차단하고 그 뒤를 큰 배가 따라가 완전히 벽을 쌓았다.

석은 노를 잡았다.

셋째 사저가 어쩌면 사부에게서 자기가 풀 뜯는 소처럼 순하다는 이야기를 듣고 이런 시험을 끼워 넣은 것인지도 모른다.

여전히 복석린은 대답이 없었다.

대신에 작은 배를 탄 수적들이 긴 장대 끝에 매달린 낫을 흔들면서 석에게로 다가오고 있었다. 몹쓸 놈 하나가 제 죽을 줄 모르고 북소리에 흥분하여 '죽여라' 하고 고함친다.

화살이 또 구름을 이루고, 그 속에서 불화살과 쇠뇌가 먼저 튀어나온다.

석은 힘차게 노를 잡았다. 오른쪽은 밀고 왼쪽은 당겼다. 검을 쥐었을 때 내력이 검극에 이르게 하는 것처럼, 노의 끝까지 내력을 채워서 강철처럼 단단하게 만들었다. 모양은 노요, 강함은 철이었다.

물결을 찢어발길 만큼 거세게 저었지만, 그 힘을 능히 감당하고 쾌속선의 방향을 단번에 전환시키고 수적을 향해 쏘아졌다.

석은 우직하게, 미실에게서 배워 깨달았던 쾌검을 쓰는 듯이 노의 넓은 면으로 물을 몇 번 베었다. 쾌속선이 지나가는 자리에 갈라진 물이 키만큼 높은 파도의 벽을 이루며 일어섰고, 밀려가면서 수적들의 작은 배를 뒤흔들고 쏟아지는 화살과 쇠뇌를 먼저 나서서 맞아들였다.

석은 다가오는 수적들을 향해 쇄도하면서 쾌속선으로 무자비하게 뚫었다. 뱃머리가 부딪친 작은 배들은 산산조각이 났고, 포위하느라 허리를 보였던 배들은 두 동강이 났다.

석의 쾌속선이 이르는 곳에는 부서진 판자 조각과 사람이 동시에 비명을 지르며 날았다.

"으아아아악!"

뭉개지는 배는 콰지직! 하고, 동강나는 배는 판자의 장력이 끊어지며 꽝! 소리를 냈다.

석은 딛고 있는 발로 쾌속선의 선수에 내력을 주입하여 강철 같은 둔기로 만들었고, 물을 젓고 허공을 휘두르는 긴 노는 사람을 쳐서 죽이기엔 과하지만 배를 쳐서 깨뜨리고 구멍을 뚫기에는 더할 나위 없는 물건이었다.

순식간에 이십여 척의 소선을 파괴하고 대선의 선미를 부수고 지나갔다. 수적들의 고함 소리와 화살이 분간없이 날면서 허공을 울리는 소리와 석이 배를 깨뜨리며 물을 뒤집는 벼락같은 소리가 장강이란 큰 솥에서 볶아대는 콩이 튀는 소리가 되어 이성을 마비시키고 고막을 굳히고 목청을 딱딱하게 만들었다.

거칠 것이 없었다.

이것은 고작 모래사장에서 발을 모래 속에 담그고 끄는 것과 비슷한 정도다. 배 위에서 달려들던 수적들이 강철 같은 노에 휩쓸려 날아간다.

노는 그들에게 일진광풍이 되어 일진광풍을 몰고 와 휩쓸고 간다.

원을 그린 포위 속에서 둥글게 맴돌려 치달리는 석의 쾌속선은 그 자체로 하나의 거대한 무기였다. 여러 번 갈라놓은 물결은 높이에 높이를 더하여 밀려가며 큰 배조차 흔들리게 했다. 작은 배는 파도 끝에 매달렸다가 뒤집어지는 것이 속출했다.

점점 높아지는 파도 속에서 석의 쾌속선은 보이지도 않았다. 그러나 물을 가르고 나타나면 어김없는 광풍이었다.

큰 배의 선미에 이르면 석은 왼쪽 허리춤에 찔러 찼던 쇠갈고리를 던져서 큰 배의 방향타를 깨뜨렸다. 배 위에서 몸을 날려 석을 덮치는 자들이 있었지만 노를 맞고 배를 까뒤집은 개구리 신세를 면치 못했다.

콰아아아아!

쾌속선이 파도를 타고 높이 허공으로 치솟았다. 사람 보고 반기는 돼지고래처럼 선수로 하늘을 찔렀다.

석은 내력을 실어 괴물의 울음처럼 긴 소리를 뽑아냈다.

"우오오오오오오오오!"

경천동지였다.

그 속에서 복석린이 발광하여 쫓아오며 ‘멈춰라’ 하고 외쳤던 소리조차 묻혀 버렸다.

쾌속선은 허공에서 우뚝 멈추었다가 펙! 소리를 내면서 터졌다. 석은 두 개의 노만을 잡은 채 허공에 누운 듯 정지했고, 누적된 충격을 견디지 못하여 터져 버린 쾌속선은 선미부터 차례대로 비가 오듯 강상으로 쏟아져 내리며 형체를 소멸시켜 갔다.

마침내 천지를 뒤집었다.

석은 자신의 속 깊은 곳을 향해서 속삭였다.

대단치 않다. 대단치 않다. 일찍이 배운 바, 능소능대를 시연해 본 것에 지나지 않는다. 능히 작아지고 능히 커진다는 비결에 따라 목검을 썼듯이 노를 쓰고, 노를 썼듯이 배를 쓴 것뿐이다. 단지 한 가지를 크게 쓴 것뿐이다.

검을 들고 삼 년이면 이루는 검신일체를 능소능대하여 노로 펼쳐 자신과 배를 가렸을 뿐이고, 이후는 오직 능대(能大)를 더하였을 뿐이다. 그리고 난생처음으로 있는 힘을 다하여 보았던 것. 그 상황에 맞는 답이 그곳에 없을 리 없다는 사부의 말씀을 따라서.

물에서 배와 선구보다 나은 도구가 있을 수 없는 것은 주방에서 도마와 칼과 주걱보다 나은 도구가 없는 것이나 마찬가지. 물을 만나 물의 도구를 빌려 썼음이다.

석은 날의 길이가 두 자나 되는 도끼가 하늘의 반을 가리고 세상을 둘로 쪼개오는 것을 보면서 양손의 노를 놓았다.

몸은 아직도 노를 젓던 자세로 허공에 누운 사태였다.

물에는 숱한 난파의 흔적과 떨어지고 뛰어든 수적들이 수제비처럼 둥둥 떠다닌다.

"정중동(靜中動:고요한 중에 움직임이 있고) 동중정(動中靜:움직이는 중에 고요함이 있어) 정동일여(靜動一如:고요함과 움직임이 하나 같다). 이는 무(武)의 종지(終止)가 아니라 시초(始初)다. 물(物)에는 본(本)과 말(末)이 있고, 일[事]에는 시와 종이 있다. 이 본말시종을 아는 자는 도(道)의 문(門)으로 바로 들어갈 것이요, 그렇지 않은 자는 영원토록 문전을 배회하고 혹시 들어섰다 할지라도 온 길을 모른다. 이렇듯 무공을 배움에 있어서도 정동일여가 시(始:처음)라 여기는 자는 무(武)를 얻을 것이고, 말(末:끝)이라 여기는 자는 그저 바다와 같을 뿐이다."

하고 사부가 말했다.

석은 바다를 큰 의미로 알았다. 그래서 시작을 끝으로 아는 사람이 어떻게 큰 의미인 바다로 칭해지는지 이해하지 못했다.

사부가 알고서 빙그레 웃었다.

"바다는 그저 한 번씩 울부짖을 뿐이지 않느냐. 비록 강하

다 할지라도 상(常:늘)으로 갖춰져 있지 않으면 무(武)가 아니
다.”

석은 그제야 확연히 무(武)가 무엇인지 알았다.

칼질도 아니고 주먹질도 아니다. 무는 늘 갖춰져 있는 강함
이다. 무를 얻었다면 힘이 있어도 강함이고 힘이 없어도 강함
이다. 그것이 바로 사부의 무(武), 사부의 강(强)이었다.

석은 사부의 무, 사부의 강을 본받고자 했으나 이루기에는
자질이 부족했다. 다만 열성으로 좇고 진심으로 흉내 낼 수
있을 뿐이었다.

그것이 싫었다.

얼굴로 떨어지는 부월(斧鉞)의 강기를 보면서 성지침의 두
번째 수법을 펼쳤다.

풍침(風針)이다.

풍침이 입술의 양옆을 비집고 나가는 것은 바람의 칼 풍도,
오므린 입술 가운데서 쏘아지는 것은 바람의 검, 목구멍 깊은
곳에서 토해지는 것은 바람의 창, 가슴에서 터져 나오는 것은
바람의 순(盾:방패). 석은 바람의 순을 터뜨려서 복초부의 도
끼가 아니라 그가 몰고 왔던 바람을 막고 밀었다. 도끼의 거
대한 강기가 방패를 쪼갰지만 석은 훌쩍 물러나 수적의 배 위
에 내려설 수 있었다.

터럭 사이사이에서 터럭을 서로 밀쳐 벌려놓던 힘까지 짜

내 버린 몸이 떨리면서 오그라들려 했다.

몸은 알고 있었다, 죽음의 문턱을 밟고 되돌아왔다는 사실을. 사지 말단의 신경이 미친 듯이 꿈틀거렸다.

그러나 석은 가슴을 활짝 폈다.

"소공! 용기가 대단하구나!"

복초부가 마치 마왕처럼 허공을 밟고 서며 말했다. 한여름인데도 오싹할 정도의 마기가 그의 전신에서 뿜어지고 있었다. 복초부가 누군지 알 만했다. 옛날에는 아주 유명했던 사람이다.

"용기란……."

석은 억지로 목소리를 내어 말했다.

"내가 녹림흑사(綠林黑獅) 복석린의 사십팔초(四十八招) 혈왕부(血王斧) 앞에서 오그라들지 않는 게 아니라……."

음성이 약간 가냘프고 조금 떨렸지만 석은 계속 말했다.

"복 노인이 악과 권력을 버리고 사부를 좇아 순종하며 천지간에 화생의 공덕을 쌓던 마음이었을 것이오."

복초부는 가슴이 딱 맞히는 듯한 충격을 받았다. 오르지도 못하고 내리지도 못하는 뭔가가 가슴 한가운데 걸렸다.

복초부는 허공을 걸어 석과 같은 배의 갑판에 내려섰다. 이상했다. 복초부는 마기(魔氣)가 충실하지만 도행도 충일했다. 낮과 밤이 정한 주기 없이 수시로 교차하는 듯도 했다.

석은 그가 다가오는 것만큼 공간을 주면서 천천히 물러났다.

그 배에 버티고 있는 수적들은 없었다. 석이 두려워 피하고 녹림흑사 복석린이 무서워서 숨었다.

복초부가 머리를 절레절레 흔들었다.

"너는, 소공, 너는 틀렸다."

석은 오만하게 턱을 치켜 올렸다. '무엇이 틀렸냐? 틀린 게 있으면 말해봐라' 하고 석의 온몸이 말했다.

복초부가 왼손으로 도끼날을 만지며 걸어왔다. 넘겨야 할 큰 나무를 발견하면 그는 원래 그랬다.

"그 옛날, 내 말을 거역할 수 있는 자가 녹림 흑도에서는 열을 넘지 않았다."

복초부가 말했다.

"진인께서 강호를 뒤흔드시기 전, 나는 능히 천하를 꿈꾸었고 천하를 품을 마음을 기를 수 있을 만큼 젊었다. 고련하여 패도의 절학을 익혔는데 어찌 남의 하인이 되어 나무나 패면서 평생을 살고 싶었겠느냐?"

복초부가 걸은 것과 똑같은 거리를 석도 뒤로 걸어서 확보했다.

복초부가 말했다.

"소공, 너는 모를 것이다, 장부(丈夫)가 두 번 좌절하면 하늘이 아니라 자신을 원망하게 된다는 것을."

복초부는 담담하게 말하지 못했다.

표정에는 분노와 울음을 터뜨릴 듯한 비애가 서려 있었다.

그러면서 그는 걸음에 걸음을 더하며 석을 압박해 들어왔다. 석은 자꾸만 몰렸다. 오만하라고 치켜 올린 턱을 간신히 버텼다. 녹림흑사 복석린은 강개를 아는 남자였다. 한 무리를 굴복시키고 지배할 줄 아는 패자(覇者)였다.

복초부가 회한의 한숨을 쉬면서 말했다.

"아마도 모를 것이다, 육십사 년 전에 있었던 일천회맹(一千會盟)을. 맹주(盟主)가 죽은 후에도 강호의 큰 비밀이기에 누구도 발설할 엄두를 내지 못했을 테니. 나는 맹주에게 굴복당하고 후에 진인께 또 굴종하여 하인이 되어야 했다."

복초부가 물었다.

"나도 일세의 웅지를 가진 장부였건만 남의 하인으로 늙었구나. 내가 어떻게 그럴 수 있었을까? 도를 닦는다면 굳이 남의 하인이 될 까닭이 뭐냐?"

석은 물러나며 턱을 약간 낮추었다. 어찌 보면 내가 알 도리가 뭐냐는 뜻이고, 다르게 생각하면 허락할 테니 고해보라는 몸짓이다.

복초부가 성큼 한 걸음 다가섰다.

"모든 게 영신병 때문이다. 아니, 아니지. 진인 때문이다."

화살통이 뒤쪽 허벅지에 닿았다. 석은 더 이상 물러날 곳이 없었다. 화살통을 비켜 나무 벽에 아기 광주리를 기대고 조용히 앉았다.

복초부가 미친 사람처럼 이를 드러내며 속삭이듯 쉰 음성으로 말했다.

"먹었으면 성숙(星宿), 먹지 않았으면 천강(天剛). 나는 먹었고 그는, 진인은 먹지 않았지. 그게 다야. 그게 다. 나는 하인이 되고 그는 진인이 됐어."

속삭임은 어느 틈에 사람의 속삭임이 아니라 악마의 숨결이 되어 있었다. 온갖 억눌림은 사기(邪氣)가 되어 뿜어졌고 그의 패악한 성정은 마기(魔氣)가 되어 넘실거렸다.

"이제 그는 죽을 테고 나는 돌아가지 않아. 너는 죽을 테고 나는 돌아왔어."

복초부의 입은 찢어질 듯이 잔인하게 미소 지으며 벌어졌다.

석은 바닥을 손바닥으로 탁 치면서 일어났다. 갑판의 한쪽에 떨어져 있던 활이 튕겨서 손으로 날아왔다.

"좋습니다. 그러면 이제 달려봅시다, 복 노인!"

석은 시위에 화살을 걸어 복초부를 겨누고 쏘았다. 기름 먹인 솜이 촉을 감싸고 있는 화살이었다.

복 노인이 어이없어하며 도끼날로 받았다.

순간 촤락! 하고 미끄러지며 불꽃이 튀고 화살은 불화살이 되어 뱃전에 박혔다.

석은 바닥을 박차고 돛대를 따라 높이 솟구쳤다.

어기충소(御氣衝霄). 이형환위와 함께 어릴 때부터 절로 터득하여 선반 위의 과자랑 나무 위의 과일을 얻는 데 썼던 재주이다.

복 노인이 노성을 지르며 따라 솟구쳤다.

“끼놈!”

석은 내려다보면서 화살을 두 대 더 쏘았다. 반공이지만 돌처럼 몸을 굳혀 활의 탄성은 석의 몸을 되돌아 그 힘을 고스란히 화살에 전했다. 석의 내력이 그 위에 더해졌다.

복석린은 화살처럼 빠르게 솟아오르다 쏘아져 내려오는 화살을 마주쳤다. 화살의 속도가 상대적으로 두 배가 되고, 그에 실린 힘은 승으로 비례하여 강해졌다.

깡! 깡!

도끼로 막아냈지만 화살은 도끼를 긁고 불을 붙여 돛을 스쳤다. 화살의 흔적을 따라 돛에 새끼줄 모양의 불이 붙었다.

“불이다! 불이야!”

수적들이 소리쳤다.

석은 돛대의 끝을 딛고 방향을 틀어서 오륙 장 밖에 있는 배로 날아갔다.

“불이다! 불!”

석은 망루를 지키다가 불을 보고 손질하며 고함치는 수적의 앞으로 떨어지며 고함쳤다.

“누가 물어봤어요?!”

“으악!”

수적이 비명을 지르며 펄쩍 뛰었다가 망루에서 추락하여

더 크고 긴 비명을 질렀다.

복석린이 석을 향해 혈왕부의 살초를 펼쳤지만 석은 달아
니 버렸다. 망루가 베어지고 돛대가 기울었다.

복석린은 허공을 밟고 달릴 공력이 있었지만 달아나는 석
을 쉬이 따라잡지 못했다. 잡기만 잡으면 능히 죽일 수 있으
련만 이형환위와 어기충소는 눈을 어지럽힐 뿐 도끼날에 걸
려들지 않았다.

석에게 이 재주는 밥 먹는 것만큼이나 쉽고 걷는 것만큼이
나 익숙한 것들이었다.

"누가 물어봤어요?!"

석은 우습지도 않은 소리를 지르며 '불이야!'를 외치는 수
적들에게로 달려들어 화살을 쏘고 있었다.

그가 활을 쏘면 어딘가에 있던 쇠붙이에 닿아서 화살이 불
화살로 변했다.

기름통에 불이 붙고 불화살로 쏘기 위해 기름에 적셨던 화
살들에 불이 옮았다.

'불이야'를 외쳤던 수적들은 더욱 펄펄 뛰며 '불이야! 불
이야!' 했다.

했다가 뒤늦게 석을 따라 당도한 복석린의 도끼가 뿜어낸
강기에 애꿎은 난도질을 당했다. 복석린은 석을 공격할 때마
다 부하들인 수적이 죽어나가자 눈앞이 벌게져 보이는 것이
없어졌다. 혈왕부의 더 강한 초식을 펼쳐 어서 석을 죽여 실

수를 만회하고자 했으나 그때마다 더 많은 부하들이 죽어 나자빠졌다.

'불이야!'를 외쳤던 부하들이 죽은 자리에 불이 '나야' 하듯이 넘실거리며 피어올랐다.

석은 또 다른 배에서 '불이야'를 외치는 수적들을 향해 날아가고 있었다.

"누가 몰라?"

말도 안 되는 고함을 수적들에게 퍼부으며 화살을 쏘았다. 화살은 또 불화살이 되고 석의 뒤꼭지에는 마왕 같은 복석린이 강기를 내뿜는 도끼를 휘두르며 쫓아온다.

수적들은 혼비백산했다. 불붙는 것을 보면서도 외치지 못하고 바닥에 엎드렸으나 용케 석을 비킨 혈왕부의 강기가 그들을 난도질했다. 엎드려 죽었으니 죽여달라 간청한 듯 비명조차 지르지 못하고 목 잘리고 몸 쓸린 귀신이 되었다.

화살은 어느 배에나 많았다. 석은 배에서 배로 옮겨갈 때는 서너 개의 화살만 움켜쥐고 날았다. 석이 날고 그 뒤를 복석린이 이성을 잃은 채 따라갔다.

멀리서 보던 수적들은 알아챘다.

'불이야!' 하면 석이 제 부른 듯 달려온다. 석이 오면 마왕 같은 복석린이 따라오고, 석이 가면 화살을 쥐고 가고 뒤에는 불과 시체가 남는다.

피슝! 피슝!

석이 공중에서 화살을 쏘아 배에 불을 붙여도 수적들은 옷을 덮고 물을 뿌려 끌 생각을 하지 '불이야' 하지 않았다.

펄펄 피어오르는 불을 보면서도 입을 앙다물고 터져 나오려는 '불이야' 소리를 씹어 삼켰다.

큰 배의 대다수는 석에 의해서 방향타가 부서져 있었다. 조종이 되지 않아 물 위에서 쏠리는 가랑잎처럼 한데 몰리고 그 사이에서 작은 배들이 빠각거리며 터져 나갔다.

그리고 불은 연기와 바람을 타고 훨훨 날아서 배에서 배로 옮았다. 수적들은 옷에 물을 담아서 뿌리는 등 온갖 수단을 다 쓰며 터져 나오려는 불이야 소리 때문에 입을 달달 떨었다.

불을 끄려다가 포기하면 물에 뛰어들어 작은 배에 옮겨 타고, 작은 배는 사람이 많아서 뒤집어지는 일이 속출했다.

수적들 중에도 똑똑한 놈들이 있었다. 그들은 작은 배들로 큰 배를 끌고 가게 하여 석이 만들어놓은 아수라장을 빠져나가게 했다.

짙은 연기가 강상에 난무하고 불꽃이 허울대며 경계없이 배를 태우니 이제는 싸움도 뭣도 없었다. 그저 살아서 벗어나려는 배와 사람들이 물에서 허우적거리며 연기를 마시고 연기를 뿜어댔다.

그 와중에도 더러는 녹림흑사 복석린이 석을 쳐서 죽이기를 손에 땀을 쥐고 고대하고 있었는데, 그들 대부분은 수적들의 우두머리거나 녹림에서 행세하는 산대왕들이었다. 그들은 복석린의 무시무시한 혈왕부를 조금이라도 구경하며 자기의 수법을 발전시키고자 했다.

그러나 석은 여전히 잡힐 기미가 없었다.

복석린이 환장하여 갖은 수법을 다 펼쳤지만 석은 나무를 건너뛰는 날다람쥐가 나뭇가지를 피하듯이 아슬아슬하게 혈왕부 사십팔초를 피하고 있었다.

수적들은 복석린의 무공이 진정으로 뛰어남은 잘 볼 수 있었지만 고개를 떨구고 한숨을 쉬었다. 미꾸라지같이 피해 다니는 석을 잡을 가망성은 없어 보였다. 차라리 복석린이 환장하지 않았으면 가능성이 있을 법도 했지만 그 순간에는 누구도 그를 일깨워 줄 수조차 없었다.

게다가 석의 수법이 더 교묘해지고 있었다.

석은 불붙지 않은 배가 몰려 있는 먼 곳으로 화살 두 대를 동시에 쏘기도 했는데, 두 화살이 뭉쳐서 날아간 후에 배에 박힐 때 서로 촉을 부딪치며 불화살이 되었다.

아직 불타지 않은 배는 많았다.

타는 배가 안타까워 발을 동동 구르던 수적들의 괴수 한 명이 고함쳤다.

"화살을 물에 던져 버려라! 화살을 치워!"

그 말이 옳게 들렸다.

석이 배마다 옮겨 다니며 화살을 주워 쏘니 화살을 치우면 석이 불을 지르기도 어려울 것 같았다.

멀쩡한 배들에서 앞 다투어 화살을 물에 던지고 기름통마저 배 밖으로 차냈다. 재수없이 물에서 화살을 뒤집어쓴 놈도 그대로 황천으로 가고 기름통에 머리를 받은 놈도 가라앉았다.

화살과 기름통을 던져 내는 일은 얼마나 신속했는지 석이 배 두 개를 옮겨갈 동안에 벌써 완료되어 버렸다.

석이 갑판에 내려섰지만 낚아챌 수 있는 화살이 없었다.

"와아!"

하고 수적들이 이기기라도 한 듯이 함성을 질렀다. 연기에 눈을 비비면서도 용케 보고 있었다.

석은 달려가며 활의 시위를 돛대에 대고 톱을 켜듯이 부욱! 하면서 켜고, 또 돛대를 따라 어기충소의 신법으로 솟구쳤다.

활로 켰던 자리에 불길이 확 피어오르고 석이 끌고 가는 바람을 따라서 커져 돛에 옮겨 붙었다. 수적들의 함성이 힘없이 수그러들었다.

복석린은 따라가다가 불붙은 돛에 휘감겨 머리털을 그슬렸다.

석은 다른 배로 날아가고 있었다.

화살을 치우라고 명령했던 수적이 또 고함쳤다.

"돛을 떼라! 돛을 떼라!"

돛만 없으면 활로 켠 불은 잘 번지지 않으니까 배를 태울

정도는 아니었다. 명령이 배마다 고함으로 전해지고, 수적들
이 와르르 달려들어 칼로 돛 줄을 찍고 둘둘 말아서 맸다.

하지만 그사이에 석은 두 개의 돛대를 활로 켜고 돛에 불을
붙여 버렸다. 그래도 이제 멀쩡한 배들 중에서 돛을 그대로
달고 있는 배는 없었다.

수적들은 석을 주시하며 주먹을 불끈 쥐고 긴장했다. 어쩌
나 보자였다.

석은 이번에도 활을 들고 달려들더니 돛대에 매달린 밧줄
을 썰었다. 밧줄에도 불이 붙었다. 매달려 있기에 거꾸로 타
올라 가면서 툭툭 떨어져 배의 여러 곳에 불씨를 흩어놓았다.
그것도 상황이 안 좋기는 매양 하나였다.

수적들은 절망했다. 그러나 그때 석의 활에서 시위가 툭 끊
어졌다.

"와아아아아!"

수적들이 일시에 고함치고 뎅뎅 쇠를 치며 기세를 돋우었
다, 마치 이기기라도 한 듯이.

함성은 석이 활을 버리고 나서까지 계속되었다.

"으하하하하하하!"

복석린까지도 제정신이 들어왔는지, 아니면 더욱 미쳐 버
렸는지 대소하며 기뻐했다.

석은 방향을 돌렸다. 수적들의 수괴가 모여 있는 배를 향해
서 도약하여 중간에 있는 작은 배 두 척을 징검다리 삼아 바

닥을 뚫어 가라앉혔다.

"으악! 이리로 온다!"

못난 놈이 놀라서 소리쳤지만 잘난 놈들은 저마다 칼이며 검, 분수자, 도끼, 망치, 그리고 절구방망이와 쇠도리깨 따위를 잡고 임전 태세를 갖추었다.

배 위에 있는 수괴들이 사십여 명. 장강 물도둑 놈들의 소굴을 한두 개씩 꿰찼거나 산 하나쯤 가지고 있는 자들이었다.

석은 갑판에 날아 내리면서 쇠도리깨를 휘두르는 자의 뒤로 돌아갔다.

이형환위. 걷지 않고 미끄러지듯 순간적으로 이동하여 그자의 오른팔을 잡고 한 번 흔들고 지나갔다.

그 바람에,

철썩!

통제를 잃은 쇠도리깨가 제 주인의 등판을 두들겼다. 쇠도리깨 도적놈은 비명도 못 지르고 뻗어버렸다.

석은 한 사람, 두 사람, 세 사람을 그냥 지나쳐서 그 뒤에 있던 놈이 분수자로 찔러오자 먼저 손목을 받쳐서 둥글게 밀며 팔굽을 받쳐 당겼다.

"으악!"

그놈도 제 분수자에 왼쪽 어깨를 푹 찔려 버렸다.

"비켜라!"

복석린이 뛰어들면서 거치적거리는 수적들을 발로 차냈

다. 석이 수적들 속으로 깊이 들어가 버려서 여태까지 잘 휘두르던 도끼를 휘두를 수 없게 된 때문이었다. 시간이 지나면서 제정신이 좀 들었고, 게다가 앞을 막게 된 놈들이 수괴들인지라 도끼로 찍지는 않았다.

석은 또 서너 놈을 그냥 지나치고 다음 놈에게로 달려들고 있었다. 그놈은 이미 화려한 검법을 펼쳐서 철통처럼 자기를 지키고 있는 중이었다.

석은 갑판을 세게 눌러서 그자가 딛고 있던 판자를 위로 팅겨 버렸다.

"헉!"

화려한 검법이 갑자기 솟아오른 몸 때문에 무릎이 접혔다. 검이 지나가는 길은 그 무릎이 있는 곳이었다. 석의 뒤에서 제 다리 자른 놈이 비명을 지르면서 구르다가 복석린에게 등을 차여 잠잠해졌다.

석은 또 두세 놈을 지나쳐서 한 놈을 공격했다. 얼굴에 털이 숭숭한 산적 같은 놈이었는데 그는 자기가 석을 당하지 못할 거라는 사실을 알고 있었다. 본 바대로 제 칼에 제가 찔릴 거라는 것도 알았기에 그만 대감도를 내던지고 넙죽 엎드려 버렸다.

석은 이형환위로 움직이다 하마터면 걸려 넘어질 뻔하면서 뛰어넘었다. 뒤따라오던 복석린은 그놈을 불끈 밟았다.

꽥 하는 소리가 났지만 죽지도 않고 다친 것 같지도 않았다.

그때 미실과 섭오랑도 강물 속에 몸을 담그고 있는 중이었다. 섭오랑은 옷이 찢어져 거의 벌거벗은 상태로 작은 배 밑에 붙어서 숨어 있었고, 미실은 독기를 품은 채 섭오랑을 찾고 있었다. 물속에서 그녀를 발견한 수적들은 영락없이 가위에 목줄을 따였다.

섭오랑은 숨은 채로 석이 싸우는 모습을 보았는데, 적잖이 감탄했다. 때려죽이고 싶을 만큼 미웠던 마음도 좀 풀렸다.

'소공 저 녀석이 꽤 하는구나. 저렇게만 해도 복초부 영감 복장이 터져 죽겠다.'

섭오랑은 석이 수적들의 무기로 수적들을 되물리치는 것을 보면서 은근히 신이 나서 생각했다. 수적들은 석을 보기만 해도 무기를 빼앗기지 않으려고 뒤로 숨기거나 멀리 던져 버렸다. 그게 조금만 늦어도 영락없이 무기를 빼앗기거나 빼앗기지 않은 채 제 무기에 다쳤다.

석은 무기를 잘 숨긴 수적은 공격하지 않았다. 여러 번 휩쓸고 다니면서 그렇게 하자 수적들은 석이 안 보면 무기로 그를 치려 해고 그가 눈길만 돌리면 마파람에 게 눈 감추듯 무기를 숨기게 되었다.

복초부는 부하들을 쳐 죽이지도 못하고 마음대로 도끼를 휘두르지도 못한 채 따라다니며 고함만 질러댔다.

그때 갑자기 석이 와락 뒤로 돌면서 복초부를 마주했다.

복초부는 자기도 모르게 화들짝 놀라서 도끼를 뒤로 감추었다. 무의식적인 행동이었다.

"하하하하하!"

석은 낭랑한 웃음을 터뜨렸다.

수치심과 석의 멸시, 조롱에 내력이 거꾸로 치밀어 복초부의 얼굴이 시커멓게 변했다.

"끼놈!"

하면서 복초부가 혈왕부의 마지막 초식인 혈해골산식을 펼쳤다. 모든 공력을 다 쏟은 혈해골산식에 도끼는 복초부 마음의 일부가 되어 커다란 강기 덩어리로 화해서 석을 향해 날아갔다. 유성이 가시 돋친 폭풍을 몰고 천공을 질주하는 듯했다. 도끼가 날아가는 근처에 있는 것은 나무든 쇠든 사람이든 미친개가 물어뜯은 것처럼 갈가리 찢어져서 흩날렸다.

그 무시무시한 위력에 섭오랑마저 질겁했다. 미실조차 몸을 떨었다.

하지만 석은 배의 갑판을 뚫고 밑으로 내려가 버렸다. 복초부를 향해 돌아섰을 때 이미 밟고 있던 판자를 가루로 만들고 웃을 때는 천근추의 수법을 발동하고 있었다.

콰드드드르!

도끼가 날아가면서 수평으로 선상을 부수고, 석은 내려가면서 수직으로 배를 뚫었다.

물에 뜬 노 하나를 밟고 일위도강을 펼쳐서 장강 남쪽의 대안으로 쏜살같이 달려갈 때, 복초부는 한 됫박이나 되는 피를 발 앞에 토해냈다.

석은 연기가 무서웠다.

아기 광주리 속에 있는 예벼이 숨 쉬지 못할까 두려웠다. 날뛰며 뛰어다닐 때는 광주리 속에서도 숨 쉬기가 나아서 견딜 만했겠지만 석은 이 날 두 번이나 힘을 다했다.

노를 타고 가고 있는 중에도 그의 몸에서 힘은 심장을 빠져나가 돌아오지 못하는 피처럼 새고 있었다. 강안은 먼데 마지막 불끈 써서 끌어올렸던 힘은 스르르 꺼져 가며 바닥을 보이고 있었다.

눈이 침침하고 의식이 가물거렸다. 힘을 잃은 몸은 오히려 구름처럼 가벼웠다. 하지만 물이 얼굴 가깝게 보였다. 강안은 먼데……

강 언덕에는 낮게 흥얼거리는 맑은 노랫소리가 흘렀다.

남 들으라고 부르는 노래가 아니라 제 좋아서 부르는 노래였다. 이국 어느 민족의 말인지는 아무도 몰랐다. 부드러운 숨결로 귀를 간질이는 듯한 느낌만으로 사랑 노래일 것이라 짐작했다.

성성림은 노래를 잘 불렀다.

목소리가 고왔고, 노래 부를 때의 입 모양이 우아했다. 춤을 추는 것도 아니면서 자연스럽게 일어나는 몸짓은 고상함을 더해주었다.

석은 그녀의 도움을 받았다.

물로 들어가 삿갓 속에 방패를 숨기고 그 밑에서 예벽과 함께 숨을 쉬며 떠내려가다가 강안에 비스듬히 닿는 수밖에는 방법이 없다고 생각했을 때, 물속에서 하얀 손이 올라와 석이 타고 가던 노를 잡고 들어 올렸다.

성성림이었다.

성성림은 왼팔에는 소풍 바구니를 끼고 오른손으로는 노로 석을 받쳐 들고 물 위로 올라와 걸어갔다. 성성림은 그 자세로 자박자박 걸었고, 석은 그 위에서 누군가가 '삼 소공녀' 하고 외치는 소리를 듣고 정신을 차렸다.

성성림은 그 소리를 듣고 걸음을 멈추고 상체만 반쯤 돌려 뒤를 보며 빙긋 미소를 지었다. 석은 성성림의 얼굴을 볼 수 있었다. 물에서 나왔음에도 그녀의 옷과 몸에는 물기가 없었다.

소풍 바구니를 덮은 자주색 보자기도 온기를 머금은 채 미풍에 흔들거렸다. 그녀는 석을 태운 노를 들고 있었지만 마치 비녀 하나 치켜든 듯 자연스러웠다. 소매가 드리워져 팔꿈치가 드러난 하얀 팔이 시원스러웠다.

수적들 중에서는 멀리서 보고 용왕의 딸이라며 절하는 자도 있었다.

성성림은 그렇게 강에서 뭍으로 소풍 나온 사람처럼 걸어가 바람이 둥글게 감고 가는 언덕에 석을 내려놓았다.

석은 절을 하려 했다.

성성림은 작은 소리로 말했다.

"풀 뜯어 먹을래?"

발 앞에 풀이 보인다. 사부의 '풀 뜯는 소'에 대한 소문은 어디까지 퍼진 것일까? 석은 절 대신 웃고 말았다.

노래가 하나 끝나고 또 다른 노래로 이어졌다. 석은 아기 광주리에서 예벽을 꺼냈다. 예벽의 얼굴은 굴뚝에서 놀던 아이처럼 새까맸다. 매운 연기에 흘린 눈물 자국. 석은 손수건을 꺼내 구슬을 닦듯이 예벽의 뺨을 닦았다.

근처에는 많은 사람이 몰려 있었다. 성성림은 앉은 채 강을 보며 노래했고, 그들은 가까이 오지 못하는 구경꾼이 되어서 서성였다. 모습을 드러내지 않은 자들도 드러난 자들만큼이나 많았다.

석은 예벽과 함께 성성림이 스윽 밀어주는 소풍 바구니를 가운데 두고 앉아 머리를 부딪칠둥 말둥 하면서 삶은 계란과 찐 만두, 그리고 잘게 저민 쇠고기 육회를 먹었다.

아무것도 묻지 않고 먹을 것부터 주는 성성림이 고마웠다. 음식에는 독도 들어 있지 않았다.

예벽이 대나무 통에 든 감주를 입에 대고 마실 때, 성성림은 네 번째 노래를 부르고 있었다. 세상을 잊어버린 듯이 나른하고 애수에 젖어드는 소리였다. 비공(鼻孔)을 울리는 가성(假聲)을 썼으며 하소연하는 듯했다.

"삼공녀!"

하고 전엽사가 언덕의 경계 밖에서 불렀다. 멀지 않아서 소리칠 필요도 없었고, 귀 기울이지 않아도 들을 수 있었다.

싱성림은 노래를 멈추지 않고 가벼운 율동과 함께 짧은 미소로 답했다.

전엽사가 말했다.

"이것이 시험인 줄 모르지 않을 텐데, 왜 시험을 망치려 드시는가?"

전엽사는 끝에 빨간 수실이 달려 있는 창을 들고 있었다.

성성림은 노래를 멈추고 말했다.

"전 노인, 축하합니다. 드디어 마기를 속으로 다 갈무리했군요."

전엽사가 눈에서 붉은빛을 뿜었다.

성성림이 말했다.

"그럴 필요 없어요, 전엽사."

성성림이 약간 슬픈 듯 웃으며 말했다.

"난 사부와 다르니까."

전엽사가 성이 난 듯 말했다.

"그럼 왜 십삼 소공을 돕는가?"

성성림이 미간을 찌푸리고 작게 말했다.

"강호에 나서면 해코지하는 사람도 있지만 간혹 돕는 사람도 있지 않나?"

꼭 들으라고 하는 소리 같진 않았다. 자기에게 물어보는 말

같았다. 하지만 그녀의 말에 전엽사는 흠칫하며 입을 다물었
다.

성성림의 심기를 건드려서는 안 된다.

성성림이 전엽사에게 말했다.

"전 노인, 말하지 않으면 내가 모르는 사람인가?"

전엽사는 눈이 더욱 시뻘개졌지만 묵묵히 입을 다물었다.
성성림이 다 알고 있다고 한다면 다 아는 것이다. 자기가 영
신병을 먹은 후 진인을 배신하고 나선 것이나 이 언덕에서 십
삼 소공을 사냥하려고 기다린 것이나. 알고 있기에 이 언덕으
로 왔을 것이다.

성성림은 흥이 다한 듯 노래를 멈췄다. 날이 참 맑았다. 석
과 예벽은 소풍 바구니를 깨끗이 비우고 성성림의 곁에 앉았
다.

세 사람은 가만히 앉아서 물 구경을 했다.

"옛날에는……."

하고 성성림이 말을 꺼냈다.

"우리 사형제들 여럿이 함께 사부한테 배우곤 했지. 각각
와서 각각 떠나기는 했지만. 그래서 우린 서로 미워했어. 말
도 별로 하지 않았고."

석은 그녀의 말을 기다렸다.

성성림이 돌아보고 빙긋 웃으며 말했다.

"우린 서로가 뭘 생각하는지를 알았어. 빤히 보였으니까.

어찌 그리 싫던지.”

“그리워하는 것 같은걸요?”

하고 석이 말했다.

성성림이 풋! 하고 입을 가리며 웃었다.

“깜박했네. 너도 우리 중의 한 녀석이라는걸.”

그러면서 손가락 끝으로 예벽의 코를 눌렀다.

“너도 그렇겠지?”

예벽은 미소만 곱게 지었다.

석이 말했다.

“깃털 부채 봤어요.”

성성림은 두 손을 쭉 뻗은 다리 위에 모으며 말했다.

“천축에 갔을 때 그렸던 거야. 거긴 여기보다 더 따분하거든. 볼 건 많았지.”

“더 먼 데도 가봤어요?”

하고 석이 물었다.

성성림은 ‘아니’ 하고 대답했다.

“세상 끝까지 가보면 어떨까 싶어서 무작정 떠났는데, 가다 보니 흥미가 없어졌어. 색깔만 달랐지 사람 사는 건 전부 똑같았어. 나살죽.”

“나살죽?”

하고 석이 되물었다.

성성림이 웃었다.

"나고 살고 죽는 것. 우린 가끔 이런 말을 만들면서 놀았다. 어렸으니까."

석도 따라 웃었다. 혼자인 석이 해보지 못한 놀이였다.

성성림이 한곳으로 손짓하며 말했다.

"섭 할멈, 이리 와요. 함께 이야기해요."

섭오랑이 나무 그늘에 숨어 있다가 머리를 내밀었다. 물에서 죽은 수적 놈의 옷을 벗겨 입었는지 헐렁한 남자 옷을 입어 어색했다. 그래도 할멈이라 불릴 만큼 늙은 모습은 전혀 아니었다.

미실 부인이 번쩍하면서 나타났으나 섭오랑은 힐끔 보면서 성성림이 있는 쪽으로 걸어왔다.

성성림은 미실 부인에게도 오라는 손짓을 했다. 미실 부인은 가위를 조막조막하면서 망설였다. 살기도 옅어졌다 짙어지길 반복했다.

성성림이 말했다.

"마기를 다스리도록 내가 도와주죠."

미실 부인은 마지못한 듯이 걸어왔다.

"무슨 할 얘기가 있단 말이냐?"

미실 부인이 쌀쌀하게 물었다. 번개처럼 눈을 굴려서 석과 섭오랑을 노려보는 걸 잊지 않았다.

성성림은 빙긋 웃으며,

"그냥."

하고 대답했다.

미실 부인은 위에는 수적의 검은 베옷을 빼앗아 입었고 밑에는 광목으로 만든 치마를 둘렀는데, 돛에서 잘라낸 것이었다. 절색의 미모는 검은 베옷과 광목 치마로도 가려지지 않았다.

섭오랑은 성성림에게 가까이 갔다.

"삼공녀, 넌 안 늙을 줄 아느냐? 내 어디가 늙었다고 할멈이야?"

하고 힐난하듯 말했지만 고마운 빛을 얼굴에 띠고 있었다.

"십삼 소공은 아주머니라 부르는데……."

"남자들은 겉모습에 속으니까."

하면서 성성림이 웃었다.

"섭 할멈도 오고 미실 할멈도 오니 이제 매괴원 냄새가 많이 나는 것 같네."

미실 부인이 '흥' 하고 코웃음 쳤다.

석이 나직하게 물었다.

"사부가 그리운가요?"

성성림은 아무 대답 없이 강으로 눈을 돌렸다. 마음속에 이는 물결을 다스리는 듯했다. 이윽고 성성림이 머리를 저었다.

"아니, 그 시절이 그리워. 서로 미워하고 욕하고 싸웠던."

성성림의 목소리가 눌린 듯이 낮아졌다.

"그래도 우린 서로를 알았거든. 세상에는… 이해하는 사람이 없어. 이상하게만 여기지."

짙은 외로움에 석은 흠칫 떨었다.

미실 부인이 칼칼하게 말했다.

"그건 네 업보지."

성성림은 미소를 바람에 날렸다.

섭오랑이 퉁명스럽게 말했다.

"흥, 미실 네 노욕(老欲:늙은이의 추한 욕심)도 업보일걸? 주제도 모르고……."

미실 부인이 발끈하며 가위를 움켜잡았다.

섭오랑은 고개를 성성림 쪽으로 홱 돌려 버렸다. '여기 삼공녀 성성림이 있다. 어디 한 번 해볼 테면 해봐라' 하는 태도였다.

미실 부인은 자주색 입술을 바르르 떨다가 손아귀에 힘을 풀었다.

석이 성성림에게 눈을 들어 보았다.

성성림이 쓸쓸히 웃으며 말했다.

"돌아가진 못해. 십 년 전, 아니, 십일 년 하고도 이백육 일 전에 사부가 아무도 못 오게 했다. 후에 열셋째가 생겼다는 말씀에 나, 놀랐다."

석이 말했다.

"사부는 사형들 이야기를 가끔 해요."

성성림이 피식하며 말했.

"병신들 이야기?"

석은 작은 소리로 말했다.

"단 둘째사형 이야기 빼고는 디 괜찮았어요."

"풉!"

성성림이 입을 가리고 웃음을 터뜨렸다. 섭오랑과 아직도 마기를 다스리지 못한 미실 부인조차 폭소를 터뜨렸다.

"아하하하하하!"

미실 부인이 아랫배를 두 손으로 누르면서 새우처럼 몸을 웅크렸다 폈다 하면서 웃었다.

둘째사형은 이름이 단진우(端進宇)였다.

그는 사부에게서 최단 기간인 일 년을 배운 탁월한 제자였다. 사부가 어느 날 그에게 뭐가 되고 싶으냐고 물으니 단진우는 아기 받는 산파가 되고 싶다고 대답했다. 그때는 근엄한 사부조차 크게 웃었다고 한다.

하지만 단진우는 진심이었고, 산파가 되기 위한 공부도 많이 했다. 걱정도 많이 하고 불안해하기도 했다. 후에 단진우가 다시 매괴원으로 돌아왔을 때는 꽤 씩씩해져 있었다.

사제들과 하인들은 그가 산파가 되었는지 물으면서 놀렸다.

단진우는 진지하게 이렇게 말했다.

"여자 임산부는 아무도 젊은 남자 산파를 안 쓰려고 하더라. 그래서 요즘은 남자 임산부를 찾고 있는 중이야."

모두 얼이 빠져 있을 때 단진우는 한마디 더 했다.

"열심히 찾고 있으니 곧 한 명쯤은 찾을 수 있을 거야."

남자가 얼마나 많은데 그중에 임신한 사람 하나 없겠냐는
말이었다.
단진우의 산파 이야기는 이후로 매괴원에서 산파 소리만
나오면 너나없이 킥킥거리게 만들었다.
석은 단진우 이야기 외에도 남 싫어하는 짓은 죽어도 못하
는 여덟째 도위청(都偉淸) 이야기며, 뱀만 보면 기절해 버리는
열한 번째 간미현(看薇賢) 이야기도 했다.
다 아는 이야기였지만 다시 웃을 이야기들이었다. 언덕의
경계 밖에 있던 자들도 웃음을 터뜨렸다.
"그만!"
하고 성성림이 말했다.
미실 부인과 섭오랑이 먼저 입을 다물었다.
성성림은 치마를 가지런히 하면서 일어나 미실 부인의 백
옥 같은 이마에 엄지손가락을 붙였다. 미실 부인의 몸이 잘게
떨렸다. 문득 느꼈을 때는 이마에 성성림의 손가락이 닿아 있
었던 것이다. 미실 부인은 눈을 감았다.

죽든 살든 이제 그녀의 의지가 아니라 성성림의 의지였다. 갑작스런 변화에 모두 긴장하여 마른침을 삼켰다.

"마기를 풀어주죠. 대신 내가 했다는 소리는 하지 않기."

성성림이 웃으며 말했다.

미실 부인이 천천히 눈을 떴다. 하지만 미간으로 강렬한 힘이 전해지면서 정신을 잃고 풀밭에 쓰러졌다.

섭오랑이 불안해하면서 물었다.

"어쩌려고 그래?"

성성림은 섭오랑을 보면서 웃었다.

"섭 할멈, 난 좋게 살든 나쁘게 살든 제 살고 싶은 대로 살아야 한다고 생각해. 그러다 재수없으면 죽는 거고."

섭오랑이 불안을 지우지 못하고 성성림의 입만 보았다.

성성림이 말했다.

"섭 할멈도 풀어줄까?"

섭오랑이 펄쩍 뛰며 말했다.

"뭐, 뭘! 난 영신병을 먹지 않았어."

"굴레."

하고 성성림이 작은 소리로 말했다.

섭오랑은 아무 말도 못하고 입을 벌렸다.

성성림이 말했다.

"영신병이 아니라도 난 할멈의 '굴레'를 풀어줄 수 있어."

섭오랑은 주춤거리며 물러났다.

"안 돼! 그래선 안 돼! 난 지금이 좋아! 지금이 좋아. 다르게
는… 살고 싶지 않아."

"호호호호!"

성성림이 소리 내어 웃었다.

섭오랑은 안도의 한숨을 내쉬었다.

성성림이 손을 저었다.

"그럼 가봐요, 섭 할멈. 미실 할멈이 깨어나기 전에."

섭오랑은 미실 부인과 석을 번갈아 본 후에 언덕을 내려갔
다. 석도 예벽과 함께 손을 잡고 일어나 있었다.

미실 부인은 풀밭에 누웠고, 세 사람은 선 채로 선선한 강
바람을 맞았다.

"너도 가야지."

하고 성성림이 말했다.

언덕 주위에는 전엽사와 복초부의 부하들이 가득했다. 복
초부도 보였다.

석은 복초부를 보던 눈으로 성성림을 보았다.

성성림이 말했다.

"네가 따분하게 살까 싶어서 그랬다. 역적이 되면 꽤 재미
있을 것 같잖아?"

석이 말했다.

"저 많은 수적들의 입은 복초부도 못 막아요."

성성림이 머리를 끄덕였다. 그녀는 석이 왜 그토록 힘을 다

하면서까지 배를 불사르고 싸웠는지를 알고 있었다. 그녀가 던져 준 시험을 넘기 위해서였다.

석이 작은 소리로 말하며 손가락으로 수적들을 가리켰다.

"몇 놈만 목을 쳐서 제 대신 관아에 가져다주세요."

작은 소리라도 무공을 익힌 수적들이 못 들을 리 없었다. 석의 손가락은 갑판에서 싸웠던 수적들의 괴수들을 가리키고 있었다.

성성림은 고개를 끄덕였다.

"그래. 포상을 받겠네."

수적들이 두려움에 떨며 복초부와 전엽사를 애절하게 바라보았지만 두 사람의 눈빛은 냉담했다.

석은 성성림에게 머리를 숙여 인사하고 돌아섰다.

다시 전장이었다. 아기 광주리를 등에 지고, 왼손에는 예벽의 손을 잡고 오른손으로 우산을 뽑아 들었다.

천천히 언덕을 걸어가는데 뒤에서 성성림이 물었다.

"넌 무(武)와 비무(非武:무가 아닌 것)의 경계에 섰니?"

석이,

"예."

하고 대답했다.

성성림은 고개를 끄덕였다.

"그랬구나. 어쩐지 삼천 근을 겨우 들 만한 공력으로 괜찮게 한다 싶었다."

석은 돌아보지 않고 가볍게 웃었다. 돌아보면 예벽도 돌아보고, 그러면 아직 보지 말아야 할 것을 보게 될지도 몰랐다.

성성림이 말했다.

"우린 그냥 사부를 좇아 배웠다. 그래서 무와 비무를 모두 아울렀다. 넌 조금, 조금 다르구나."

성성림은 석의 뒷모습을 다시 보았다.

그녀와 다른 사형제들과는 다른 또 한 명의 사제가 거기에 있었다. 총명하되 이상하지 않았으며, 생각하는 바가 다를 때에도 자기 자신보다는 사부를 더 믿을 사제였다.

성성림은 석이 언덕 남쪽으로 내려가는 것을 보다가 소풍 바구니를 훌쩍 던졌다. 갑자기 얼굴로 날아오는 대바구니에 놀란 수적이 비명을 지를 찰나에 성성림은 바구니를 낚아챘고, 머리를 잃은 수적의 몸이 피를 뿌리며 쓰러졌다.

"으악!"

비명은 다른 수적들이 대신 질렀고, 성성림은 대바구니를 무기 삼아서 가볍게 머리 네 개를 따서 담은 후 보자기를 씌워서 왼팔에 걸고 유유히 가버렸다.

그곳에 있던 사람들이 그녀에게는 사람이 아니라 움직이지 못하는 꽃송이일 뿐이었다.

그리고 어린아이의 손을 잡고 걸어오는 소년은 에워싸고 있던 자들에게 형언할 수 없는 묘한 느낌을 주었다.

마치 그래서는 안 된다고 타이르고 싶은 마음이 드는 것도 같았고, 자신들이 보고 있는 것이 현실인지도 애매했다.

석은 아무런 경계심 없이 우산으로 풀을 헤치며 개구리를 찾는 소년처럼 그들에게 다가서고 있었다. 전엽사와 복초부는 성성림이 자리를 뜰 때 함께 모습을 감추었다.

석은 소맷자락을 잘라서 예벽의 눈에 띠를 씌웠다. 예벽은 숨바꼭질의 술래가 되었다. 석을 잡은 손에 힘이 들어갔다.

석은 우산으로 풀을 두어 번 저어보고 고즈넉이 몸을 돌리면서 적을 둘러보았다.

이백 명 남짓한데 보아하니 반은 수적이고 반은 산적이다. 십만 중에서 공력이 높은 자들을 가려 뽑았다. 못한 자는 일 갑자고 나은 자는 그에 반을 더한다.

석의 공력은 부지런히 닦았기에 딱 삼십 년이다.

한 해 수양한 내력으로 일백 근을 감당하니 성성림의 말마따나 삼천 근을 겨우 든다. 복초부와 전엽사가 석의 공력을 모를 리 없었다. 태어난 바가 다르고 살아온 바가 달라서 석의 행하는 바를 짐작하기 어려웠을 뿐.

물에서 눌러 수장시키려 하였으나 오히려 펄펄 난 바 있으니 뭍에서는 그들도 작심한 바가 방금 같지 않았다.

기척없이 떠났으되 발 빠른 석은 그곳에서 뼈를 묻도록 추려 뽑은 이백 인으로 진을 펼쳐 조여놓았다.

녹림에서 최고로 꼽는 구궁맹호은림진(九宮猛虎殷臨陣)이다.

백 명의 녹림 고수가 저마다 손에 크고 작은 나무를 들고 주축을 이루었고, 장강의 일백 고수는 그들 사이에서 숨은 칼이 되었다.

장강의 일백 고수가 움직이면 녹림 일백 고수는 길을 열고 배경이 되며 형세를 이루고, 석이 움직이면 벽이 되고 장막이 되어 길을 비틀어 칼끝으로 인도하며 두터운 녹림의 거친 칼로 맹호의 이빨과 발톱인 양 난도질한다.

복초부가 스스로 고명하다고 여기며 회심한 수단이 바로 구궁맹호은림진이었다. 물에서는 석이 배를 이용하고 선구를 이용할 수 있을 거라는 생각을 못하여 실패했으나, 땅에서는 그만한 재주를 보이지 못할 거라 확신했다. 더구나 언덕에는 돌도 없고 큰 나무도 없으니 고작 삼십 년 공력으로 발마저 구궁맹호은림진에 묶이면 제 놈인들 뭘 할 수 있으랴 싶었던 것이다.

그래서 공력이 배가 넘는 이백 앞에 석은 예벽과 함께 둘이었다.

풀은 밟기가 좋았다. 여름을 먹고 자라 무성하여 발목에 찬다. 뱀이 나올까 두렵다. 우러러보매 여름 비낀 볕 아래 백운(白雲)이 춤추고, 만고(萬古)의 강을 물새가 바람 타고 건넌다. 남북으로 달리는 소리없는 시간 속에 동서로 다니는 광인(狂人) 하나 생겼다. '눈에 뵈는 것 없는 아이' 하나 데리고.

                    *   *   *

　복초부는 전엽사를 끌고 달렸다.

　"소공 그놈을 지금 상대할 필요는 없다."

　전엽사는 음침한 눈길을 복초부를 보았다.

　"나는 준비를 다 해놓았다. 내가 한 번 손을 쓰면 반드시 죽일 수 있다."

　복초부가 말했다.

　"구궁맹호은림진을 뚫고 나오진 못한다. 발이 묶이면 끝이야. 무엇보다도 우린 해야 할 일이 있다."

　전엽사는 마기를 완전히 갈무리한 때문인지 눈빛이 음침해진 데다 목소리마저 습기가 느껴질 만큼 음침했다.

　"흑사, 이번 계획은 누가 짰지?"

　복초부가 벌컥 화를 내며 소리쳤다.

　"수라혈창마군(修羅血槍魔君)!"

　전엽사는 징그럽게 웃었다.

　복초부가 도끼를 흔들면서 말했다.

　"우리끼리 우열을 가리는 것은 계획이 다 성공한 후에 하기로 약속했다. 네 말은 지금 해보자는 거냐?"

　복초부는 공력을 일으켰다. 순수한 마공이었다. 수십 년을 억눌려 머리조차 내밀지 못했던 혈왕패마공이 아궁이를 튀어

나오는 불길처럼 일렁거렸다.

전엽사가 훌쩍 물러나서 거리를 두며 말했다.

"흐흐흐, 애송이한테 당해서 좀 약해진 줄 알았더니 그새 회복했군. 싸움은 미루지. 하지만 이번 계획은 수라혈창마군 전삼이 세웠다는 사실을 잊지 마라."

"추잡한 놈!"

복초부가 마공을 거둬들였다.

전엽사가 말했다.

"너도 영신병의 마기를 완전히 갈무리하고 나면 마찬가지지. 아무래도 그때 가야 말이 제대로 통하겠군. 흐흐흐흐."

복초부는 전엽사를 쏘아본 후에 다시 달렸다. 전엽사도 더 이상 아무 소리 없이 함께 달렸다. 전엽사는 자기가 짠 계획을 복초부가 앞서 진행하려는 게 기분 나빴던 것이다. 더구나 영신병의 마기는 온전히 흡수해서 옛날의 성정과 무공을 회복했지만 영신병이 가지고 있는 최후의 금제인 '명령'은 그 명령을 수행하지 않으면 없어지지 않는다. 전엽사는 머릿속 깊은 곳에서 속삭이는 듯 끝없이 들려오는 '소공을 죽여라' 하는 명령에 점점 더 저항하기 어려운 상황이었다.

그 명령은 절대적으로 따라야만 하는 것이고, 또한 따랐을 때 폭발할 것 같은 쾌락이 주어질 것이라는 사실을 알고 있었다.

전엽사는 석을 죽이고 싶어서 안달했는데, 복초부가 다른 곳으로 끌자 신경에 크게 거슬리지 않을 수 없어 옛 성미를 드러냈던 것이다.

쾌락은 식이 죽었다는 사실만 알게 되어도 느낄 수 있다. 그것으로도 영신병의 금제에서 완전히 벗어나게 된다. 그러나 전엽사는 직접 죽일 때의 쾌락이 비할 바 없이 크다는 것을 알고 있었다.

오래전, 아주 오래전에 전엽사는 영신병을 먹은 후에 수행한 임무로 받은 보상을 기억하고 있었다. 그것은 이 세상 모든 환희를 다 모은 것이고, 하늘에 올라 스스로 상제가 되어 구천 명의 선녀를 마음껏 거느리며 쾌락이란 쾌락을 다 누려보는 것과도 같았다.

복초부는 그사이에 녹림을 장악하고 돌아다니느라 아직 마기를 다 흡수하지 못했다. 그래서 완벽하게 옛날로 돌아가지도 못했다. 영신병의 쾌락에 대한 기억을 제대로 되살리려면 멀었다.

전엽사는 자기가 계획을 세우지 않았고, 지금 해야 할 것이 무엇인지 몰랐다면 결코 석을 남겨두고 오지 못했을 것이다. 쾌락에 찬물을 끼얹고 목에 서늘한 칼을 가져다 댈 수 있는 사람, 진인이 마침내 매화곡을 나왔다는 사실만이 그의 충동을 자제시킬 수 있었다.

한편으로 복초부는 분노가 머리 꼭대기를 치고 있었다. 그는 전엽사가 석을 죽이면 부하들에게 체면이 깎일 뿐만 아니

라 이후 자웅을 겨뤄서 주인을 결정할 때 자기가 밀리게 될
것을 걱정했던 것이다. 복초부는 녹림의 정통 마인으로서 자
존심이 아주 강했다. 적어도 자기는 전엽사처럼 야비하지는
않다고 생각하는 사람이었다. 그러나 그도 술수를 써서 상대
를 제압하는 것은 좋은 수단이라고 여기고 있었다.

눈앞에 대준산(大埈山)이 보였다.

대준산에는 용제조사(龍帝祖師) 진승제(晉昇提)의 용제문
(龍帝門)이 있었다. 용제조사 진승제는 옛날 백 년 동안 천하
제일인이었으며 일천회맹을 소집했던 삼소무신(三笑武神) 허
천대(許天台)의 대제자였다.

그를 수단으로 하는 것은 전엽사가 궁리했고, 복초부가 기
꺼이 찬성했다.

미친 사람들의 믿지 못할 이야기의 시작

석에게는 아주 어릴 때부터 조용한 면이 있었다. 남들이 하는 말이나 행동에 주의를 기울이지 않는 것처럼 보이는 아동스러움도 있었다. 잡스런 생각도 거의 하지 않았고, 한 가지 좋은 생각을 하게 되면 오랫동안 그 생각을 붙잡고 있는 편이었다.

그런 점들은 종종 석을 둔한 아이처럼 보이게 하곤 했다.

하지만 석에게는 가끔 사람을 미치게 만드는 재주도 있었다. 누구든지 석에게서 석의 태도와 생각을 강요당하게 되면 그 사람은 아주 미쳐 버렸다.

석의 단조로움과 석의 야단스러움, 그리고 석의 이해와 억지가 대부분의 사람들과는 몹시 달랐기 때문에 거리를 두고 있을 때는 아주 편한 사이가 될 수 있지만 서로 부딪치게 되면 석의 대방이 된 사람은 환장을 하곤 했다.

매괴원에서도 석은 착한 아이였지만 가끔은 야단법석일 때가 있어 사부에게 한 말씀 듣기도 했고, 하인들은 석과 부딪칠 만한 건 아예 피하곤 했다.

심지어 양주에서 만났던 장호연마저 석에 대해서는 머리를 내흔들 지경이었다. 예외는 오직 한 사람. 석이 가장 무서워한 경화 부인뿐이었다. 그녀만은 석의 심사를 꿰뚫어 미연에 번거로움의 싹을 잘라 버릴 수 있었다.

그러나 지금 이 자리에는 그녀가 없었다. 석은 혹시나 싶어서 사방을 몰래 살폈지만 역시 그녀는 없었다.

구궁맹호은림진이 대단한 듯 보였지만 사람이 이룬 것. 머뭇거릴 필요도 없다.

석은 천천히 걸으면서 우산 끝으로 풀을 쳐서 날리게 하였다.

우산대로 끼운 작살에 풀잎이 깨어져 흩어지니 반공이 소의 밥통이나 다름없었다. 아래위로 뒤섞어 날더니 몇 걸음 걷는 동안에 잘린 풀은 흩어지지 않고 석과 예벽의 주위를 맴돌기 시작했다.

사부의 말씀대로, 기운은 몸 안에 들면 혈과 함께 달리며 앞서거니 뒤서거니 하고, 몸 밖에서 움직이면 먼저는 경물(硬

物:단단한 물체)에 따르고 이후에는 연체(軟體:부드러운 물체)에 응한다.

석은 기운을 몸 밖에서 움직였다.

경물과 연체의 양극에는 바람이 있다.

느리면 부드러워 휘감고 제가 돌아가며, 빠르면 단단하고 날카로워 치고 가는 것이 바람이다.

석양빛에 붉어지는 언덕에는 바람이 자고 바람이 깨어난다.

석은 강에서 불어와 풀 위에 눕는 바람을 우산대로 놀래키며 잠들지 못하게 했다.

내려앉는 비단결 같던 바람이 아우성을 치고 석은 의지를 그곳에 담았다.

바람이 물레처럼 풀잎을 매달고 빙빙 돈다.

빙빙 돈다.

멀리하면 잃어버린다. 너무 가까우면 성가시다.

매괴원에서 이 수법을 익힐 때는 솔잎을 날게 하여 구름처럼 휘감았으나 이곳에는 좋은 소나무가 없다.

솔잎 향기가 그립긴 하지만 대지의 생명력에 흠뻑 젖은 풀 냄새도 싱그럽다.

솔잎이 날면 솔잎으로 기운의 범위를 다스리고, 풀잎이 날면 풀잎으로 다스린다. 세상만사 열에 아홉은 마찬가지.

…셋, 넷, 다섯, 여섯……

걸음을 더하여 아홉이 되었을 때, 바람 따라 도는 풀잎은 더욱 많아져 석과 예벽의 모습을 어렴풋이 가렸다.

석을 포위한 자들은 모두 일백구십여섯 명. 원래는 이백 명이었으나 성 삼공녀가 네 개의 목을 따가 버렸다. 이백 중에는 녹림총사령을 받든 자가 일백 명, 장강수룡탑의 권위에 복종하는 자가 일백이었다.

모두가 저마다는 녹림과 장강에서 무공으로 내로라하는 자들이었다.

수로채나 산채의 주인인 자도 있었지만 이미 현역에서는 은퇴하였다가 이번에 명령을 받고 나온 노고수가 대부분이었다.

녹림총사령을 받들어 녹림 일백 고수를 지휘하는 자는 녹림소옹 동이천이라는 키 작은 노인이었으며, 장강수룡탑의 지시를 받아 장강 일백 고수를 지휘하는 사람은 마조 고진이라는 대머리 노인이었다. 두 사람 중에서 구궁맹호은림진의 중심은 동이천이었다. 구궁맹호은림진이 원래 녹림의 것인 때문이었다.

동이천과 고진 등이 보기에 석은 산골 아이 같았다. 눈을 가린 채 석의 손을 잡고 걷는 예벽은 이상한 분위기를 가지고 있어서 눈이 잠깐이라도 향하게 되면 가슴이 쿵 하고 떨어지는 듯했다. 아주 미묘하면서도 감정을 툭 치고 가는 무언가가 예벽에게 있었다.

볼 때마다 툭툭 무엇인가 가슴을 쳤다. 눈을 떼기도 쉽지 않았다. 눈을 감거나 고개를 돌리면 가슴이 그토록 허전하고 암담할 수가 없었다.

'요물?'

언뜻 그런 생각이 스쳤지만 그럴 리가 없었다. 동이천은 남몰래 이마에 흐르는 땀을 닦았다. 저녁 강가의 시원한 바람은 땀을 씻는 대신 오히려 등골을 오싹하게 했다.

마조 고진을 힐끔 살폈다. 마조 고진도 두 주먹을 불끈 쥐고 꼼짝하지 않은 채 서 있었다.

"오지 마라. 오지 마라. 와서는 안 돼."

누군가 동이천의 뒤에서 작은 소리로 간절하게 말했다.

동이천은 마조 고진도 그렇게 말하고 있는 듯이 느꼈다. 이백에 가까운 고수들이 모두 그런 심정이라는 사실을 홀연히 깨달았다.

이래서는 싸움이 되지 않는다. 싸울 수가 없다. 강 위에서 무서운 신위를 보였던 소년은 변함없는데 어린 소녀의 모습에 정신이 투지를 해제당했다.

동이천은 소리쳐서 장강과 녹림의 고수들을 환기하려 했다. 그러나 아무런 소리도 내뱉지 못했다. 풀잎이 맴돌아 나는 속에서 걸어오는 예벽의 흔들리는 어깨, 걷는 걸음, 흔들리는 팔, 치마에 이는 주름, 흔들리는 머리카락……. 흔들리는 모든 것에서 시를 느꼈다. 마침내 동이천은 자기의 메말랐던 가슴이 깨어지면서 샘처럼 솟아나는 시정(詩情)을 느꼈다.

입으로 읊조리고 싶은 뭔가가 있어서 가슴을 쥐어짰다.

그때 문득, 바람을 타고 와서 제 가슴에 공명하는 시 구절이 들려왔다.

마사백일모(嗎斯白日暮)

검명추기래(劍鳴秋氣來)

아심묘무제(我心渺無際)

하상공배회(河上空徘徊)

말이 지쳐 우니 해 저물고

칼 울음 싸늘하니 가을이 비치네

내 마음 갈 길은 끝없이 아득한데

강변에서 맴돌아

동이천은 비가 온 뒤의 고드름이 녹아떨어지듯이 온몸이 후루룩 소리 내며 녹아내리는 듯했다. 눈을 망연히 열고 보니 걸어오는 소년이 나직하게 읊조리는 시였다.

중당(中唐) 사람 화숙(和叔) 여온(呂溫)의 공로감회(鞏路感懷)다. 동이천은 여화온을 아는 사람도 아니었지만 그의 시로 가슴을 씻어 내렸다.

석은 다가가면서 한 수를 더 읊었다. 이상했다. 예벽과 함

께 하면 때때로 시를 느끼고 시정이 들끓는다. 비단 자기만
그런 것도 아닌 듯했다.

　석은 몇 걸음 걷는 동안에 장강 일백 고수와 녹림 일백 고
수의 살기가 모두 사라지는 것을 느끼며 자기의 생각도 바꾸
었다. 예벽 때문이었다.

　시정이 흐르는 대로 왕적(王績)의 야망(野望)을 천천히 읊
었다.

　　동고박모망(東皐薄暮望)

　　도의욕하의(徒倚欲何依)

　　수수개추색(樹樹皆秋色)

　　산산유낙휘(山山唯落暉)

　　목인구독반(牧人驅犢返)

　　엽마대금귀(獵馬帶禽歸)

　　상고무상지(相顧無相識)

　　장가회채미(長歌懷采薇)

　　석양에 언덕에 올라 바라보고

　　이리저리 자리를 옮겨 서성이며

　　나무는 단풍이 들었는데

　　산마다 저녁놀에 타고 있네

　　목동이 소를 몰고 돌아오니

사냥 갔던 말도 새를 달고 왔네
돌아보아도 아는 사람 없고
노래 부르니 채미가 그리워라

동이천은 참을 수 없었다.
"그만!"
하고 크게 외쳤다.
석은 입을 다물었고, 예벽이 깜짝 놀라 움찔했다. 동이천은 속으로 후회했다. 스스로 반성하며 머리를 한 번 내젓고 말했다.
"이것은, 이것은 심히 안 된 일이야. 하지만, 하지만 우린 어쩔 수가 없어."
동이천은 횡설수설했고, 태반은 자기에게 하는 것 같은 말을 했다.
"나는, 우리는 녹림종사령을 따라야 해. 거역할 수 없지. 저 마조 고진, 고 형도 마찬가지야. 장강수룡탑에 복종하지 않을 수 없어. 우리는 이백이고 넌 혼자, 아니, 둘인가. 그렇지만 죽여야 하네. 명이 한 번 떨어지면 어쩔 도리가 없으니까."
동이천은 자기 가슴을 탕탕 두드렸다. 안타까워서 죽을 지경이었다. 이백에 가까운 고수들이 모두 가슴을 쥐어뜯고 눈을 감았다 떴다 했다.

하지만 동이천은 마조 고진을 손짓하여 서로 힘을 합쳐서 큰 고함을 질렀다. 길고 높은 소리가 폭풍이 휘몰아치고 천둥이 떨어지는 듯했다.

수십 년을 녹림과 장강에서 떨쳐 울렸던 고수들인 그 두 사람이었다.

놀란 혼백이 제 몸을 찾아들고 서정 속으로 녹아들던 본성이 칼날 같은 살기를 품으며 노출하기 시작했다.

구궁맹호은림진의 살기가 폭발하듯 일어났다.

동이천은 이를 악물었다. 비장하게 명을 내렸다.

"진을 발동하라!"

나무를 안은 녹림의 고수들이 위치를 바꾸며 움직였다. 마치 숲 전체가 춤을 추며 밀려가고 밀려오고 이리저리 빙빙 도는 듯했다. 이미 사람은 보이지 않고 숲이 솟고 숲이 내리며 숲이 덮쳐 왔다.

달려들고 몰아치고 늠실대는 숲 가운데서 장강 일백 고수도 보이지 않는 칼이 되어 숨어 있었다.

칼은 물러가도 압력은 파도처럼 한 겹 두 겹 밀려오면서 석과 예벽을 압박했다. 갈가리 찢긴 바람도 석과 예벽을 덮쳐 왔다.

석은 밀려오는 내력의 압력과 찢어져 휘감기는 바람을 우산으로 물 때 걷어내듯 걷어냈다.

눈을 다 뜨고 보노라면 눈이 핑핑 돌아서 쓰러지고 말 지경이었다. 석은 고개를 조금 숙이고 반개한 눈으로 근처만을 보았다.

예벽은 석의 손만 꽉 잡은 채 그가 이끄는 대로 걸었다. 눈을 가린 천을 떼려고도 하지 않았다. 석은 위험 속에 있었지만 예벽을 걱정하는 것 같지 않았다. 마치 저녁 바람 쐬러 나온 것처럼 걸었다.

그들이 걷는 길에는 그들보다 훨씬 빠르게 숲들이 옮겨 다녔고, 아무 데서나 칼 든 자가 툭툭 튀어나와 온갖 괴이한 절초를 다 펼치며 덤벼들었다.

석은 그들이 나타날 때마다 작살을 끼워 만든 우산으로 툭 찔렀고, 그러면 그들의 거센 공격은 물주머니 터지듯이 툭툭 터졌다.

때맞춰 석이 우산으로 한 대 치면 뚜닥딱! 하면서 그들의 팔이나 다리, 어떨 때는 갈비뼈가 세 조각, 또는 아홉 조각으로 부러졌다.

우산으로 찌르는 수법은 작은 송곳으로 빙산의 절벽을 깨뜨리는 것에서 유래한 소추파빙벽(小錐破氷壁)이었고, 때리는 방법은 뭐든지 다 아홉 토막 내버리는 구절권(九折拳)의 수법이었다.

소추파빙벽과 구절권은 절묘한 재주이기는 하지만 절세적인 무공은 아니었다. 오히려 기본에 가까워서 묘하게 맥을 잡기만 하면 적의 어떤 공격이든 상대할 수 있는 것이다.

석은 소추파빙벽을 배울 때 바늘로 하루 종일 얼음을 깨뜨리며 그 묘용을 깨우쳤고, 구절권을 익힐 때는 콩을 뿌려놓은 탁지를 두드리며 그 이치를 터득했다.

힘이 단단하게 뭉쳐졌을 때는 좁고 가는 길을 만나면 제멋대로 발산하고, 딱딱한 것이 충격을 받으면 제 생긴 모양대로 터져 나간다.

탁자를 쳐서 콩알들을 마음대로 튀게 할 수 있으면 격산타우(擊山打牛:산을 쳐서 소를 때림)를 연성한 것이라 할 수 있는데, 그때부터가 구절권은 시작이었다. 쇠공을 올려놓고 쳐서 튕겨 올리기도 하고 나면 나중에는 마침내 나무를 쳐서 둘로 부러뜨리면서 둘로, 여섯으로 끊으려면 여섯으로 끊을 수 있게 되는 것이 구절권이었다.

석은 열대여섯 번이나 소추파빙벽과 구절권을 사용해 보고 그 묘용에 온전히 만족했다. 수족에 신이 난 것 같았다.

먼저 달려들었던 십수 명이 순식간에 팔이 흐물흐물해지거나 다리가 문어 다리처럼 변해 버렸거나 갈비뼈가 묵직하게 내려앉아 버렸다.

석은 시정에 들어가면서 알게 된 백양사의 수법을 사용했다.

풀잎은 여전히 의지를 따라서 바람과 함께 휘돌며 석과 예벽을 구궁맹호은림진에 섞여 들어가지 않도록 했다.

백양사는 생사를 나누는 수법이다. 석은 간간이 이어지는 공격들을 백양사로 받아치며 나아갔다. 백양사는 자기의 생을 결정하거나 상대의 살을 정하는 데 있어서 상대의 초식에 응한다.

다시 몇 사람이 쓰러졌다. 그리고 마침내 구궁맹호은림진의 은밀한 힘이 발휘되기 시작했다.

일백팔십여 명의 고수가 가지는 내력은 온전히 진 속으로 녹아들어 대하 같은 힘을 발휘하기 시작했고, 석의 시야는 숲과 바람에 홀리었으며, 마음은 거대한 밀림 속에 혼자 들어온 것 같은 고독 속으로 빠져들어 갔다.

석은 적의 내력을 겁내지 않았다. 그가 우산으로 물 떼 걷듯이 압력을 걷어내는 수법은 화공(化空)의 비결이 담겨 있었다.

내공이 높은 적을 두려워하지 않고 맞서려면 어떻게 해야 할까 하고 곰곰이 생각하다가 화공대법을 응용하여 직접 만들어낸 수법이었다.

그러나 석은 아직 밀림 속에 들어온 것 같은 고독감으로 빠져들어 가는 것에는 저항하기가 쉽지 않았다. 몸도 그렇지만 마음도 마침내는 보이는 것에 반응하기 때문이었다.

고독이 마음을 짓누르면서 손발마저 무디게 하고 있었다.

녹림소웅 동이천과 마조 고진은 불안하고 황당하여 서로 전음을 주고받았다.

"큰일 났소, 고형. 저 요괴 같은 놈이 화공대법을 익힌 모

양이오. 구궁맹호은림진의 압력이 저놈 앞에만 가면 사그라
지고 있소."

"놈의 초식이 바뀌었소. 조금 전에는 사량발천근 유의 수
법들을 쓰는 듯했는데 이제는 직접 이상한 초식을 사용하고
있소. 화공대법이 아니라 흡성대법으로 우리 공력을 빼앗고
있는지도 모르겠소."

하고 마조 고진이 대답했다.

동이천은 깜짝 놀라 전음으로 말했다.

"정말 그렇다면 큰일이오. 우리 모두가 오히려 저놈의 밥
이 되는 꼴이오."

마조 고진이 말했다.

"구궁맹호은림진에 의지해서는 안될 것 같소. 희생이 크더
라도 거칠게 달려들어 죽여 버립시다."

동이천이 즉시 소리쳤다.

"이건 범이 고슴도치 무서워서 잡지 못하는 꼴이 아닌가!
어린아이고 뭐고 가릴 것 없이 죽여 버려라!"

여태까지 예벽을 향한 직접 공격은 없었다.

흉악한 수적과 산적들이었지만 이미 마음이 흔들린 바도
있었고, 차마 구슬처럼 귀여운 아이가 눈마저 가리고 있는데
칼을 겨누기가 쉽지 않았던 것이다.

하지만 그들도 악에 받쳤다.

공력이 석보다 낮은 사람은 아무도 없는데도 석의 털끝 하

나 건드리지 못하고 팔 병신이 되거나 다리 병신이 되었다.

여러 명이 동시에 공격을 해도 석은 그들에 딱 맞는 속도로 우산을 휘둘러 물리쳤고, 방향을 어떻게 바꾸고 가려도 석은 훤히 알고 있는 듯이 깨뜨렸다.

석이 백양사를 펼친 결과였지만 어른들이 아이에게 두들겨 맞는 꼴이었다.

이렇게 되다 보니 화가 난 놈은 화가 나서 미치고, 어떤 놈은 석의 재주를 훔치고자 눈을 부릅뜨고 맴돌았다.

동이천이 말한 대로 고슴도치를 못 잡는 호랑이 떼, 딱 그 짝이었다.

어떤 자가 예벽을 공격했다.

석은 우산 끝을 돌려서 예벽을 아슬아슬하게 피해가며 그 자를 쓰러뜨렸다.

석이 위태로운 수법을 쓰는 것을 보고 공격하는 자들은 아예 예벽을 작정하고 달려들었다.

석은 예벽의 손을 잡은 채 주위를 원을 그리고 돌면서 모든 공격을 격퇴해 버렸다. 이미 배 안에서 동그라미를 그려놓고 충분히 연습했던 것이다.

한 번에 일곱 명이 쓰러졌다.

그 수법이 워낙 민첩하고 깔끔해서 경탄하지 않을 수 없을 정도였다.

"대단하구나!"

동이천이 자기도 모르게 소리쳤다.

흡성대법이 두려워 피해를 감수하면서까지 공격하게 했지만 부상지만 속출했다. 어떻게 해야 좋을지 묘안은 떠오르지 않아 막막한 심정이었다.

이제 녹림과 장강의 제왕으로 돌아온 녹림흑사 복석린을 생각하면 절로 두려움이 치밀었다. 고진을 보니 그 역시 자기와 다르지 않았다.

마조 고진은 장강 일백 고수와 녹림 일백 고수가 힘을 합하고도 겨우 소년 하나를 제압하지 못하고 있다는 사실에 분노와 자괴감을 느끼고 있었다.

"손자뻘도 안 되는 어린 놈이……."

하고 중얼거렸다.

그때 석이 예벽을 왼팔에 껴안고 몸을 솟구쳤다.

동이천과 고진은 정신이 번쩍 들어서 고함쳤다.

"막아라!"

"도망치게 해서는 안 된다!"

구궁맹호은림진을 이룬 고수들이 일제히 석을 따라서 공중으로 솟구쳤다. 동이천과 고진도 뛰어올랐다.

그러나 석은 겨우 이 장 남짓한 높이만 곧게 뛰었다가 땅으로 내려왔다.

동이천은 순간 좋은 생각이 떠올랐다.

탁! 하고 무릎을 치며 땅으로 내려왔다. 갑자기 온몸에서 힘이 펄펄 나는 듯했다. 큰소리로 고함쳤다.

"달아나지만 못하게 막아라! 하하하하."

뛰어올랐다가 내려오던 자들이 때 아닌 웃음소리에 놀라 어리둥절했다.

고진은 동이천이 미쳐 버리지는 않았는가 싶어서 회의적인 눈빛을 보냈다.

그때 석이 또 뛰어올랐다.

동이천도 따라서 펄쩍 뛰며 말했다.

"이놈아! 너도 사람인 한 지치지 않을 순 없을 거다. 또 네 녀석은 견딘다 하더라도 계집아이는 어쩔 도리가 없을 것이다."

석은 삼 장 가까이 뛰어올랐다가 또 내려섰다. 높이뛰기 시합을 하는 것처럼 숫구쳐 오른 일백칠십여 고수들이 일제히 내려서며 희색이 만면했다.

동이천의 말에서 그들도 희망을 본 것이다.

고진이 감탄하면서 말했다.

"옳은 말씀이오. 어린것들은 신진대사가 빠르니 배도 더 빨리 고플 것이고 인내심도 부족할 것이오."

동이천이 소리쳤다.

"벌써 똥오줌이 마려울지도 모를 일이오. 저놈들은 먹은 지 얼마 되지 않았소."

"우린 굳이 힘들게 싸울 필요도 없소."

동이천과 고진 등은 석을 따라서 펄쩍펄쩍 뛰면서 벌써 석을 다 잡은 듯이 기뻐했다.

동이천이 의기양양하게 고함쳤다.

"네 이놈! 어디 한번 말해봐라! 네놈은 이제 죽었다!"

석은 아무 소리도 귀에 들리지 않는 것처럼 싱긋 웃고는 높이 뛰어올랐다. 방금 전보다 두 배는 높았다. 동이천이 '엇!' 하고 소리치며 공력을 끌어올려 높이 뛰었다.

따라서 솟구치는 자들 모두 높은 공력을 자랑하듯이 석보다 더 높이 뛰어올랐다.

장강의 고수들과 녹림의 고수들 모두 기뻐했다. 어쩌지 못해서 쌓였던 분이 통쾌하게 풀리고 있었다.

한 사람이 석 앞에서 훨씬 높이 솟구치며 대소를 터뜨리고 외쳤다.

"으하하하하하! 이 콩알만 한 놈아! 우리가 놓칠 성싶으냐? 네놈이 동으로 가면 우리도 동이고 서면 우리도 서다."

상황에 맞는 말은 아니었지만 모두의 분을 설욕하는 말이기는 했다.

석은 대꾸하지 않고 또 땅으로 내려섰다.

말이 없자 동이천 등은 더욱 신이 나서 석에게 욕을 퍼부었다.

"뛰어봤자 벼룩이다! 튀겨 죽일 놈! 크크크!"

아랫배가 벌써 무거워졌을 거라는 소리, 원래 한주먹거리도 안 되는 놈이 얄팍한 재주만 부려서 어른을 골탕 먹였다는 소리, 이제 지쳐서 늘어지기만 하면 손가락부터 쭉쭉 찢어서 포를 뜨고 말겠다는 등, 온갖 소리가 다 터져 나왔다.

원래부터 녹림과 장강의 도적이었던 자들이라 한 번 욕을 내뱉기 시작하자 체면 따위는 다 잊어버리고 거침없었다.

석은 예벽을 안은 채 모든 힘을 다하여 어기충소를 펼쳤다.

쉬이이이이익!

하늘을 뚫기라도 할 듯이 높이 솟구쳤다.

동이천과 고진 등도 솟구쳤다. 석의 어기충소가 대단한 경공이었지만 동이천과 고진 등은 그의 세 배가 넘는 공력을 가진 사람들이었다.

석보다 더 높이, 더 빨리 솟구치며 석을 향해 통쾌하게 웃었다.

석은 뛰어올랐던 것만큼이나 빠르게 떨어져 내렸다. 뒤늦게 뛴 자들은 올라가고 있었고, 석보다 먼저 뛴 자들은 더 빨리 떨어지고 있었다.

"이놈! 하늘이라도 뚫고 도망치려느냐?"

하는 외침이 들려왔다.

석은 허공에서 고개를 한 번 끄덕거려 주고 깊은 심호흡을 했다. 그리고 발이 땅에 닿는 즉시 다시 한 번 어기충소를 펼쳤다.

"아아아아아!"

소리를 길게 뽑으며 전력을 다해서 솟구칠 때, 여전히 장강과 녹림의 도적 떼는 욕설을 퍼부으며 펄쩍거리고 있었는데, 땅과 허공에 고르게 흩어져 있었다. 온갖 높이로. 그리고 석은 이번엔 수직으로 뛰어오르지 않았다.

"앗!"

하고 한 노인이 경망스럽게 외치며 허둥거렸다. 석이 아래에서 비스듬히 스쳐 올라오면서 우산으로 그의 허벅지를 찌른 것이었다.

노인은 있는 힘대로 솟구친 후라서 대응조차 하지 못했다.

허벅지에서 피가 퍽 튀자 노인이 웅크리는데, 석은 그 노인의 등을 밟고 한 번 더 도약했다.

동이천이 보고 얼굴이 새파랗게 변하며 고함쳤다.

"잡아라!"

석은 벌써 허공에서 두 번째 징검다리를 밟고 더 높이 솟구쳐 올라가고 있었다. 구궁맹호은림진을 이루었던 자들은 깡충깡충 뛰면서 나무를 버린 지 오래였다. 그들은 동이천의 명에 따라서 앞을 다투어 높이 솟구쳐 석을 붙잡으려 했다.

하지만 그들은 이미 무질서했다. 하늘땅에 숱하게 흩어져 있어서 어느 모로 보더라도 석에게는 공중 계단이었다.

세 번째 도약을 했을 때는 이미 석보다 높은 곳에 있는 자가 아무도 없었다.

동이천은 급해서 떨어지다가 방향을 틀어서 석처럼 다른

사람의 머리를 밟고 높이 솟구쳤다. 고진과 다른 수십 명도 동이천처럼 동료를 밟고 더 높이 솟구쳤다.

"으아아악!"

"에구!"

동료에게 밟히거나 밟으려다 오히려 맞고 떨어지는 자들의 비명이 붉게 물든 저녁 하늘을 가득 채웠다.

석은 세 번 도약한 후 밑으로 떨어지고 있다가 솟구쳐 올라오는 다른 한 사람을 밟고서 네 번째 도약을 했다.

하늘로 얼마나 높이 솟았는지 스스로 아득할 지경이었다.

땅이 멀리 보였다. 먼 곳이 어슴푸레하게 보였고, 구름이 멀지 않은 듯 느껴졌다.

"이놈! 못 간다!"

동이천과 고진이 솟구쳐 올라오고 있었다. 그 아래로도 솟구치는 자들의 모습이 흡사 바구니 속의 벼룩 떼처럼 보였다.

몸도 더 이상 올라가지 않고 멈췄다.

석은 호흡을 다했다. 그리고 마침내 우산을 활짝 펼쳤다. 탁! 하고 우산이 펴지자 석은 바람을 타고 남쪽으로 미끄러지기 시작했다.

동이천이 절망적으로 고함쳤다. 그도 석만큼 뛰어올라 왔지만 그에게는 우산이 없었다. 우산을 타고서 유유히 미끄러지는 석을 보면서 장강과 녹림의 늙은 도적들은 아연실색했다.

"으아아악!"

동료를 밟고 너무 높이 솟구쳤다가 받아주는 사람이 없어서 그대로 추락하는 자들이 비명을 지르기 시작했다.

절벽에서 그냥 뛰어내린 것과 다를 바가 없는 짓을 하고 있었다는 걸 그들은 미처 깨닫지 못했다.

이십여 명이 멀쩡한 땅에 떨어져 죽고 삼십여 명이 중상을 입었다. 상대적으로 더 강한 자들은 내려오면서 기를 쓰고 남을 밟아 경상자 숫자도 또한 삼십여 명이었다.

석은 우산에 내력을 주입하여 대나무 살과 기름종이를 강철처럼 강하게 유지한 채 유유히 사라져 가고 있었다.

장강 녹림의 고수들은 낙상하고 낙담하여 오합지졸인 양 멍하니 석이 멀어지는 모습을 보고만 있었다. 정말 기가 막혀서 동이천 등 몇몇 고수들은 피를 토했다.

겨우 동이천이 말했다.

"쫓아가세."

석은 입으로 성지침의 풍침을 불어서 예벽의 눈을 가린 천을 잘랐다.

해는 서쪽으로 떨어졌고, 하늘은 검푸른 빛을 붉은빛이 두르고 있었다. 산 위에서 별이 하나둘 눈을 뜨고, 예벽도 눈을 떠 별의 개수를 더했다.

남으로 나는 새가 무리를 이끄는 소리를 내며 발아래로 지나갔다.

석은 예벽의 맑은 얼굴을 보면서 낮빛으로 놀라는 아이가 아니구나 하고 생각했다. 옷깃을 잡은 작은 손만 마디를 하얗게 보였다. 밤공기가 차가워서 떨고 있다.

‘이 아이…….’

석은 말하려다 그만두었다.

공력을 일으켜 예벽이 춥지 않게 해주었다.

하늘에서도 어둠은 빨리 왔다.

별들이 빛을 선명하게 하는 만큼 땅은 어두워졌고, 바람은 잔잔해지고 천지는 적막으로 가득 차기 시작했다.

오직 바람이 흐르고 별이 반짝일 뿐, 하늘과 땅의 살아 있는 모든 것은 밤을 들이키고 밤의 일부가 되었다.

석은 우산을 움직여서 바람을 탔다. 큰 바람을 한 번 잡아타고 나니 오르고 싶으면 오르고 내리고 싶으면 내렸다.

한참 날아서 이름 모를 야산의 떡갈나무 숲에 내렸다.

아름드리 떡갈나무가 여러 그루 서 있고, 드문드문 큰 바위가 흩어져 있는 구릉이었다.

나무 근처의 풀밭에 석회를 조금 뿌려서 벌레들과 뱀이 오지 못하게 한 후에 입지 않았던 옷을 펼쳐 대충 쉴 자리를 만들었다.

예벽과는 한 바위를 서로 반대로 돌아서 볼일을 보고 난 후에 다시 만났다.

둘은 오누이처럼 떡갈나무 아래에 나란히 앉아 기댔다. 예벽이 고른 숨소리를 내며 잠들었다. 석은 떡갈나무에 마음을 내려놓고 쉬었다.

발자국 소리에 놀라 숨죽였던 풀벌레들이 다시 울기 시작했다.

석은 웃음을 머금었다. 사부 말씀에 따르면 이런 것이 풍류
였다. 눈을 감고 몸을 자유롭게 했다. 몸을 자유롭게 한다는
것, 의지에 묶여 있던 몸을 풀어주어 금방 태어났을 때처럼
천지와 함께 생동케 하는 것을 말했다.

매괴원에 있을 때, 석은 칠 년이나 배웠지만 사부한테서 특
별한 무공을 배운 적이 없었다.

이것저것 많이 배웠지만 어느 것이나 기본에서 그쳤다. 아
마 사형들도 그랬을 것이라고 석은 생각했다. 기본만을 배웠
기에 어떤 사람은 일 년에 끝을 냈고 어떤 사람은 삼 년에 끝
을 낼 수 있었을 것이다.

'아니.'

하고 석은 생각을 고쳤다.

사부에게서 배운 것들은 기본이 아니었다. 근본이었다.

등을 기댄 큰 떡갈나무도 씨앗에서 자라나 풍우와 세월을
먹으면서 자랐고, 등을 기대고 있는 석도 무공의 근본을 받아
서 단련으로 싹을 틔우고 가지를 뻗고 있는 중이었다.

사부는 뭘 가르칠 때마다 말했다.

"그 속에 모든 게 다 있다."

단련의 과정은 속에 있다는 게 무엇인지 찾아내는 과정이

고, 그때마다 모래알처럼 작은 깨달음을 얻는 생활이었다.

그러나 석은 아직도 강하지 못했다.

나무로 말하자면 단지 물만 오른 버드나무고 짐승으로 말하자면 껑충거리기만 하는 망아지에 지나지 않았다.

오늘 만났던 세 번째 사저 성성림은 석이 처음으로 만난 사저였다.

그녀는 석과 달랐다.

석은 그녀를 언덕 위에서 보았을 때 이미 자기가 감당할 수 없는 능력을 가지고 있다는 사실을 알았다. 담담하게 있었지만 석도 후에 목을 따인 수적들과 다를 바 없는 느낌을 받았다.

그녀 앞에 있는 그 순간에 석의 목숨은 그녀 수중의 꽃과 같은 신세였다. 꺾으면 꺾이고, 밟으면 밟히면서도 아무런 소리조차 내지 못하는 꽃. 바구니에 목을 따인 수적들 역시 꼭 그랬다.

섭오랑과 미실 부인마저 성성림 앞에서는 숨을 죽였다. 복초부와 전엽사도 가까이 있었지만 감히 그녀를 거스를 엄두를 내지 못했다.

그녀는 사부와 비슷했다. 그리고 딱 그만큼 석과 달랐다. 석은 스스로 능력이 미치지 못함을 알았기에 무와 무가 아닌 것의 경계를 걸었고, 그녀는 사부처럼 무와 무가 아닌 것 모두를 아울렀다.

석은 그녀에게서 사부의 다른 모습을 보았고, 사부를 더 잘 알게 되었다. 그녀를 봄으로써 사부의 무와 사부의 강에 대한 이해에 깊이를 더할 수 있었다.

'될 수 있을까?'

석은 생각했다.

노력만으로 과연 사형들 못지않은 능력을 얻고 사부를 기쁘게 할 수 있을지. 사부는 이번 초행길에 석 자기가 한 일에 대해서 얼마나 만족하고 계실지.

사부를 만족시켰던 것은 딱 한 번뿐이었다. 손으로 다리를 탁 치시며 기뻐하셨던 생신날 저녁, 바로 그때.

다시 한 번 사부가 기뻐하시는 모습을 볼 수 있다면 석은 자기가 죽어도 좋지 않을까 하고 생각했다.

사부는 올해를 넘기시기 어렵다.

석은 더 이상 자기가 소년이어서는 안 된다는 사실을 마음 깊숙한 곳에서 느끼고 있었다. 사부의 음성, 사부의 눈빛에서 석은 자기를 향한 사부의 간절한 무엇을 듣고 보았다.

석에게 사부는 모든 것이었다.

무와 무가 아닌 것의 경계에 놓여 있는 근본들을 더듬다가 잠이 들었다.

다시 깨어났을 때는 깊은 밤이었는데, 어디선가 나직한 피리 소리가 들려오고 있었다. 옆을 보니 예벽이 일어나서 앞으로 걸어갈 듯 말 듯 망설이는 중이었다.

석은 손을 뻗어서 예벽을 잡았다.

피리 소리는 음률이 아니라 사람이 하는 말의 길이와 성조를 담고서 속삭이고 있었다. 사람을 꼬드기는 소리였다.

조용히 자리를 정리한 후에 예벽의 손을 잡고 석은 초상비의 경신술을 펼쳤다. 피리 소리의 반대 방향이었다.

풀잎을 밟아도 풀이 쓰러지지 않는 경신법이 초상비지만, 근본을 배운 석은 단지 발끝으로 딛는 풀에 내력을 주입하여 쓰러지지 않게 하는 것으로밖에 여기지 않았다. 풀잎은 여리고 잘 휘어지는 것이기에 초상비를 펼치며 내력을 잘 조절하면 용수철마냥 풀잎이 휘어졌다 퍼지는 탄력까지 얻을 수 있었다.

피리를 부는 자는 낮게 불면서도 아주 멀리 소리를 보내는 능력을 가진 자였다. 더구나 음을 조절하는 수법의 특이함은 독보적이라 할 만했다.

끌려가면 안 된다. 부딪쳐서 좋을 게 없었다.

석은 제법 먼 곳까지 초상비로 달려갔다. 그러나 피리 소리는 원래와 다름없이 들려왔다. 분명히 뒤에서 들려오는 그 소리가 앞서 달려와 모든 곳에 있는 것처럼도 느껴졌다.

석은 묵묵히 달렸다. 방향은 머릿속의 생각을 정지시켜 비둘기처럼 남북을 짚어냈다. 유혹하는 소리가 더욱 더 애절하게 느껴졌다. 조금만 생각을 가지면 피리 소리는 말이 되어 귓전에서 속삭거렸다.

한데, 갑자기 피리 소리가 약해졌다. 달 뒤에 숨는 별빛처럼 희미해졌다. 하마터면 석은 그 자리에 멈춰 설 뻔했다.

약해지며 사라지는 피리 소리에 석은 뒤로 잡아당겨지는 듯한 느낌, 돌아서서 피리 소리를 쫓아가고 싶은 충동을 받았다.

이마로 식은땀이 흘렀다.

그런데 이번에는 문득 앞쪽에서 낮은 퉁소 소리가 들려왔다.

석은 모골이 송연해졌다.

소리는 낮았지만 비바람이 몰아치고 귀신이 울부짖는 것 같았다. 급히 천을 찢어서 예벽의 귀를 막아주었다.

천만 마리의 말이 질주하는 듯하고, 바다가 뒤집히고 폭풍이 휘몰아치며 귀신이 지옥에서 일제히 울부짖는 것 같은 소리가 석과 예벽을 휩쓸고 지나갔다.

석은 모든 정력을 다하여 맞섰지만 전신이 부들부들 떨렸다. 꼼짝도 못하고 예벽의 귀를 두 손으로 꽉 막아서 지켰다.

벼락이 떨어지는 듯한 소리가 뒤에서 들려왔다. 전쟁터에서 창칼이 서로 부딪치고 함성이 창공을 찌르는 듯한 소리도 들려왔다.

석은 웅크리고 품에 예벽을 안았다. 말발굽이 석의 등에 찍히고 칼자국이 팔과 옆구리에 생겨나기 시작했다.

아직 꿈속일까?

석은 분간할 수가 없었다.

꿈이 아니라면 등에 찍힌 말발굽을 볼 수가 없을 테고, 꿈이라면 이렇게 생생하게 아프면서도 깨어나지 않을 리가 없었다.

어쩌면 죽어서 혼이 몸을 떠나려는 것일지도 몰랐다.

'안 돼.'

석은 속으로 말하며 몸을 양옆으로 조금씩 흔들었다. 웅크린 석의 몸이 예벽을 안은 채 천산갑처럼 천천히 땅을 파고 스며들기 시작했다.

발과 무릎과 머리가 땅속으로 들어가고, 이윽고 어깨와 등이 들어갔다. 등 위로 말발굽 소리와 천둥벽력, 폭풍이 치달리는 것이 느껴졌다. 그러나 훨씬 견딜 만했다.

석은 더 깊이 파고들어 갔다.

몸을 무겁게 만드는 천근추였다. 석의 공력은 모두 운용하면 삼천 근에 해당했다. 정말 천산갑이라도 된 양 몸을 꿈틀거리며 석은 나무뿌리 사이로 들어가 큰 나무의 둥치 밑으로 숨었다. 몇 번 굽이쳐서 그런지 퉁소 소리와 피리 소리는 계속 들렸지만 몸을 상하게 하지는 못했다.

몸을 길게 펴서 누우니 예벽이 배 위에 얹혀 있었다.

나무 밑은 칠흑같이 어두웠다.

석은 내력을 돋우었지만 눈앞에 둔 손바닥조차 볼 수 없었다. 석은 그곳까지 오면서 몸이 부딪친 모든 것을 다시 기억

속에 되살려 읽었다.

땅속으로 들어온 것이 깊이가 일 장 반, 옆으로 움직인 거리가 무려 구 장이나 되었다. 뿌리의 모양과 냄새로 볼 때 위에 있는 나무는 떡갈나무였다.

몸으로 비집고 들어온 공간이라 석과 예벽이 있는 곳은 좁았다. 나무뿌리가 흙을 부드럽게 하고 움켜잡아 비어 있는 곳도 있었지만 사람이 들어갈 만큼 큰 것은 아니었다. 단지 숨을 쉬기가 편했다.

통소 소리와 피리 소리는 나무뿌리를 타고도 들려왔다. 석은 단검을 꺼내서 귀 옆의 굵은 나무뿌리에 꽂았다.

소리가 나무를 타고 들어와 단검을 울렸다. 석은 그 소리가 너무 곱고 아름다워서 놀랐다. 발끝으로 전해오는 무시무시한 소리와 아주 다른 느낌이었다.

석은 예벽의 머리를 조금 움직여서 단검이 우는 소리를 듣게 했다. 같은 곳에서 나와 한곳에 이른 두 소리였지만 단검이 우는 소리는 무시무시한 소리를 잠재웠다.

석은 고통에서 완전히 해방되자 갑자기 마음이 고요해졌다. 단검이 맑고 곱게 운다. 마음은 명경지수처럼 맑아졌다. 인식이 확장되며 만물이 마음에 비치기 시작했다.

단검은 거의 한 시진 동안 울었다.

석의 마음은 그동안 움직이지 않았다. 숨은 쉬었는지 안 쉬었는지 의식도 하지 못했지만 몸은 선율 위에 올라 단검의 울음을 담았다.

끝나지 않은 잔치가 없는 것처럼 퉁소 소리와 피리 소리는 문득 그쳤고, 난검은 디 이상 울지 않았다.

*　　　*　　　*

황산은 칠십이 봉에서 그쳤지만 봉우리의 힘은 여전히 남아서 울퉁불퉁한 가지를 칠백 리 사방에 펼쳐 놓았다.

황산에서 뻗지 않은 작은 산과 능선들도 절로 황산을 에워싸고 기꺼이 종속되었다. 이어지고 끊어진 산맥은 평야를 두르고 강을 따르며 속과 선을 구분하였다.

낮아도 깊어서 사람이 들지 않는 곳이 있었고, 높아도 가까워서 사람을 위한 화시(火柴 : 땔감)을 지고 있는 곳도 있었다.

떡갈나무 숲은 전자라고 할 수 있었다.

옛날부터 깊어서 범인은 쉬이 접근할 수 없었다.

"졌소."

하면서 금적신군 사마흠은 바위를 찾아서 걸터앉았다. 잘려진 옷자락이 밤바람에 너풀거렸다.

굳은 표정으로 눈을 감은 채 묵묵히 앉은 그의 대춧빛 붉은 얼굴에 삭이지 못한 분노가 남아 있었다.

문희옥은 애써 모른 체하며 차갑게 말했다.

"무슨 바람이 불어서 여기까지 왔느냐?"

사마흠은 눈을 크게 뜨고 한 번 노려보다가 다시 감고 말했다.

"싸움 걸기 위해서만 온 것은 아니었소."

"흥!"

문희옥은 백옥소로 손바닥을 가볍게 쳤다.

"네 음험한 마음을 모를 줄 아느냐? 더 알고 싶지도 않으니어서 꺼져라."

사마흠은 고개를 숙이고 잠시 있었다.

문희옥의 음성은 날카로웠지만 직접 손을 쓸 생각은 더 없어 보였다.

이윽고 사마흠이 말했다.

"졌으니 그에 대해서는 더 말하지 않겠소."

문희옥의 얼굴에 여전히 차가운 미소가 걸렸다. 자기의 가슴도 찌르고 남의 가슴도 찌르는 지독한 경멸이었다.

문희옥은 돌아서서 치맛자락을 끌면서 떡갈나무 사이로 걸어갔다.

뒤에서 사마흠이 말했다.

"소리를 하는 사람이니 사저도 귀를 열어놓고 있었을 것이오."

나뭇잎 사이로 보이는 하늘을 헤아리고 걸으며 대답하지 않았다. 언제나 일고의 가치도 없는 말들이 또 이어지기를 원치 않았다.

사마흠이 던지듯이 툭 내뱉었다.

"그가 세상에 나왔소."

문희옥은 그 자리에 화석처럼 굳어져 몸을 부르르 떨었다.

사마흠이 몸을 일으키며 다시 말했다.

"듣지 못했던 모양이구려. 그가 세상에 나왔소."

문희옥은 목이 꽉 조이며 입술이 파르르 떨렸다. 겨우 한마디를 했다.

"진인?"

사마흠이 묵묵히 고개를 끄덕였다.

문희옥은 나무를 짚고 서면서 몸과 마음을 진정시키려 애썼다. 금적신군 사마흠의 정한만리곡과 뇌우진천곡을 굳건히 견디었던 마음이 단 한 마디에 무너지려고 했다.

사마흠이 다가섰다.

문희옥은 백옥소를 천천히 들어 사마흠을 겨누었다.

"물러가라."

사마흠은 얼굴을 실룩거리고 침울해졌지만 더 다가가지 않았다.

문희옥의 백옥소가 빨갛게 달아오르기 시작하자 사마흠은 마지못해 두 걸음을 물러섰다. 문희옥은 마음이 흔들린 그 순간조차도 빈틈을 탈 수 없는 여자였다.

문희옥이 다시 말했다.

"물러가라!"

사마흠이 버럭 소리쳤다.

"복수조차 하지 않겠다는 말이오?"

문희옥이 머리를 저었다.

"할 수 없다는 것이다. 그를 무엇으로 이길 수 있단 말이냐?"

뒷말은 혼자서 중얼거리는 것 같았다.

사마흠이 입을 다물고 노려보았다.

문희옥은 지친 듯이 한 손으로 허리를 받치며 말했다.

"죽기를 원한다면 혼자 가는 것도 괜찮겠지."

"하하하하하!"

사마흠이 큰소리로 웃고 차갑게 말했다.

"그렇다면 장문령부를 넘기시오. 사저는 장문인의 자격이 없소."

문희옥은 힐끔 사마흠을 보고 머리를 저었다.

"넌 나를 이길 수 없다. 나를 이길 수 없는 한, 네가 천음(天音)의 장문령부를 가져가는 일도 없다."

사마흠이 경멸 어린 조소를 띠고 말했다.

"사저, 사저가 내게 질 수 없는 이유가 바로 그자 때문이 아니었소? 칠백 년을 이어온 천음의 전통을 사저가 깨뜨리고 있소."

문희옥이 말했다.

"무슨 말을 해도 소용없다. 듣고 싶지도 않다. 사문의 전통을 꼭 잇고 싶다면 나를 이기면 되겠지.”

사마흠이 말했다.

“우리 천음의 후계자 중 남사 제자들은 항상 장문령부를 이은 여자 제자를 이겼고, 그로써 부인과 장문령부를 함께 취할 수 있었소. 사저도 그들 모두가 부인보다 강한 사람들이었던 건 아니라는 사실을 알고 있지 않소?”

문희옥은 싸늘한 표정을 지으며 차갑게 말했다.

“내게 져달라고 구걸하는 거냐?”

사마흠은 아니라고 말하지 않고 마주 쏘아보았다.

문희옥이 말했다.

“여자라면 미쳐서 사족을 쓰지 못하고 손에 넣기 위해 온갖 수작을 마다하지 않는 네게 져달라고?”

사마흠이 싸울 듯이 말했다.

“내 마음은 항상 사저와 함께 있었소.”

“호호호호호!”

문희옥이 가소롭다는 듯이 몸을 흔들며 웃었다. 사마흠은 표정도 바꾸지 않았다.

문희옥은 웃음을 뚝 그치고 말했다.

“늙은 여자, 어린 여자 가리지 않고 네게 희생당한 여자들의 숫자가 몇이지? 네가 기억은 하고 있어?”

사마흠은 쏘아보며 거침없이 말했다.

“사백여든세 명이오.”

문희옥이 입을 실룩했다. 사마흠이 그 숫자를 기억하고 있을 거라 생각하지 않았다.

자르듯이 말했다.

"나는 네가 불쾌하다."

사마흠이 따지듯이 물었다.

"무엇 때문이오? 손 한 번 잡아보지 못한 그자한테 수절하는 모습을 못 보여줘서요?"

문희옥이 고함쳤다.

"닥쳐!"

그러나 사마흠은 분노한 얼굴로 마주 쏘아볼 뿐 위축되지 않았다.

"사부와 사모님이 돌아가시던 그날 밤에 사저는 오히려 그자한테 빠져서 복수심마저 잊어버리지 않았소? 내가 한 짓이 잘했다는 것이 아니오. 하지만 사저도 잘한 것이 없소."

문희옥은 이를 갈면서 사마흠을 노려보았다.

사마흠이 오히려 큰소리쳤다.

"사부의 은혜마저 사저는 잊어버리지 않았소?"

문희옥은 몸을 떨면서 입술을 잘근잘근 씹었다. 흥분하여 말을 하지 못했다.

사마흠이 냉혹하게 말했다.

"난 아니오. 항상 사부의 복수를 잊지 않았소. 내가 사부의 복수를 생각하며 금적으로 정한만리곡과 뇌우진천을 연마할 때, 사저는 그자를 생각하며 내게 지지 않기 위해서, 내 품에 안기지 않기 위해서 천마질풍타(天馬疾風打)와 창극파천무(槍戟破天舞)를 연마했소."

문희옥이 턱을 떨며 오만하게 말했다.

"내가, 내가 정한만리곡으로 여자나 농락하는 너, 너 따위에 졌어야 한단… 말이냐?"

사마흠이 비웃음을 머금었다.

"사저도 그자를 보기 전에는 나를 그다지 싫어하진 않았소."

문희옥이 이를 꽉 악물면서 퉁소를 움켜잡았다.

"네놈을… 진작 죽여 버려야 했어!"

사마흠도 금적을 바꿔 잡았다.

이미 새하얀 퉁소 그림자가 부챗살처럼 펴지며 어둠을 가르고 있었다. 사마흠은 황금 피리를 휘둘러 공격에 공격으로 맞섰다.

퉁소와 피리의 그림자가 마주치며 맑은 소리가 터져 나왔다. 문희옥과 사마흠이 서로 천음의 초식들을 펼치면서 싸우자 피리는 퉁소를 치고 퉁소는 피리를 쳐서 폭포수가 떨어지는 듯한 소리를 만들었다가 잘게 부서지는 보슬비 같은 소리를 만들기도 했다.

그림자도 흉험하고 소리도 흉험했다. 부딪치면 그림자가 서로 얽히었고, 멀어지면 입으로 옥소와 금적을 불었다.

뇌우진천가와 천마질풍타가 천지조화를 소리 속에서 자아
내며 마주쳤다.

석은 떡갈나무 뿌리 밑에서 그들의 대화를 들었고, 그들이
다시 만들어내는 뇌우진천가와 천마질풍타를 들었다.
나무뿌리에 박힌 단검에서 서늘한 소리가 심혼을 일깨우
며 일어나고 있었다. 단검이 내주는 맑은 소리가 아니라면 다
시 한 번 말발굽에 짓밟히고 뇌성과 벽력에 혼이 달아나고 말
았을 것 같았다.
한 번 들은 소리지만 이번에는 살기가 하늘에 이르고 땅속
으로 스밀 만큼 강렬했다. 강호에 기인이사는 헤아릴 수 없이
많다는 그 말을 석은 실감할 수 있었다.
'내게도 퉁소나 피리가 있었더라면…….'
하고 석은 가만히 생각했다.
퉁소나 피리가 아니라 비파나 거문고, 어떤 악기라도 있다
면 저토록 강렬하고 거대한 음률을 다듬어 심금박으로 쓸 수
있을 것도 같았다.
목청으로는 저 급하고 높은 뇌우진천가와 폭급하게 터져
나오는 천마질풍타를 따라가지도 못하고 표현할 수도 없다.
만약 심금박을 저 위에 입힐 수만 있다면 손 하나 대지 않
고 그들을 제압할 수 있을 것 같다는 생각이 들었다.
그때, 갑자기 피리 소리가 그치고 왁 하면서 피를 토하는

소리가 들렸다.

석의 단검이 거칠게 진동했다.

쿵! 하면서 사마흠이 등을 나무에 부딪쳤고, 문희옥은 옥소로 강기를 뿜으며 사마흠이 등진 떡갈나무를 비스듬히 베어내렸다.

사마흠은 피를 토하면서 필사적으로 엎드려 옥소를 피하면서 금적에 핏덩어리를 실어서 문희옥의 얼굴로 뿜었다.

문희옥은 옥소를 들지 않은 왼손 소매를 휘둘러 핏덩어리를 쓸어버렸다. 그러나 하얀 빛이 소매를 뚫고 나와 그녀의 왼쪽 뺨을 스치며 귓바퀴를 관통했다.

"비열한 놈!"

문희옥이 옥소로 사마흠의 머리를 내려쳤다.

"그래 봤자……."

하고 사마흠은 힘겹게 말하다가 머리를 맞고 퍽 쓰러졌다.

옥 퉁소가 문희옥의 손을 벗어나 나무 그늘에 떨어졌다.

문희옥은 비틀거리며 물러나 바위를 짚고 거친 숨을 몰아쉬었다. 뺨을 스치고 귀를 뚫은 것은 독침이었다.

공력이 급속도로 흩어지면서 몸은 물먹은 솜처럼 무거워지고 있었다.

산공독이 벌써 경맥을 치달려 단전으로 들어가며 모든 공력을 안개처럼 흩어버리는 중이었다. 수십 년을 그토록 경계하고 조심했는데 오늘 기어코 사마흠의 마수에 당하고 말았다.

사마흠은 머리가 터져서 피가 나고 있었지만 죽지 않았다. 오히려 고개를 들고 웃음을 터뜨렸다.

"으하하하하하!"

사마흠은 천하를 얻은 듯이 광소를 터뜨리며 일어섰다.

문희옥은 입술을 씹었다.

사마흠의 웃음소리는 한참 동안 떡갈나무 숲을 흔들었다. 마침내 그가 웃음을 천천히 흘리며 말했다.

"사저, 내가 이겼소. 흐흐흐흐! 이제 장문령부를 내놓고 내게 복종하시오."

머리에서 흐른 피가 얼굴에 번져 흉측하기 이를 데 없었다. 웃음에는 음탕한 색기가 어려 있었다.

문희옥이 천천히 말했다.

"천지신명에 맹세코… 그런 일은 없을 것이다."

"장문인으로서 나는 사저의 자결을 허락하지 않소."

사마흠이 코웃음 치면서 욕정이 번들거리는 눈으로 한 걸음 내디뎠다.

그때 갑자기 땅을 뚫고 손 하나가 불쑥 치솟아 사마흠의 발목을 움켜잡았다. 너무나 갑작스런 일이라 사마흠이 놀라 비명을 질렀다.

"으악!"

발을 반사적으로 들어 올렸지만 오히려 발은 손을 따라 땅속으로 쑥 끌려 들어가고 있었다.

사마흠의 얼굴이 경악으로 하얗게 탈색되었다.

문희옥도 놀라서 입을 딱 벌렸다.

"으아아아아아아!"

사마흠은 칠십이 가까운 나이로 천음을 이은 기인이었지만 공포에 질러 말 그대로 발버둥 쳤다. 손으로 나뭇가지를 잡았지만 뚝 부러졌다. 내던지고 잡히지 않은 다리에 힘을 주며 끌려가는 다리를 잡아서 제 손으로 당겼지만 하소용이었다.

내딛다가 끌려가기 시작한 오른발은 무릎까지 땅속으로 들어가 버린 상태였다. 왼발에 힘을 주고 땅을 디뎌도 몸을 바르게 하지 못했다. 몸은 한 다리 없는 사람인 듯이 기울어져 끌려 들어갔다.

미칠 듯한 공포에 소리치며 황금 피리로 땅을 마구 두드렸다.

문희옥도 전신을 와들와들 떨면서 겨우 말했다.

"내력을 써, 내력을!"

사마흠은 쓰르라미 소리보다 작은 그녀의 음성을 알아들을 수 있는 상태가 아니었다. 그러나 비명을 지르는 공황 상태에 그도 본능적으로 비슷한 생각에 이르렀다.

너무 놀라면 신과 혼이 흩어져 날 때부터 지녔던 수족조차 굳어지는데 하물며 연공으로 얻은 내공은 말할 것도 없었다. 전혀 사용하지 못하다가 생각이 미치자 정신이 번쩍 들며 일시에 모든 공력을 일으켰다.

"으왕!"

짐승처럼 고함치며 신공을 돋우었다.

그러나 사마흠은 중도에서 포기하고 하얗게 질리고 뻘겋게 피칠한 눈으로 문희옥을 간절하게 보면서 학질에 걸린 사람처럼 덜덜 떨었다.

내공을 일으키자마자 단전에서 일어난 공력이 바로 발목으로 달려가더니 모래 속에 스머드는 물처럼 사라져 버린 때문이었다.

"사… 살려… 살려… 주… 시오, 사, 사저."

사마흠이 왼쪽 다리는 땅과 수평이 되었다. 오른발은 허벅지까지 땅속으로 들어갔고, 둔부가 끌려가는 중이었다.

사마흠은 공포와 후회와 눈물을 가득 담은 눈으로 애절하게 문희옥을 보았다.

문희옥은 머리를 천천히 흔들었다.

자기가 안배한 일이 아니라는 뜻이었다.

사마흠은 거절의 뜻으로 받아들이고 절망하며 고개를 떨구었다. 왼쪽 다리가 가슴에 붙고 발은 머리보다 높게 섰다. 가슴 아래는 땅이었다.

사마흠은 가슴을 지나 목까지 차오르는 땅을 보면서 혼절하고 말았다. 황금 피리만은 끝까지 놓지 않아서 비스듬히 땅에 걸쳐진 오른손에 잡혀 있었다.

더 이상 사마흠은 끌려가지 않았다.

두 사람의 싸움으로 크게 훼손된 떡갈나무 숲을 바람이 흔들고 지나갔다. 북두칠성은 기울었고, 시간은 인시를 지나 묘시에 이르고 있었다.

문희옥은 바위에 몸을 기댄 채 멍하니 하늘을 보았다. 몸은 계속 떨고 있었고, 머릿속은 휘저어놓은 계란국마냥 생각들이 잘게 부서져서 떠다니고 있었다.

겨우 안정이 되었을 때 풀밭에 떨어진 옥소를 집어 들고 문희옥은 비틀거리며 걸어갔다. 숱한 여자들의 신세를 망쳤던 사제는 그들 중 누군가의 원한 때문에 죽은 것 같았다.

『열세 번째 제자』 1권 끝

입소문을 통해 아는 분은 다 알고 계십니다!
올 한해 공인중개사 최고의 화제작!

1~2권 합본 | 이용훈 지음
3~4권 합본 | 이용훈 지음
5~6권 합본 | 이용훈 지음
용어 해설 | 이용훈 지음

수험생 기본 필독서
만화 공인중개사

제목 : 만화공인중개사 쓰신 분에게 감사드립니다.

학원을 두 달 다녔어요. 근데 과연 그 숫자 외우기 그런 게 몇 문제나 나올까 생각을 했어요.
아니라는 생각이 드네요. 학원강의를 뒤로하고 서점을 갔어요. 내 머리에가장 이해될수 있는
책이 없나 하구요. 거기서 만화를 발견했어요. 무조건 세 번 봤어요. 3개월 걸렸어요. 문제집을 보라고
했는데 그건 시행을 못했어요. 근데 합격을 했네요.
어떻게 감사의 말을 해야 될지……
도서관에서 만화책 들고 다니니까 사람들이 비웃더라구요. 만화책으로 공인중개사를 공부한다고
미친 사람처럼 보더라구요. 근데 그거 다 감수하고 했던 내가 자랑스럽습니다.
어떻게 감사의 말을 해야 할지… 정말 감사합니다.
부디 행복하세요. 제 나이 41살에 좋은 스승을 만난 것 같습니다.
엎드려 감사드립니다.

－본사 홈페이지에 독자분이 올린 메일 中 에서 발췌－